Atle Næss
Die Riemannsche Vermutung

Atle Næss

Die Riemannsche Vermutung

Roman

Aus dem Norwegischen
von Günther Frauenlob

Piper Nordiska

Die Originalausgabe erschien 2006 unter dem Titel
»roten av minus en« im Gyldendal Norsk Forlag AS, Oslo.

FSC
Mix
Produktgruppe aus vorbildlich
bewirtschafteten Wäldern und
anderen kontrollierten Herkünften

Zert.-Nr. GFA-COC-1223
www.fsc.org
© 1996 Forest Stewardship Council

ISBN 978-3-492-05110-1
© Gyldendal Norsk Forlag AS 2006
Deutsche Ausgabe:
© Piper Verlag GmbH, München 2007
Satz: Satz für Satz. Barbara Reischmann, Leutkirch
Druck und Bindung: Clausen & Bosse, Leck
Printed in Germany

www. piper.de

»*Wie lang ist er schon verschwunden?*«

»*Vier Tage. Er ist Montagmorgen wie immer aus dem Haus gegangen.*«

»*Und seither hat niemand von ihm gehört?*«

»*Nein. Ich nicht, Mama nicht, und auch keiner in seinem Institut. Aber das wissen Sie doch alles. Mama war Dienstag hier und hat eine Vermisstenanzeige aufgegeben.*«

»*Warten Sie, ich öffne mal die Datei. Huuse, ja. Können Sie mir sonst noch was sagen? Gibt es etwas, was Ihre Mutter nicht weiß? Oder haben Sie eine Nachricht gefunden, die er zurückgelassen hat?*«

»*Nein, das nicht gerade ...*«

Der Polizist sah sie auffordernd an. Es verging fast eine Minute, bis sie fortfuhr: »*Ich weiß nicht genau, ob man das darf, aber ich hab mir gemeinsam mit meinem Freund seinen Computer angesehen. Wir haben da ein paar Dokumente gefunden ...*«

»*Haben Sie sie gelesen?*«

»*Ja, sie waren passwortgeschützt, sodass ich ... Ich habe mir Zugang verschafft.*«

»*Und wie haben Sie das Passwort geknackt? Kennen Sie sich da besonders gut aus?*«

»*Ganz im Gegenteil! Aber es war lächerlich einfach. Ich hab ein paar Vorschläge gemacht, und ... Ja, Harald hat so ein Programm laufen lassen.*«

»*Und Sie meinen, dass diese Dokumente sein Verschwinden erklären können?*«

»*Das ist schon möglich. Eins ist aber sehr persönlich. Ich habe es Mama nicht gezeigt, und ich mach das auch nicht. Es geht ihr so schon schlecht genug. Das war wirklich nicht leicht zu lesen.«*

Der Polizist trug Zivil. Jetzt zog er seine kräftigen Schultern hoch und sagte: »Aber sie hat ihn vermisst gemeldet. Wenn es wichtig ist, müssen wir das auch gemeinsam mit Ihrer Mutter überprüfen.«

»Ja, das ist schon richtig.«

RIEMANNARBNOT.DOC

4. Januar 2005

Sonne, Sonne im Winter. Blass. Lange Schatten.

Nach allem, was gestern geschehen ist, habe ich mir diese Aufzeichnungen noch einmal durchgelesen und bin zu der nachstehenden, einzig sicheren Schlussfolgerung gekommen: Die Sache wird misslingen. Ich weiß nur noch nicht, wen das Unglück am härtesten treffen wird. Aber wahrscheinlich werden es diejenigen sein, die am wenigsten Schuld tragen.

Vor etwas mehr als drei Monaten habe ich die ersten Seiten geschrieben. Damals stellte ich mir ganz naiv die Frage: »Wie bin ich nur in diese Notlage geraten?«

Welche Unschuld in diesem Satz! Vielleicht dachte ich an meine Karriere oder an die Veröffentlichung.

Ein Tag voller Euphorie, der nächste voller Verzweiflung. Eine Sachlage mit zwei Lösungen, die einander vollkommen ausschließen. Was das angeht, ein bekanntes Phänomen aus der elementaren Logik – aber was nützt das, wenn beide Auswege absolut notwendig sind?

An einem solchen Punkt stößt die Logik an ihre Grenzen, das reine Glasperlenspiel. Stattdessen befinden wir uns mitten im normalen Alltag, in der Juristerei, der Psychologie. Der Theologie?

Wenn nicht sogar im blinden Trotz: Hebe den Hammer und zerschmettere die Voraussetzungen.

Wie bin ich nur in diese Notlage geraten?

Niemand hat mich darum gebeten, eine Biografie über Bernhard Riemann zu schreiben. Auf diese Idee bin ich ganz allein gekommen. Ein Augenblick der Schwäche, der Resignation? Manchmal bin ich das Esoterische leid, das Verschlossene, das der Mathematik anhaftet. Dabei glaube ich durchaus, eine gewisse Fähigkeit zu haben, Phänomene erklären und etwas zugänglicher machen zu können.

Resignation? Nein, ich betone, dass mir das Projekt ursprünglich ein Bedürfnis war, eine innere Notwendigkeit. Es ist nicht sicher, ob ich einen der anderen damit täuschen kann. Mich selbst durchschaue ich auf jeden Fall.

Es ist aber zweifellos statthaft, sich ein paar Gedanken aufzuschreiben, eine Art Logbuch zu führen.

Denn bis jetzt habe ich zwei Dinge gelernt.

Das Erste ist beinahe psychologischer Natur: Biografien haben etwas Beschränktes.

Biografien zu schreiben ist ein sekundäres Tätigkeitsfeld für all jene, die es in ihrem primären Sektor nicht wirklich zu etwas bringen. Oder präziser: Biografien sind etwas für Fußnotenproduzenten, für die korrekten Männer des begrenzten Denkens. Hier kann sich jeder an das Banale klammern, an das Alltägliche, an die Begegnungen, die seltsamen Launen – weil er selbst sich nicht über dieses Niveau zu erheben vermag.

Der Biograf versteht die Kraft des Einzigartigen nicht, des Prophetischen, des *Heiligen* – er kann sich dem allen nur nähern, indem er es auf sein Niveau herabzieht.

Nein, ich muss mich exakter ausdrücken, so klingt es zu selbstzerstörerisch. Man ist nicht bloß eine komische Figur. Aber es gibt noch eine Eigenschaft, die einen auf tragische Weise kennzeichnet. Als Biograf ist man möglicherweise derjenige, dem es in unzusammenhängenden Augenblicken tatsächlich gelingt, sich zu dem Großen aufzuschwingen und eine Ahnung von der Magie zu erhalten, von den Kräften, die in Bewegung sind.

Aber es bleibt bei diesen Augenblicken. Danach versinkt man wieder in der Banalität.

Ich bin alles andere als ein Experte für Biografien. Aber wenigstens gestehe ich mir die Zweitklassigkeit ein, die diesem Genre anhaftet, den Geruch der Niederlage, der unerfüllten Träume und geplatzten Erwartungen.

Das andere, was ich gelernt habe, ist vielleicht die diametrale Verneinung des zuerst Geäußerten. Der nüchterne Fußnotenproduzent muss nämlich noch andere Eigenschaften besitzen. Ein Leben in Worte zu fassen, das ist nicht nur eine Operation, bei der man einen Buchstaben dem anderen folgen lässt. Man braucht einen Ruf, ein Feuer, eine Kraft – damit sich die Sätze nicht gegeneinander wehren und kraftlos zu Boden fallen.

Als ich mich darum bewarb, glaubte ich, das zu haben. Denn meine Bewerbung war großartig, das betone ich. Auf das Offensichtliche habe ich nicht viel Wert gelegt, auf die lokale Komponente, wenn man das so nennen kann: Dass nämlich Riemann in vielerlei Hinsicht die Gedanken unseres Niels Henrik Abel weitergeführt hat. Nein, das war zu simpel! Mit Nachdruck argumentierte ich dafür, dass Riemanns Biografie die Grundlage für weite Teile der modernen Mathematik darstellen könnte. Denn Riemanns Geometrie weist beinahe linear in Richtung Einstein – und ist die notwendige Voraussetzung für die Relativitätstheorie. Und noch wichtiger: Wunderbare Zahlentheorien ranken sich um die Geschichte der Zeta-Funktion, die schließlich in der heute legendären Riemannschen Vermutung mündet.

Ich bin nicht davor zurückgeschreckt, diese Vermutung als einen mathematischen Krimi zu beschreiben. Sie als ein

Mysterium zu präsentieren, bei dem der Leser selbst zum Meisterdetektiv avancieren kann. Schließlich ist Riemanns Vermutung bis heute nicht bewiesen; sie verkörpert die große Herausforderung, ist der Himalaya unserer zeitgenössischen Mathematik. Eines Tages wird die Besteigung geschafft sein – vielleicht kann meine Biografie ein junges Talent inspirieren, sich auf den beschwerlichen ehrgeizigen Weg zu machen?

Das waren meine Gedanken, auf dieser Basis bewarb ich mich und stand schließlich da mit etwas Geld und etwas Zeit. Und deshalb bin ich jetzt hier, in dieser Notlage.

30. September 2004

Seine schwindelerregenden Gedanken waren für die Ewigkeit bestimmt. Man kann sogar sagen, dass sie das Ewige beschreiben. Ich aber verzettle mich in den Aufzeichnungen über die irdischen Eckpunkte von Georg Friedrich Bernhard Riemanns kurzer Existenz. Sie erscheinen so alltäglich, fast willkürlich.

Soll eine Biografie sinnvoll sein, muss sie auch einen Zusammenhang zwischen Leben und Wirken zeigen. Nur dass der nicht so leicht zu greifen ist.

Nehmen wir zum Beispiel eine zentrale Begebenheit im Leben eines Menschen – wie die Hochzeit. Was bedeutete die Eheschließung für Riemanns Mathematik? Absolut nichts, ist der erste Gedanke, stammt doch der Großteil seiner grundlegenden Werke aus der Zeit vor der Ehe. Hatte seine Frau einen negativen Einfluss auf seine Arbeit? Es wird kaum zu beweisen sein, dass ihn ihre Kurven von der Zeta-Funktion und den Minimalflächen abgelenkt haben.

Zunächst habe ich mich von dieser abwegigen äußeren Dramatik nicht abschrecken lassen, sondern sah das Hauptproblem in meiner mangelnden Fähigkeit, mich auszudrücken. Oder präziser: Ich nahm an, zu stark in dem fachlichen, nüchternen Stil verankert zu sein, um über ein Leben zu schreiben, es lesbar und plastisch zu schildern. Engagiert. Ich hoffte aber voller Optimismus, dieses Problem später noch zu bereinigen.

Ich hätte es besser wissen müssen. Zumal diese Schwierigkeiten typisch für mich sind. Wie oft habe ich bei den unterschiedlichsten sozialen Anlässen versucht, meinen Mitmenschen deutlich zu machen, wie sehr mein verzehrendes Interesse für Primzahlen mein berufliches Leben bestimmt hat.

Die Primzahlen haben etwas mit meinem Leben zu tun, nicht aber dieser vor langer Zeit verstorbene Deutsche. Sie sind Teil einer Geschichte, die in meiner Kindheit beginnt, mit meiner eigenen Biografie. Dennoch waren meine Erklärungsversuche oft unzureichend. Die Menschen wollen einfach nicht verstehen, dass Zahlen – ungeachtet ihrer Farbe, Form oder Größe – einen Menschen verführen können. Dabei würden sie mir bestimmt glauben, wollte ich behaupten, meine schwierige Kindheit habe mich transsexuell werden lassen, sodass ich jetzt in Frauenkleidern herumlaufen muss; oder wollte ich im Ernst darlegen, wie sehr mich die geheimnisvollen Erfahrungen meines früheren Lebens beeindruckt haben.

Ja, Transsexualität und Seelenwanderung sind realer und als Gesprächsthema gesellschaftsfähiger als Primzahlen. Noch heute überwältigt mich der Gedanke an diese magische, nicht greifbare Serie, die jede konkrete Formel scheut und die auf dem Zahlenstrang wie unregelmäßige Pulsschläge auftaucht.

Ein gewisser Goldbach äußerte vor knapp dreihundert Jahren die Vermutung, jede gerade natürliche Zahl ließe sich als Summe zweier Primzahlen beschreiben. Es klang wie ein kleines Mathematikrätsel, wie die amüsante Behauptung eines Mathematiklehrers zehn Minuten vor Ende der Stunde, wenn es sich nicht mehr lohnt, ein neues Thema anzuschneiden.

Aber Goldbachs kleine Vermutung ist noch immer nicht bewiesen – oder verworfen – worden. So leicht ist es nicht, Primzahlen in eine Formel zu pressen. Sie entziehen sich jeglicher Bestimmung, setzen sich zur Wehr, will man sie einfangen.

Über diese Themen spreche ich oft und gern. Ich weiß nicht, warum ich mit unfehlbarer Zielstrebigkeit das Interesse meiner Zuhörer verspiele, von dem einiger wunderlicher Studenten einmal abgesehen.

Ich bin übrigens nicht ganz gerecht. Karin hat mir zugehört, als ich ihr zum ersten Mal von den Primzahlen erzählte, und sie hat verstanden – auf jeden Fall irgendetwas. Sie interessiert sich nicht für Mathematik, aber meine Geschichte hat ihre klare Art zu denken angesprochen. Es hat ihr gefallen, dass ich eine deutliche Verbindung zwischen Kindheit und Gegenwart gesehen habe, sie hielt mich wohl für einen jungen Mann mit einer gewissen *Lebenslinie*.

Damals war ich auch der Meinung. Jetzt bin ich mir nicht mehr so sicher.

2. Oktober 2004

Vielleicht hat es mit Karins Einfluss zu tun, aber lieber sehe ich mich als einen Mann mit breiten Interessen, mit humanistischen Neigungen. Ich habe Arvo-Pärt-Cds, an den Wänden hängen viel zu teure Sigurd-Winge-Grafiken, und in meinem Bücherregal stehen zeitgenössische Romane. Aber auch das sind vermutlich nur Merkmale einer gewissen Richtungslosigkeit. Oder vielleicht Anzeichen des feigen Versuchs, mich von dem populären Zerrbild zu distanzieren, das uns Naturwissenschaftler als einseitig darstellt.

Als ich erkannte, wie schwierig das Biografie-Projekt werden würde, hoffte ich auf Hilfe von Menschen, die sich professionell mit dem Wort auseinandersetzen. Den Humanisten.

Rasch zeigte sich, dass ich mit meinem Problem nicht allein stand und dass Kurse für Kreatives Schreiben eine Wachstumsbranche in unserer klassisch gebildeten Gesellschaft sind. Im Herbst belegte ich einen passenden Kurs, ein Seminar für Fachbuchautoren, die »lebendig und spannend« schreiben wollen.

Ich hatte große Erwartungen, zitterte beinahe vor Erregung. Ich war überzeugt, es in mir zu haben und mit etwas Hilfe die Materie formen und Riemanns traurigen Schuljahren und den Primzahlen Leben einhauchen zu können und die knisternde Spannung der Begegnung mit dem alten Gauß und seiner Geometrievorlesung herauszukitzeln!

In dieser Stimmung stieg ich heute Morgen, Samstag, am Nationaltheater aus der Straßenbahn und ging durch den Schlosspark. Der Kurs fand gleich hinter dem Schloss im Uranienborgveien in einer prachtvollen Patriziervilla statt, die zu einem Büro- und Kurscenter degradiert worden war. In das Treppenhaus hätte bequem eine moderne Zwei-Zimmer-Wohnung gepasst, alles war in hellen Farben gestrichen und in schlichtem skandinavischem Design möbliert. Selten habe ich einen Raum gesehen, in den sich Poul Henningsens dominierende Zapfen-Leuchte so harmonisch eingefügt hat: Hier war sie in ihrem Element, hier kommunizierten die Designideale der Moderne unbeschwert mit der Architektur Alt-Christianias.

Zu den hellen Seminarräumen gehörte ein Saal, der in seiner Glanzzeit sicher ein prachtvoller Salon gewesen ist. Wir trafen uns in einem Vorzimmer: zwölf Kursteilnehmer, alle etwas nervös. Die meisten waren es wohl wie ich gewohnt, hinter geschlossenen Türen an ihren Schreibtischen zu sitzen und etwas Wissenschaftliches zu Papier zu bringen, das dann in ferner Zukunft in einer Zeitschrift oder einem Buch erscheinen würde – und selbst dann war es nicht immer leicht, sich zu seinem Werk zu bekennen.

Der Kursleiter heißt Anders. Ein nicht sonderlich bekannter Schriftsteller, der schon einige kaum beachtete Romane veröffentlicht hatte – ich selbst habe keinen gelesen, mich aber im Internet schlau gemacht. Er führte uns in einen unnötig großen Saal und weihte uns dort in die Arbeitsweise ein: Schreiben, in Dreiergruppen diskutieren, wieder Schreiben, Vorstellung und Diskussion im Plenum.

Doch zuerst wollte er uns in einem einleitenden Referat klarmachen, was es heißt, gut zu schreiben.

Diese Einleitung handelte von zwei Voraussetzungen: persönlich zu sein und konkret zu werden. »Leicht gesagt, aber ungeheuer schwer umzusetzen«, sagte Anders. Natürlich passte ich auf und machte mir wie alle anderen Notizen. Wir waren Schüler, und ich spürte wieder das Grauen, wenn die Hausaufgaben abgefragt wurden. Ich saß da und ängstigte mich vor der ersten praktischen Aufgabe, vor dem Moment, in dem ich ins kalte Wasser springen und etwas schreiben musste.

Die Aufgabe, die Anders uns stellte, war aber einigermaßen merkwürdig: »Schreiben Sie einen kurzen Bericht über ein Geschehnis im Haus eines Ihrer Helden.«

Da saßen wir nun und sahen uns verlegen aus den Augenwinkeln an, einige versuchten zu lächeln. Schließlich nahmen wir unser Konzeptpapier oder unsere Laptops und verzogen uns in die Ecken und Nebenzimmer, um zu schreiben. Das Haus. Wo liegt Riemanns Haus? Es sollte doch wohl in Göttingen sein. Dort sind einige alte Universitätsgebäude erhalten, ebenso ein Observatorium mit einer eingerichteten Wohnung, in der er gelebt hat. Aber ich war noch nie da, habe nur ein paar alte Bilder gesehen. Ein schlechter Ausgangspunkt, um etwas Lebendiges und Spannendes zu schreiben.

Ich weiß nicht, woher die Idee kam. Vielleicht war Anders'

naive Aufgabe klüger, als sie mir auf den ersten Blick erschien. Auch die anderen spürten das, denn nicht nur ich griff auf etwas zurück, was ziemlich persönlich und wichtig war. Meine Gedanken schwirrten zu den Primzahlen.

Ich schrieb über mich selbst als Acht- oder Neunjährigen, und das Geschehnis spielte in meines Vaters Haus, im Haus Gottes, in der Kirche. Vater hielt die Predigt, Mutter, meine Schwester Berit und ich saßen still da – und langweilten uns, jedenfalls ich langweilte mich.

Dabei hatte ich immer einen Zeitvertreib. Die Nummern der Psalmen und Lieder. Zum Glück liebte Vater bei den Psalmen die Abwechslung, sodass immer neue Zahlen an der Tafel standen. Gerade Zahlen sind ja nicht sonderlich interessant, aber in der Regel gab es mindestens eine Zahl, über die ich nachdenken konnte, während sich der Gottesdienst in die Länge zog: Primzahl oder nicht?

Ich erinnere mich an Lied Nr. 677. Das kam immer wieder. Aber ich tat beharrlich so, als wäre ich mir nicht sicher, und rechnete noch einmal nach. 677 ist eine ziemliche große Zahl, um sie im Kopf zu berechnen, aber ich kam stets zu dem Ergebnis, dass es eine Primzahl war. Fast noch schlimmer war die Zahl 589, über die ich mir den Kopf zerbrach. Es ist keine Primzahl, aber wie schwierig ist es, die zwei Faktoren 19 und 31 zu finden, wenn der Gesang der Gemeinde durch die Kirche hallt und man auch noch so tun muss, als machte man mit! Und es half auch nicht, dass ein kleiner Teil von mir selbst erkannte, wie besessen ich von den Primzahlen war, die mich wie eine Versuchung überfielen.

Als ich an jenem Vormittag im Seminar diese Zeilen schrieb, hatte ich die Empfindung, eine Fingerübung zu absolvieren, die ich beiseiteschob, um der Aufgabe gerecht zu werden. Ich wollte eine amüsante und selbstironische Beschreibung des Mathematikers als kleiner Junge abliefern. Jetzt bin ich mir nicht mehr so sicher.

Dann setzten wir uns in Dreiergruppen zusammen, um die Texte vorzulesen und zu kommentieren. Die beiden anderen Teilnehmer waren Frauen, eine etwa in meinem Alter, so um die vierzig. Sie hieß Ingvild und war Fachhochschuldozentin für Deutsch, was mich zunächst einschüchterte, denn ich dachte, dass sie eine Art besonderes Textverständnis haben müsste, um meine kleine Skizze komisch zu finden. Die andere, Sofia, ging auf die fünfzig zu und war Lehrerin. Sie hatte als Co-Autorin schon Lehrbücher geschrieben und kam mir reichlich überqualifiziert vor.

Es zeigte sich aber, dass wir alle drei gleichermaßen unbeholfen waren. Anders hatte uns ein paar Ratschläge gegeben, worauf wir achten sollten. Aber keiner von uns wagte es, dem anderen nahezutreten, wir beschränkten uns auf unverbindliche Anerkennung. Mir wurden ein paar Vorschläge gemacht, wo ich den Text in der nächsten Phase vertiefen sollte, und auch die anschließende Plenumsrunde war erträglich. Seminarleiter Anders kommentierte meine Erinnerungssplitter mit einem Lob für den sicheren Umgang mit der Sprache und die originelle Wahl des Ortes. Aber er war nicht ganz zufrieden: Es sei eine ironische Distanz im Text, die nicht unbedingt passe. Ich protestierte und sagte, dass ich ganz bewusst versucht habe, diese Stimmung zu erzeugen!

Der Abend wurde mit einem gemeinsamen Essen beendet, Catering-Tapas und Wein aus Tetrapacks.

Die Deutschdozentin Ingvild überraschte mich in zweierlei Hinsicht: Sie wusste, was Primzahlen sind, und brachte überdies ein elementares Verständnis für sie mit. Dabei sollte es eigentlich selbstverständlich sein, dass eine gebildete Akademikerin einfaches Schulwissen beherrscht. Meine Erfahrung hat mich aber gelehrt, dass die meisten Norweger und Norwegerinnen alles tun, um ihr Schulwissen auf diesem Feld schnellstens wieder zu vergessen.

Ingvild überraschte mich auch damit, dass sie noch einmal

auf meinen Text zu sprechen kam, und zwar auf eine ganz andere Art. Zweifellos hatten ihr die zwei oder drei Gläser Wein Mut gemacht.

»Anders hatte recht«, sagte sie. »Was du geschrieben hast, war gut, aber du hast mit aller Macht zu verbergen versucht, dass dich das betrifft, dass du da an einem wichtigen Punkt bist.«

»Aber das ist doch klar«, antwortete ich. »Primzahlen sind ungeheuer wichtig für mich!«

»Da hörst du es«, sagte Ingvild. »Jetzt ziehst du das schon wieder ins Komische. Aber entschuldige, es geht mich ja auch nichts an. Wir sind schließlich hier, um besser schreiben zu lernen, und nicht, um uns bloßzustellen.«

3. Oktober 2004

In diesem Herbst hatte ich das seltsam klare Gefühl, die Mitte meines Lebens erreicht zu haben. Nicht nur rein mathematisch, denn ich bin dreiundvierzig und müsste die Statistik schon um ein paar Jahre betrügen. Es war eher die Gewissheit, auf einer Art Gipfel zu stehen und in beide Richtungen blicken zu können. Ich sehe einen Sohn und eine Tochter heranwachsen, während meine Mutter noch immer eine höchst aktive Rentnerin ist.

Ich bin in den besten Jahren, wie es heißt. Und das spüre ich. Es ist meine Generation, die im Zentrum steht, wir sind die Achse, um die alles rotiert. Mit dieser Mitte ist auch eine tiefe, stille Freude verbunden. Sie strahlt etwas aus, was man vielleicht als Spektrum der Liebe bezeichnen könnte: für die Kinder, die Eltern. Mein Leben ist jetzt, in diesem Augenblick, erfüllt.

Diese Gedanken wälzte ich, als ich mit der U-Bahn nach Hause fuhr. In den wenigen Minuten vom Zentrum nach

Røa und von dort zur Bühne dieses Lebens, dem Haus mit der vielsagenden Adresse Lilleveien. Dabei ist es mehr als eine Bühne, denn es nimmt an diesem Spiel teil: Ein geräumiges Haus, ein bisschen zu teuer für den Universitätsmathematiker und die Lehrerin, doch dank familiärer Unterstützung und einer günstigen Zinsentwicklung sieht es heute finanziell gut aus.

Als ich in den Lilleveien einbog, wurde mir bewusst, dass es, wenn ich ehrlich sein sollte, einen blinden Fleck gab, einen schmalen Streifen Grau im Zentrum des Spektrums. Der Gedanke flackerte unruhig auf, als hätte ein Windstoß stille Glut zu neuem Leben erweckt.

Karin war nicht zu Hause. Sie hatte mir einen Zettel hingelegt, auf dem aber nur stand, dass sie ein bisschen spazieren gehe. So wusste ich, dass es einer ihrer ruhelosen Abende war, eine Phase hektischer Betriebsamkeit.

Die Kinder waren natürlich auch nicht zu Hause. Vilde war auf einem Fest, über das ich gern mehr gewusst hätte – oder vielleicht besser nicht. Kristian übernachtete bei einem Freund. Sie wollten Computerspiele machen und Pizza essen. Das hatten jedenfalls die Eltern des anderen Jungen gesagt. Ich hoffe nur, dass die ein bisschen besser verstehen, was da läuft, wenn ich es auch bezweifle.

Es ist nicht leicht, seinen heranwachsenden Kindern einerseits absolutes Vertrauen entgegenzubringen und andererseits zu wissen, dass sie es missbrauchen. Allmählich muss man die Rolle des Herrschers in einem aufgeklärten Absolutismus gegen die eines gütigen Monarchen eintauschen, eines Zeremonienmeisters ohne den geringsten Einfluss. Meist gehen solche Prozesse mit Revolutionen einher.

Wenn mich diese Gedanken plagen, suche ich Trost in zwei Annahmen: Zum einen bilde ich mir ein, dass die grundlegende Erziehung geleistet ist. Das Fundament ist in der glücklichen Zeit entstanden, als ich noch ihr uneingeschränktes Vertrauen genoss, bis sie zehn oder zwölf Jahre alt waren. Die formenden Jahre. Zum anderen hoffe ich, dass die uneingeschränkte Liebe, die ich für diese oft übellaunigen, ablehnenden und dann wieder wunderbar offenen und hilfsbereiten Rüpel empfinde, uns über Wasser hält und sicher über Untiefen hinwegträgt. Natürlich werden wir Schlagseite bekommen oder auf Grund laufen, nicht aber kentern.

Ich ging in die Küche, holte den Tetrapack Rotwein aus dem Schrank und goss mir ein volles Glas ein, vermutlich wollte ich mich dafür belohnen, die Gesellschaft unten am Uranienborgveien so pflichtbewusst verlassen zu haben.

Ich hatte kaum im Wohnzimmer Platz genommen, als Karin kam. »War der Kurs gut? Warum trinkst du den Wein denn aus einem Wasserglas?«, fragte sie, als sie durchs Zimmer rauschte, meine Schulter tätschelte und den Fernseher einschaltete.

»Weil wir das Glas in die Spülmaschine tun können«, antwortete ich, froh darüber, eine Antwort auf eine Frage gefunden zu haben, die ich mir selbst nicht gestellt hatte. »Und ja, ich glaube, der Kurs kann gut werden. Vielleicht noch ein bisschen früh, um darüber etwas zu sagen.«

»Gut«, fuhr sie fort. »So viel Zeit, wie der dich kostet. Ich möchte auch gern. Holst du mir was? Aber bitte in einem anständigen Glas.«

Auf NRK2 lief ein Film, irgendetwas Libanesisches.

»Bist du weit gelaufen?«, fragte ich.

»Nee, nur rund um Hovseter. Und du? Warst du noch lange da, nachdem ihr fertig wart?«

»Nein«, antwortete ich. »War eigentlich ziemlich müde. Es strengt ganz schön an, so auf Befehl zu schreiben, auf jeden Fall ist es ungewohnt. Aber sicher nützlich.«

Der Film handelte von einem Mädchen, ein Kind noch, das mit Drachen spielte, und von den Plänen, sie mit einem Vetter auf der anderen Seite der Grenze in Israel zu verheiraten. Ich bemerkte, wie Karin ihre Aufmerksamkeit auf den Film richtete und in dessen Welt abtauchte, während es mir nicht gelang, weil ich eine innere Barriere aufbaute. Das geht mir oft so. Wenn es nicht an dem jungen Mädchen und ihrem Schicksal lag, auf das ich mich nicht einlassen wollte, so daran, dass sich meine Tochter Vilde in den Vordergrund drängte.

Oder es war ganz einfach eine Trotzreaktion aus den Tiefen der Seele, aus der lang vergangenen Zeit des Dreijährigen, die bewirkte, dass ich mich an diesem Abend nicht für das Gleiche interessieren wollte wie Karin, schon gar nicht, nachdem sie so eigenmächtig und ohne jede Diskussion entschieden hatte, den Film in unser Wohnzimmer einzulassen. Ich hatte nicht einmal eine Ahnung, was in den anderen Programmen gezeigt wurde.

Mein Glas war leer. Ich stand auf, um in die Küche zu gehen und Nachschub zu holen. Danach wollte ich nach oben in mein Arbeitszimmer und mich an den Computer setzen. Doch selbst in einer so alltäglichen Handlung steckte ein Dilemma: Sollte ich etwas sagen oder nicht? Ging ich wortlos, konnte sie das so auffassen, als wäre ich beleidigt. Sagte ich etwas, konnte das wie eine Abwertung des Films und damit auch ihrer Wahl und ihres Geschmacks wirken.

Was ich hier schreibe, ist doch Blödsinn. Seit wann habe ich ein derart hypersensitives mentales Barometer, um die kaum messbaren Druckunterschiede der Wohnzimmeratmosphäre zu messen? Vielleicht war ich wirklich beleidigt. Wäre ich auch nur ansatzweise großzügig, hätte ich die Weinpackung für uns beide ins Wohnzimmer geholt und mir den Rest des Films angesehen. Stattdessen grunzte ich etwas von einer E-Mail und ging nach oben.

Und hier blieb ich dann sitzen und schrieb. Mehrere Seiten. Sicher ein seltener Fall von Schreibwut. Nun, so taufe ich mein Werk denn mit Rotwein: »Logbuch- oder Tagebuchprojekt«. Natürlich ist das nur ein Ersatz für das Fachbuch, an dem ich eigentlich arbeiten sollte. Aber okay, ich will versuchen, das von Anders Gelernte umzusetzen. Ich werde so »lebendig« schreiben wie möglich und diese Stunden am Computer als Trainingseinheiten auffassen.

4. Oktober 2004

Wenn mein Logbuch eine Übungseinheit ist, muss ich den Kurs als Trainingslager betrachten. Wollen wir hoffen, dass beides zusammen wie ein kräftigender Höhenaufenthalt auf mich wirkt!

Gestern Morgen ging es weiter. Deshalb bin ich Samstagabend nach einer guten Stunde am Computer ins Bett gegangen. Dabei weiß ich, dass ich nicht gut schlafen kann, wenn ich Vilde noch nicht nach Hause habe kommen hören.

Natürlich ist das dumm. Aber für diese Unruhe gibt es Gründe: So kann ich zum Beispiel jederzeit die unangenehmen Erinnerungen an mein Verhalten als Siebzehnjähriger abspulen. Wieder dieses Paradoxon: Ich weiß so verdammt gut Bescheid, kann dieses Wissen aber auf den einzigen mir wichtigen Fall nicht anwenden.

Karin löst dieses Problem ganz anders. Sie schläft. Und weigert sich, auf dieser Basis zu diskutieren. Sie meint, wir sollten nur auf das eingehen, was Vilde uns erzählt. Alles andere sei Verrat, ein Beweis unseres fehlenden Vertrauens. Und wenn ich dann etwas kleinlaut einwende, dass meiner Meinung nach *alle* Jugendlichen in diesem Alter ihre Eltern belügen, das sei ein fester Bestandteil des Erwachsenwerdens, bekomme ich zu hören, dass meine patriarchalischen Eigenschaften wieder mit mir durchgingen. Karin zieht es vor, sich mit ihrer hübschen, vernünftigen Tochter zu solidarisieren.

Vilde ist um drei gekommen, das habe ich gehört. Damit kann man leben.

Der Kurstag begann etwas zäh. In der ersten Pause erfuhr ich, dass am Abend zuvor nicht alle so früh gegangen waren wie ich. Wir saßen ein bisschen zusammen und redeten, und aus irgendeinem Grund erzählte ich eine Anekdote über den phänomenalen Inder Ramanujan. Ein Mann, der als Buchhalter arbeitete und keine ausgewiesene Ausbildung als Mathematiker hatte; er kannte noch nicht einmal die Exponentialdarstellung. Deshalb entwickelte er seine eigene, wie er auch intuitiv und ohne etwas über die Voraussetzungen schlüssiger Beweise zu wissen, verblüffende Entdeckungen machte. Während des Ersten Weltkriegs geriet er nach Cambridge, wo er die Professoren durch sein geniales Zahlenverständnis ins Staunen versetzte. Doch er vertrug weder das Klima noch das Essen, wurde krank und starb in jungen Jahren.

Während er im Krankenhaus in London lag, kam ein Professor aus Cambridge zu Besuch. Natürlich sprachen sie über Zahlen, das heißt, der Professor erwähnte die Nummer des Taxis, in dem er gekommen war, 1729, eine langweilige Zahl, wie er meinte.

Ramanujan protestierte: »Nein, nein, eine sehr interessante Zahl! Die kleinste Zahl, die man auf zweierlei Weise als Summe zweier Kubikzahlen ausdrücken kann!«

Die anderen lächelten, die Rechenaufgabe war wohl doch fehl am Platze. Dabei wollte ich damit gar nicht meine Bewunderung darüber ausdrücken, was für ein übermenschliches Verständnis für Zahlenzusammensetzungen dieser Mann hatte. Eher wollte ich zeigen, in welch professioneller, abstrakter Welt ich lebte. Aber das behielt ich natürlich für mich.

Unter denen, die mir zuhörten und zuvorkommend lächelten, war auch unser freundlicher Anders, der Schriftsteller und Kursleiter. Er muss sich mit ein paar Hundert Konkurrenten auseinandersetzen, nämlich den norwegischen Schriftstellern, die diese wenig gesprochene Sprache nutzen. Schreibt er einen Roman, beurteilt man ihn unter diesem Gesichtspunkt. Norwegisch schreibt nicht mal ein Promille der Weltbevölkerung. Zahlen aber sind universell. Das heißt, dass prinzipiell tausendmal mehr Menschen sich für meine Arbeit interessieren oder sie bereits erforscht haben.

Der Seminartag verlief ganz gut, aber ich war nicht richtig bei der Sache. Ich klammerte mich zu sehr an das, was Anders und Ingvild über den Abstand zum Thema gesagt hatten. Dabei gefällt mir die Distanz – schließlich will ich eine Biografie schreiben und keine Autobiografie. Wir beendeten den Kurs am frühen Nachmittag, weil viele einen weiten Heimweg hatten. Das nächste Mal wollten wir uns in einem Monat treffen, zur Sicherheit gab uns Anders Hausaufgaben auf.

»Ihr bekommt eine Liste mit den E-Mail-Adressen!«, sagte er enthusiastisch. »Helft euch gegenseitig! Nehmt Kontakt zu den anderen in eurer Gruppe auf und schickt euch eure Entwürfe, damit ihr Rückmeldungen bekommt und am Text weiterarbeiten könnt.«

Es kam ihm scheinbar nicht in den Sinn, dass die meisten von uns einen Beruf hatten, der den Alltag weitgehend ausfüllte – er selbst hatte dieses Problem wohl nicht.

6. Oktober 2004

Ich erinnere mich an den Tag, an dem ich das Büro in der Universität bezogen habe. Das ist jetzt schon fünfzehn Jahre her.

Es liegt im sechsten Stock. Ich nehme immer die Treppe. Das kastenartige Mathematikgebäude stammt aus den Sech-

zigerjahren und zeigt mittlerweile deutliche Abnutzungs-
spuren, ich mag es aber trotzdem. Diesen naiven Zukunfts-
glauben, der ein derart himmelstrebendes Projekt gebären
konnte. Nur das Treppenhaus hätte öfter mal gestrichen werden können.

Das Büro ist nicht groß, vielleicht zehn Quadratmeter, ein
Rechteck. An den Wänden stehen natürlich Bücherregale,
die bis unter die Decke reichen. Wenn ich mich am Schreibtisch umdrehe, sehe ich aus dem Fenster: In den ersten Jahren
waren da die Gärten der Einfamilienhäuser, doch inzwischen
hat die Universität große Teile der Nachbarschaft okkupiert,
sodass von den Staudenbeeten und Obstbäumen nicht mehr
viel übrig ist.

Den oberen Teil der Tür habe ich schwarz gemalt. Er dient
als Tafel. Im Augenblick steht dort:

$$\zeta(s) = \sum_{n=1}^{\infty} \frac{1}{n^s} = 1 + \frac{1}{2^s} + \frac{1}{3^s} + \frac{1}{4^s} + \ldots$$

Das ist die Zeta-Funktion in komprimierter Form. Wenn es
nicht der Geist Riemanns ist, der sich da materialisiert und
auf mich aufpasst.

Ich bin schon so ein Hinterwäldler. Als ich damals das
Büro bekommen habe, sagte ich mir: Ich habe es geschafft,
ich bin am richtigen Ort. Das ist *mein* Zimmer, mein Platz.
Ich sah den Rest meines Lebens vor mir, eine harmonische Ellipse. Ein Kreis hat nur ein einziges Zentrum, die Ellipse hingegen verfügt über zwei gleichwertige Brennpunkte; diesen
Raum und das Haus, das ich damals mit Karin baute.

Die Notizen über Riemann lagen seit den Kurstagen unbe-
rührt auf dem Schreibtisch, ich habe mehr als genug anderes
zu tun. Aber ich frage mich beständig, wie ich das Minimum
an Fachwissen einbauen kann, das nötig ist, um dem Leser zu
erklären, wie epochal Riemann war.

Man kann die Mathematik nicht erklären, höchstens über-setzen – in eine hinkende, unpräzise Hilfssprache.

»Seien Sie konkret«, hatte Anders immer wieder betont.

Leicht gesagt, er muss ja auch nicht den Begriff »Komplexe Zahlen« für die sogenannte gebildete Allgemeinheit erklären. Ich habe die makabre Assoziation eines Friedhofs, auf dem die Gräber zunächst ordentlich in Reihen an den Wegen la-gen und von Ost nach West nummeriert werden konnten. Doch mit der Zeit mussten die Totengräber von diesem Prin-zip abweichen und größere Flächen im Norden und Süden in Gebrauch nehmen. Und um diesen weitläufigen Bereich zu kartieren, um die Gräber wiederzufinden, mussten sie ihnen zweistellige Bezeichnungen geben.

Dieser Ansatz ist wahrlich kein pädagogisches Meister-werk, und es bleibt das Problem, die zweite Stelle der komple-xen Zahlen einzuführen, die unschuldige Größe i, die Wurzel, wenn nicht von allem Bösen, so doch von minus eins. Eine Größe, von der ich aus Erfahrung weiß, dass sie erwachsene Männer zu Tode erschrecken kann.

Die Menschen erinnern sich nicht an vieles aus ihrem Mathematikunterricht. Aber in der Regel wissen sie noch, dass es keine Zahl gibt, die, mit sich selbst multipliziert, nega-tiv wird. Das ist unmöglich. Ist die Zahl positiv, bekommen wir plus mal plus, was wiederum plus ergibt. Und ist sie nega-tiv, heißt es minus mal minus – und auch das ergibt plus!

Das also lernt man in der Schule. Aber die Mathematik kommt an einen Punkt, an der sie diese Zahl verzweifelt *braucht*, eine Missgeburt, die mit sich selbst multipliziert wer-den kann und doch negativ ist. Was wir in diesem Moment tun, ist eigentlich ganz einfach. Wir treffen die Annahme, dass es diese unmögliche Zahl gibt, und wir geben ihr einen Namen: i. Die Wurzel aus minus eins.

Dieses kleine arme i ist für viele beängstigend. Eine fried-lose Seele jenseits aller vernünftigen Systeme mit plus und minus, ein Geist, der über die Friedhöfe schwebt und nur dann im Reich der Lebenden auftaucht, wenn man ihn auf widernatürliche Weise mit sich selbst verbindet.

7. Oktober 2004

Heute Morgen habe ich eine E-Mail von Ingvild bekommen.

Sie wohnt in Halden und arbeitet an der dortigen Fachhochschule, aber Montag hat sie etwas in Blindern zu erledigen und schlägt vor, gemeinsam einen Kaffee zu trinken.

Als kleiner Junge lernte ich ganz genau zu unterscheiden zwischen *Sünde* und *Schuld*. Was nichts Ungewöhnliches ist. *Sünde* betrifft die Beziehung zu Gott. Alles, was nicht im Glauben geschieht, ist Sünde, sagt Paulus in einem seiner kategorischen Momente. Die *Schuld* aber entsteht, wenn wir die Verantwortung unseren Mitmenschen gegenüber nicht wahrnehmen.

Zur Zeit denke ich selten über den Glauben nach, über mein Verhältnis zu Gott. Er ist verblichen, wie auf einer Fotografie mit wenig haltbaren Farben. Er ist nicht tot, wurde nie dramatisch zerhackt oder zerstückelt. Nur reduziert zu einem Schatten, der sich tief im Herzen der Mathematik versteckt, in der außerirdischen Unergründlichkeit und den ewigen Zusammenhängen.

Dabei zeigt er sich in dem seltsamen Prinzip der Offenbarung: In den Momenten, in denen höchst theoretische Spekulationen über Zahlen und Flächen plötzlich etwas über die Welt auszusagen vermögen, etwas Neues, Grundlegendes. Arm und deprimiert brütete Riemann über das Wesen der Geometrie. Dann konstruierte er eine multidimensionale künstliche Geometrie, ein brillantes Gedankenspiel, das niemand wirklich ernst nahm – bis Einstein ein halbes Jahrhundert später bewies, dass man mit Hilfe dieser Theorie tatsächlich das Universum beschreiben konnte.

Ich glaube nicht an die Sinnlosigkeit. Es gibt einen Sinn – in Form eines Stapels von Arbeitsskizzen. Nur dass sie die meiste Zeit vergessen in einer Ecke liegen.

Mit der Sünde ist es so eine Sache. Vater war der Meinung, man müsse seine Schuld eingestehen. Er hielt es für zu simpel, auf Vergebung von oben zu hoffen, ehe man in sich gegangen war und sich mit demjenigen ausgesprochen hatte, dem man Unrecht getan hatte. Ich denke mit einigem Unbehagen an die daraus resultierenden Szenen. Zum Beispiel an die Geschichte mit der Queen-Schallplatte, die ich in unserem örtlichen Plattenladen gestohlen hatte. So eine kleine Single verschwand leicht unter einem Pullover, und ich hatte kein Geld. In Wirklichkeit ging es nicht einmal um die Platte. Der Diebstahl war der unbeholfene Versuch dazuzugehören. Viele meiner Bekannten hatten solche kleinen Übeltaten begangen, es war fast ein Sport. Aber ich war schrecklich unbeholfen, senkte den Blick und verschwand derart schnell durch die Tür, dass allen klar sein musste, dass etwas nicht stimmte.

Ich wurde ertappt, Vater wurde informiert, ich log. Ja, ich rede aus einer gewissen Erfahrung, wenn ich sage, dass Kinder ihre Eltern belügen. Vaters inbrünstige Enttäuschung machte mich fertig. Der Sohn des Pastors musste kriechen, wenn schon nicht zu Kreuze, so doch zum Plattenhändler und seine Schuld eingestehen.

Heute Vormittag kam also diese dreizeilige E-Mail über das Kaffeetrinken in Blindern. Kaum hatte ich sie gelesen, spürte ich ein wohlbekanntes Stechen. Und da ich unmöglich bereits so viel Schuld auf mich geladen haben konnte, musste es sich wohl um eine Vorwarnung handeln, ein Signal, das auf einen leeren Schuld-Raum mit großem Fassungsvermögen hinwies.

Seit dem Seminar am Wochenende denke ich an Ingvild.

Dabei weniger an *sie* als an das, was sie gesagt hat, an das Eingehen auf meine kleine Geschichte über die Primzahlen in der Kirche. Sie hatte sich tatsächlich dafür interessiert, hatte zwischen den Zeilen gelesen und den Schluss gezogen, dass sich dahinter ein Mensch befinden musste.

8. Oktober 2004

Heute ist mir etwas Seltsames widerfahren.

Vilde hat einen neuen Freund, den ersten, mit dem es Ernst ist – auf jeden Fall so ernst, dass er hier zu Hause im Lilleveien aufgetaucht ist. Plötzlich stand er da, groß, blonde Locken, schüchternes Lächeln. Ebenso schnell war er dann auch wieder verschwunden: Ich konnte ihn gerade noch begrüßen, da hatte Vilde ihn schon in ihr Zimmer geschoben und uns unzweideutig signalisiert, dass man ihm bitte die höfliche Konversation ersparen möge.

Ein paar Andeutungen gab es vorher schon. Wir wussten, dass er Harald heißt, im Frühling Abi macht, also ein Jahr älter ist als Vilde. Eigentlich hat der Gedanke etwas Beruhigendes, nicht der Junge selbst, ich kenne ihn ja nicht, sondern die Tatsache, dass Vilde in gewisser Weise ein stabiles Leben führt, mit ihm als Fixpunkt im Strom der Freundinnen, Verabredungen, Telefonate und Feten. Natürlich ist das eine naive Betrachtung, aber ich tröste mich damit.

Wie gewöhnlich bin ich abends nach oben in mein Arbeitszimmer gegangen, »um zu schreiben«. Ein PC ist eine gute Gesellschaft. Aus Vildes Zimmer hörte ich zunächst Musik. Aber nach einer guten Stunde wurde es leise. Dann schlug eine Tür, das Pärchen schien das Haus zu verlassen. Von meinem Fenster aus kann ich den Eingangsbereich sehen. Bis sie zwölf oder dreizehn war, drehte sich Vilde, wenn sie das Haus verließ, noch einmal um, sah zu meinem Fenster hoch und winkte mir zu, wenn sie mich sah. Manchmal tut sie das jetzt noch – aber natürlich nicht heute Abend, als sie mit Harald das Haus verließ. Im Gegenteil – ich kam mir plötzlich wie ein Voyeur vor, als ich sah, wie ihre Gestalt beinahe mit dem langen, hageren Jungenkörper verschmolz. Sie hielten sich umschlungen. Im Licht der Straßenlaterne vor der Hofeinfahrt warfen sie einen gemeinsamen Schatten.

Dann verschwanden sie hinter der Hecke.

Im gleichen Moment meldete sich dieses Gefühl mit all seiner Kraft. Ich konnte es sozusagen seismografisch spüren, es wälzte sich aus primitiven Verwerfungen in der Tiefe der Seele empor: Eifersucht. Ich sitze hier, ein moderner norwegischer Teenagervater, und bekomme einen doppelten Schock. Bin nicht nur von der beinahe physischen Stärke des Gefühls außer Gefecht gesetzt, dem Impuls, aufzuspringen, ihnen nachzulaufen, etwas zu tun – sondern betrachte das Ganze vollkommen scharf und klinisch von außen: das Lächerliche an der Reaktion, ich selbst als komischer Anachronismus.

11. Oktober 2004

Man kann wohl sagen, dass auch heute etwas Merkwürdiges geschehen ist.

Das Mathematikgebäude hat im Erdgeschoss eine einfache Kantine, und Ingvild bestand darauf, mich dort zu treffen. Ich glaube, sie wollte mir nicht zu viel Zeit stehlen.

Ingvild ist nicht die Frau, nach der ich mich auf der Straße umdrehen würde – was ich übrigens nie tue, wenn ich darüber nachdenke. Sie ist ziemlich groß, ihre dunklen kurzen Haare beginnen grau zu werden, und sie hat wache, fast grüne Augen. Am bemerkenswertesten ist ihr schnelles, etwas schüchternes Lächeln, das immer wieder aufblitzt.

Wir setzten uns mit unserem Kantinenkaffee an einen Tisch. Ihre Hände lagen ruhig neben der Tasse. An den Fingern trug sie mehrere Ringe, mit und ohne Steine; es gelang mir nicht, die Symbolik zu deuten.

Im Kurs hatten wir alle kurz über unsere Beweggründe für die Teilnahme gesprochen und über die Projekte, für die wir unsere Fähigkeiten verbessern wollten. Und an diesem Punkt setzte Ingvild an – bei Bernhard Riemann, von dem sie noch nie etwas gehört hatte, obgleich sie Deutsch unterrichtet – Sprache und Kultur – und viele Bekannte in Deutschland hat. Sie war ein bisschen enttäuscht, als ich ihr sagte, dass er in Göttingen gearbeitet hat, denn dort war sie noch nie gewesen.

»Aber wie sieht es mit deinem Deutsch aus«, fragte sie. »Ich verstehe ja, dass das Fachliche kein Problem ist, aber kannst du Briefe lesen, Zeitungen, Quellen aus seiner Zeit?«

»Deutsch ist doch leicht«, antwortete ich etwas überheblich und erinnerte mich an die dummen Sprüche meines Deutschlehrers in der Schule.

Wieder blitzte ihr Lächeln auf, dabei hätte diese Antwort keine derartige Belohnung verdient.

»Hast du Kinder«, fragte ich gedankenlos.

Sie nickte ruhig: »Ja, zwei. Einen Jungen und ein Mädchen – Teenager.«

»Ah, ja«, antwortete ich. »Genau damit kämpfe ich zur Zeit auch.«

Fünf Minuten später hatte ich dieser Frau aus Halden, die ich kaum kenne, von Vilde erzählt, von ihrem Freund und von der absurden Eifersuchtsattacke. Jetzt lächelte sie nicht, sie sah eher besorgt aus. Ich erwartete kein Mitgefühl und deutete ihren Gesichtsausdruck als Konsequenz der Richtung, die das Gespräch genommen hatte.

»Hm«, sagte sie. »Ich habe mich immer gefragt, wie das geht, mit Vätern und Töchtern. Dabei habe ich ja auch einen

Vater. Und einen Mann und eine Tochter. Aber ich muss jetzt gehen. Ich habe noch eine Sitzung. Kann ich dir eine Mail schicken?«

»Natürlich«, stotterte ich. »Was ist er eigentlich? Dein Mann, meine ich?«

»Er ist tüchtig«, antwortete sie. »Durch und durch tüchtig.«

12. Oktober 2004

Vierzig zu werden ist für einen modernen Mathematiker etwas ganz Besonderes. Der alte Alfred Nobel kam nie auf die Idee, auch an uns zu denken, als er sein Testament machte. In unserem Metier ist die Fields-Medaille die größte Auszeichnung, so war es jedenfalls, bis der Abel-Preis ins Leben gerufen wurde. Eine exklusive Auszeichnung, die alle vier Jahre verliehen wird – eine Art mathematische Olympia-Medaille. Aber diese Medaille hat eine nicht unwesentliche Zusatzbestimmung: Sie wird nur an Mathematiker unter vierzig verliehen.

Nicht dass ich jemals in die engere Wahl für diese Medaille gekommen wäre, außer in meinen wildesten Träumen. Ich bin kein Olympiasieger, ich muss mich schon anstrengen, das Finale der nationalen Meisterschaften zu erreichen, um bei diesem Bild zu bleiben. Aber trotzdem: Als ich vor drei Jahren vierzig wurde, war es zu spät. Diese Schwelle habe ich überschritten.

Bernhard Riemann erreichte mein Alter nicht. Er starb fast genau zwei Monate vor seinem vierzigsten Geburtstag. Und da litt er schon seit Jahren an Tuberkulose und war zur Genesung lange Zeit in Italien gewesen, ohne richtig arbeiten zu können. Doch damit nicht genug. Zu Beginn hat er lange nach seinem Weg gesucht. So studierte er ein Jahr Theologie, ehe er sich auf die Mathematik konzentrierte. Warum Theologie? Eine alte Theorie beruht darauf, dass seine Familie so wenig Geld hatte und die Theologie das sicherste Studium war, um rasch eine Anstellung zu finden und etwas zu verdienen.

Aber ich halte nichts von dieser Theorie. Es stimmt schon, die Familie Riemann hatte wenig Geld, aber das lag gerade daran, dass Vater Riemann Pastor einer kleinen Landgemeinde war. Riemanns Studienentscheidung muss eher etwas mit Loyalität und Pflichtgefühl zu tun gehabt haben.

Natürlich war die Theologie nicht der richtige Ort für ihn. Ich glaube, der Studienwechsel muss für ihn eine ungeheure Versuchung gewesen sein. Bernhard hatte Einblick in eine Welt erhalten, die so schön und vielfältig war, so verlockend, dass er ihr nicht widerstehen konnte. Deshalb redete er sich selbst – und seinem Vater – ein, die Mathematik sei nur ein andere Art und Weise, einen Weg zu Gott zu finden, ein Streben nach der Offenbarung, nur eben nicht in der Sprache der Bibel. Das muss die Erklärung für die Inschrift auf seinem Grabstein sein, die bekannten Worte aus dem Brief des Paulus an die Römer: »Denen, die Gott lieben, dienen alle Dinge zum Besten.«

Und da ist noch etwas, dem ich mich später ausführlich widmen will: Riemann war derart schüchtern, dass er außergewöhnlich linkisch auftrat, wenn er sich mündlich ausdrücken musste. Durchaus ein Hindernis für einen Universitätsmathematiker. Aber eine Tragödie für einen Pastor.

Alle, die über Riemann geschrieben haben, betonen sein enges Verhältnis zu seinen Eltern und Geschwistern. »Die größte Innerlichkeit verband Riemann mit seiner Familie, und dies blieb auch in seinen späteren Jahren so, als er nicht mehr bei ihnen lebte«, schrieb sein erster Biograf.

Aber ein Biograf ist verpflichtet, sich kritisch zu seinen Quellen zu verhalten. Und eine solche Äußerung ist doch wohl zu banal. Die größte Innerlichkeit, rein und ohne jede Einschränkung, zu seiner *Familie*? Jeder, der im Schoß einer Familie aufgewachsen ist, sollte an diesen schönen Worten zweifeln. Man vergleicht seine Eltern doch unwillkürlich mit denen anderer Leute. Gut, sein Vater war Pastor, ein angesehener Mann im Ort. Aber er war arm. Diese Armut muss in Bernhards Jugendjahren so bedrückend gewesen sein, dass sie zu Unterernährung führte, und später zu einem Hindernis für seine wissenschaftliche Karriere wurde.

Sollte er als Junge wirklich nicht erkannt haben, dass die Kinder des vor Kraft strotzenden Metzgers und des dicklichen Wirts des Ortes Quickborn ein besseres Leben hatten als er? Und auch der Privatunterricht des Vaters kann für den hyperbegabten Sohn nicht unproblematisch gewesen sein. Der kleine Bernhard wird hin und her gerissen gewesen sein zwischen dem Respekt vor der väterlichen Autorität und den Lücken und Irrtümern, die er im Wissen des Vaters schon früh erkannte.

Quickborn war für ihn nichts anderes als eine Sackgasse. Ein hochbegabtes Kind muss sich an diesem Ort wie ein exotisches Geschöpf von der Menge abgehoben haben. Quickborn war die Gussform für die quälende Schüchternheit des Jungen und späteren Mannes; eine Hemmung, die seine ruhige mathematische Karriere beinahe verhindert hätte.

Der gesunde Menschenverstand sagt einem, dass der Mathematiker ein ambivalentes Verhältnis zu seinem Vater und zu seinem Elternhaus gehabt haben muss. Was nicht heißt, dass er sich nicht dorthin zurückgesehnt hat, wenn er fort war. Es gibt eine Geschichte von ihm, dass er fünfzig Kilometer zu Fuß nach Hause gelaufen ist, als er in Lüneburg aufs Gymnasium ging. Aber auch dieser Vorfall wird die Ambivalenz nur verstärkt haben: Denn in seiner Klasse waren auch Jungen aus wohlhabenden Familien, keineswegs so begabt wie er, die aber über eine Kutsche verfügten und dreimal täglich genug zu essen bekamen. Während er auf wunden Füßen vor sich hin trottete, muss sich der junge Bernhard gefragt haben, was sein Vater ihm eigentlich zu bieten hatte.

13. Oktober 2004

Ein Nachsatz zum gestrigen Klagen über die Vierzig: Jeder norwegische Mathematiker ist sich wohl bewusst, dass es einen norwegischen, auf jeden Fall einen in Norwegen geborenen Stern am internationalen Mathematikerhimmel gibt, ein unerreichbares Ideal. Atle Selberg. Er *bekam* die Fields-Medaille. Unter anderem dafür, dass er einen zentralen Bereich von Riemanns Arbeit weiterführte. Das muss ich irgendwo in meiner Darstellung in demütiger Bewunderung einbauen.

Selberg arbeitete am Institute of Advanced Studies in Princeton. Am gleichen Institut, an dem auch Einstein gearbeitet hat. Ich habe Selberg einmal auf einer Konferenz in den USA getroffen. Er war über achtzig, reserviert, und dass ich Norweger bin, interessierte ihn nicht besonders (er selbst wurde amerikanischer Staatsbürger, sein Akzent war aber noch immer deutlich). Er war völlig klar im Kopf, wechselte ins Norwegische, fragte kurz, woran ich arbeitete, schien aber nicht beeindruckt zu sein. Dass ich wusste, woran *er* arbeitete, war für ihn eine Selbstverständlichkeit.

14. Oktober 2004

Erst heute Morgen kam eine E-Mail aus Halden. Im Laufe dieser Tage habe ich aus reinem Pflichtbewusstsein geschrieben und Seiten komplettiert, wobei ich fürchtete, mich lächerlich zu machen. Mir ist, als hätte ich mit dem, was ich Ingvild anvertraut habe, eine Grenze überschritten, nein, zwei Grenzen. Die eine betrifft sie selbst – ich habe ihr eine Intimität aufgedrängt, für die sie mir keinerlei Anlass gegeben hat. Ich erinnere mich zwar an ihre Bemerkung über die Liednummern, aber das war im Zusammenhang mit dem Kurs und, um ehrlich zu sein, unter dem Einfluss von Rotwein.

Aber was ist schon dabei. Ich habe eine gewisse Erfahrung darin, mich lächerlich zu machen. Die andere Grenzüberschreitung ist viel gravierender: Ich habe Ingvild gegenüber etwas sehr Persönliches ausposaunt, etwas, was die Grundfesten meiner eigenen Familie betrifft.

Und noch etwas habe ich in den letzten drei Tagen erkannt: Was ich ihr gesagt habe, hätte ich niemals Karin anvertrauen können, meiner Ehefrau, mit der ich bald zwanzig Jahre glücklich zusammenlebe.

Diese Erkenntnis kam wie ein Schock, als wäre plötzlich etwas Ernstes, eine akute Krankheit bei mir oder ihr ausgebrochen.

Die Tatsache bleibt: Als ich die erschreckende Eifersucht spürte, bin ich nicht im Traum auf die Idee gekommen, mit Karin darüber zu sprechen.

Wir können ohne Unbehagen gemeinsam schweigen. Das ist etwas Großes. Aber wir haben auch Worte für intime Eingeständnisse. Einiges deutet darauf hin, dass diese Sprache mit den Jahren ein wenig ins Stocken geraten ist, aber das soll keine Entschuldigung sein.

Es *gibt* keine Entschuldigung. Denn was ich Ingvild anvertraut habe – ist das nicht schon eine subtile Form der Untreue? Ich habe mir etwas genommen, was ein Teil der privaten Gemeinsamkeit sein sollte, und es einer anderen gegeben – es einer anderen aufgedrängt, sollte ich wohl sagen.

Die E-Mail von Ingvild ist nicht lang. Sie bedankt sich für das interessante Gespräch, an das sie noch immer denke. Und sie schließt mit den Worten: »Ich freue mich auf das nächste Treffen bei unserem Kurs.«

19. Oktober 2004

Es ist etwas geschehen, was ich mit diesem murrenden Gefühl der Schuld in Verbindung bringe: Ich habe begonnen, mich von außen zu beobachten. Insbesondere zu Hause. Viel zu entdecken gibt es nicht, das Alltagsleben läuft fast wie auf Autopilot. Gibt es einen Unterschied, dann vielleicht den, dass ich etwas freundlicher und rücksichtsvoller bin.

Niemand bemerkt es.

Vilde ist, wenn das überhaupt möglich ist, noch seltener zu Hause. Versuche ich mir auszurechnen, wie viel sie eigentlich schläft, mache ich mir ernsthaft Sorgen – denn ich glaube nicht daran, dass es biologisch möglich ist, den Schlaf an den Wochenenden nachzuholen, auch wenn sie den Tagesrhythmus nach Kräften auf den Kopf zu stellen versucht. Vermutlich schläft sie in langweiligen Schulstunden, wenn sie dann nicht ihre Hausaufgaben macht. Trotzdem läuft es in der Schule problemlos, schenkt man den wenigen Informationen Glauben, die bis zu uns durchsickern. Aber sie hat Mathematik abgewählt.

Harald ist jetzt viel bei uns. Es ist schon komisch, wie er sich bemüht, höflich und entgegenkommend zu sein, während Vilde mit allen Mitteln versucht, ihn von uns fernzuhalten – ich nehme an, dass es entsprechend abläuft, wenn sie bei ihm zu Hause sind. Und meine Eifersucht? Sie nimmt vernünftige Formen an, ist bei Weitem nicht mehr so stechend. Ehrlich gesagt mag ich den Jungen, auch wenn sich seine Zukunftspläne darin erschöpfen, elektronische Popmusik zu machen. Vilde schnaubte höhnisch, als er mir zu erklären versuchte, für welche Unterart von Elektropop er sich interessierte – sie hält es wohl für Zeitverschwendung, einem Mann derartige Finessen erklären zu wollen, der seit dem ersten Konzert der Sex Pistols 1977 nichts mehr mitbekommen und sich seither mit Miles Davis, Bach und Arvo Pärt eingemauert hat.

Aber ich lasse mich nicht provozieren. Glaube ich jedenfalls. Eher bemühe ich mich, auch Vilde von außen zu betrachten, nicht nur als meine Tochter, sondern als einen Menschen, der seinen Weg gehen will. Ich hoffe, er wird hin und wieder parallel zu meinem verlaufen, aber was das angeht, kann ich wirklich nur hoffen.

20. Oktober 2004

Ich begleite Karin auf einigen ihrer energischen Abendspaziergänge. Sie scheint weder überrascht noch sonderlich froh darüber zu sein. Wir laufen nebeneinander her und fallen bald in den gleichen Rhythmus.

Karin hat einen dunklen Teint und braune Augen, sie ist etwa einen halben Kopf kleiner als ich. Die Leute sagen, sie habe etwas Südländisches; daher vielleicht auch ihre Ruhelosigkeit. Sie geht gern schnell, aber nicht so schnell, dass wir nicht ein paar Sätze miteinander reden könnten. Dabei handelt es sich fast ausschließlich um unsere Jobs. Man könnte sagen, dass wir einander informieren, dass wir unseren Ehepartner etwas besser mit den Stunden der Woche bekannt machen, in denen wir uns in unterschiedlichen Sphären und in der Gesellschaft anderer Menschen befinden.

Früher konnten wir uns bei diesen Arbeitsdiskussionen sogar ein bisschen in die Haare geraten. Als Norwegischlehrerin legt Karin großen Wert darauf, dass die Schüler etwas durch die Literatur erfahren und sich in Texten wiederfinden, die für sie persönlich Bedeutung haben. Eine erfolgreiche Stunde ist für sie eine Stunde, in der alle sich angesprochen fühlen. Ich habe mit dem rein Fachlichen gekontert – sollten die Schüler nicht in erster Linie etwas lernen, Literaturgeschichte, Grammatik? Manchmal schlug sich auch die männliche und weibliche Perspektive in unseren Diskussionen nieder. Ich konnte kaum leugnen, dass die Mathematik hierarchisch ist, man musste sie Stück für Stück erklimmen, um ein höheres Niveau zu erreichen – eine, wie Karin meinte, rein männliche Sichtweise der Welt.

Aber diese Diskussionen liegen lange zurück. Unsere Positionen sind inzwischen hinlänglich bekannt. Außerdem will ich nicht kleinlich sein. Denn sie ist eine sehr gute Lehrerin, das zeigt schon die Tatsache, dass ihre Schüler die Examen in der Regel ohne Probleme meistern.

24. Oktober 2004

Der Herbst war lang und mild; heute haben Karin und ich Pilze gesucht. Eine richtige Exkursion, erst mit dem Zug bis Snippen und von dort zu Fuß bis Sinober, im Rucksack Kaffee und Marschverpflegung. Pilze suchen ist eine wunderbare Aktivität, bei der man meist schweigend miteinander unterwegs ist.

Wir laufen eingespielt in die gleiche Richtung. Wissen, was wir wollen. Dieses Jahr war wirklich ein Steinpilzjahr, ein Herbst für den König des Waldes. Aber jetzt ist es zu spät für diese leicht zu sammelnde Herrlichkeit, jetzt gehen wir konzentriert mit ein paar Metern Abstand durch den Wald, um das Areal besser abzudecken. Wir haben den Blick fest auf den Waldboden geheftet, um die tückischen Trompeten-Pfifferlinge zu erkennen, die sich als trockenes Laub tarnen.

Die Stille ist beinahe greifbar: Nur hin und wieder hören wir weit entfernte Stimmen. Als plötzlich ein Specht loshämmert, bleiben wir wie angewurzelt stehen und starren in die Baumkronen über uns. Karin sieht ihn zuerst, sie schleicht zu mir, stellt sich dicht neben mich und zeigt ihn mir. Ein stattlicher Buntspecht.

Viele Male haben wir so gestanden, beim Beobachten eines

Vogels, beim Betrachten einer Orchidee, eines Gemäldes oder einfach nur der Kinder, als sie klein waren und tief versunken spielten.

Wir gingen weit, ehe wir rasteten. Trompeten-Pfifferlinge zu suchen ist wie eine Schatzsuche. Man sieht eine kleine Gruppe, geht näher, um sie zu pflücken – und sieht sie plötzlich überall, braun, unansehnlich. Da wird die Ausdauer belohnt. Unsere Körbe waren schwer und beinahe voll, als wir zum Bahnhof kamen.

Wir waren müde, als wir unser Haus erreichten, aber Trompeten-Pfifferlinge müssen akribisch gereinigt werden. Das ist mein Job, und wenn ich fertig bin, übernimmt Karin, entzieht ihnen das Wasser und legt sie in passende Gefrierbeutel. Ich richtete mich in der Küche ein, machte das Radio an, den Klassiksender, und dachte, was für ein schöner Ausflug es war.

29. Oktober 2004

Das milde Wetter hält sich. Ich sollte jetzt am Wochenende helfen, unseren kleinen Garten winterfest zu machen, aber ich habe ja den Schreibkurs.

Morgen sollen wir fachbezogenes Material mitbringen und den Entwurf eines Aufsatzes über unser Thema. Ich habe Auszüge einiger Briefe ausgewählt, die Bernhards junger Lehrer über ihn geschrieben hat, einen Stundenplan aus dem Johanneum-Gymnasium in Lüneburg aus dem Jahr 1842 und Riemanns Abiturzeugnis, das heißt den Nachweis seiner Reifeprüfung. Es ist nicht leicht, aus diesem trockenen Material ein lebendiges Bild des Jungen abzuleiten, aber es sollte möglich sein, wenn man Hilfe bekommt.

Diese wenigen Unterlagen haben noch eine andere Eigenschaft: Sie sind alle auf Deutsch geschrieben.

Der Brief des Mathematiklehrers mit dem seltsamen Namen Schmalfuß wurde nach Riemanns Tod geschrieben und enthielt nichts Unerwartetes: »Ich habe es immer als Glück empfunden, einen Schüler wie Bernhard Riemann unterrichten zu dürfen. Ich werde ihm mein Leben lang dankbar sein für die große Bereicherung, die er mir geschenkt hat, und für die Freude, die mir, ob seiner wundersamen Begabung und Entwicklung, zu erleben erlaubt war.«

Na ja. Über die Toten sagt man nur Gutes. Wendet man sich von diesem Brief ab und betrachtet das Reifezeugnis, erhält man einen etwas anderen Eindruck. Dass er ein »Lobenswert« in Mathematik und Physik erhielt, war wohl nicht zu vermeiden, schließlich hat der Lehrer ganz unverblümt eingestanden, nicht immer mit seinem Schüler Schritt gehalten zu haben. Ein »Sehr gut« in Hebräisch fällt auch auf, doch ansonsten ist das Zeugnis ganz normal. In Latein und Griechisch, Französisch und Englisch hat er ein »Gut«, desgleichen in Deutsch, mit der Bemerkung, dass er logisch und zusammenhängend zu schreiben in der Lage sei, dass es ihm aber an Inhalten und lebendiger Phantasie fehle. Und was war mit der Religion? »Ziemlich gut« – das musste dann schlechter als gut sein, genügend vielleicht? Und er wollte Pfarrer werden?

Es ist schon nach Mitternacht. Karin ist längst im Bett. Die Kinder sind beide unterwegs; ich trinke noch meinen Rotwein aus, dann gehe auch ich zu Bett. Das Wochenende wird voller Aktivitäten sein.

30. Oktober 2004

Ein langer, ereignisreicher Samstag. Aber der Tag war besser als erwartet, das kann ich sagen.

Kristian und Vilde schliefen noch, als ich morgens das Haus verließ. Trotzdem hatte ich das absurde Gefühl, beobachtet zu werden, als stünde einer der beiden oben in meinem Büro und sähe mir nach.

Ich erinnerte mich, nein, ich rief mit plötzlicher Schärfe die Erinnerung an ein Erlebnis wach, das ich mit siebzehn oder achtzehn hatte. Ich interessierte mich damals für ein Mädchen, das mich erst angemacht, sich dann aber demonstrativ zurückgezogen hatte. Ich war derart niedergeschlagen, dass sich meine ansonsten so vorsichtige Mutter einmischte und mir mitfühlend sagte, sie wisse, wie stark Gefühle sein könnten.

Ich hörte ihr mit einer Gleichgültigkeit zu, die an Hohn grenzte. Denn was wusste sie schon davon? Sie war nicht nur die Frau eines Pastors und damit völlig ahnungslos, was die harten Realitäten des Lebens anging, sondern noch viel wichtiger: Sie war *alt*, sodass alles, was es an Leidenschaft und verzehrender Sehnsucht gegeben haben mochte, längst verloschen war.

Ach, ach, Mutter war damals gerade erst vierzig. So also – als vergilbten, blutleeren Alten – sehen mich meine Kinder. So hätten sie mich aus dem Haus gehen sehen, wären sie wach gewesen.

Und so sehen vermutlich auch Ingvilds Kinder ihre Mutter.

Wir saßen den halben Vormittag an einem Tisch und studierten mein Material, Sofia, Ingvild und ich. Die Lehrerin war die pädagogisch Geschickteste von uns. Sie versuchte wirklich, mir zu helfen, sich diesen Schüler vorzustellen, den jungen Bernhard, still, schüchtern, arm und in einer fremden Stadt.

War er schlecht gekleidet? Natürlich, bedenkt man die wirtschaftlichen Verhältnisse der Familie. War er viel krank? Ja, vermutlich im letzten Jahr; das stand im Zeugnis. Er musste doch irgendwie auffallen, schließlich waren die anderen Schüler wohlbehütete Bürgersöhne aus Lüneburg. Sprach er einen anderen Dialekt? Ich war mir nicht sicher, glaubte es aber nicht.

Beim Stundenplan schüttelte Sofia nur zweifelnd den Kopf. Fünf Fremdsprachen, zehn Stunden Latein in der Woche! Das grenzte ihrer Meinung nach an Kindesmisshandlung. Dort hastete der kleine Bernhard über den Schulhof, die braunen Bücher unter den Arm geklemmt, dicht bedruckte Seiten mit gotischer Schrift, kein einziges Bild. Er lief von Unterricht zu Unterricht, von Griechisch zu Hebräisch – und interessierte sich doch nur für die Mathematik. Der Unterricht reichte nicht. Von Schmalfuß lieh er sich Euklid, eine kommentierte Ausgabe, er besorgte sich Archimedes – »und beim Lesen nahm er alles fest in seinen Besitz«.

Nein, es war nicht erstaunlich, dass die Deutschaufsätze zu kurz ausfielen und dass es ihm ein wenig an Phantasie mangelte. Sofia musste eingestehen, dass auch sie selbst nicht wisse, wie sie mit einem solchen Schüler umgehen solle. Das wäre ein klarer Fall für den schulpsychologischen Dienst. Noch deutlicher wurde es, als sich Ingvild über den Tisch beugte und zu übersetzen begann: »Seine Aufmerksamkeit ist zufriedenstellend, wenn auch nicht in allen Fächern gleich gut. Er bemüht sich mit den Hausaufgaben, verfolgt dabei aber seine eigenen Ideen, sodass er nicht immer die Ansprüche der Schule befriedigt. Insbesondere versäumt er häufig die Abgabetermine der Aufsätze.«

»Ich habe wirklich das Gefühl, ihn vor mir zu haben«, sagte Ingvild.

Beim Schreiben baute ich dann darauf auf. Ich verfasste eine Seite über Bernhard und Lehrer Schmalfuß, fügte erfolgreich die monströse Stundenzahl des Lateinunterrichts ein, merkte dann aber versöhnlich an, dass Latein ja die Eingangspforte zur gelehrten Welt sei. Vermutlich war die Euklid-Ausgabe, die Schmalfuß seinem Schüler geliehen hatte, eine lateinische Übersetzung der »Elemente«. Im Plenum stieß ich bei einigen auf Anerkennung.

»Aber da muss noch mehr sein als die Armut und die Probleme mit dem Deutschlehrer«, sagte ich anschließend zu Ingvild. Es war Essenszeit, und wir hatten uns ein bisschen Wein geholt und uns nebeneinander aufs Sofa gesetzt. »Das erlebt doch jeder. Für mich liegt die Herausforderung darin, herauszufiltern, was ihn zu Bernhard Riemann gemacht hat. Er wird eine schwere Zeit gehabt haben, aber auch gewaltige Erlebnisse. Für einen Jungen wie ihn muss es berauschend gewesen sein, Euklid zu lesen, dieses Bauwerk zu sehen, das nur auf einigen Postulaten basiert, eine Kathedrale, die sich in den Himmel erhebt und bei der jeder Stein sicher auf dem darunter liegt ...«

»Nicht nur das, aber wie konnte er Euklid übertreffen? Woher kam seine Skepsis? Schließlich hat er an den Mauern gerüttelt«, wandte sie ein. »Auch wenn das natürlich viel später war. Er hat eines von Euklids Postulaten verworfen und damit sein eigenes Gebäude errichtet.«

»Woher um alles in der Welt weißt du das?«

Sie blickte in ihren Wein. Ihre Wangen wurden rot. »Tja, ich hab ein bisschen gelesen«, murmelte sie. »Schließlich finde ich dein ... Projekt ganz schön spannend.«

Während des Essens wurde Ingvild geradezu belagert von Kursleiter Anders, jedenfalls kam es mir so vor. Er setzte sich auf der anderen Seite neben sie, trank Wein, prostete ihr zu, redete über deutsche Literatur und die Geheimnisse des Schreibens und legte seine Hand auf ihre Schulter, um seine Argumente zu untermauern; es fehlte nur noch, dass er ihr Privatunterricht und eine signierte Ausgabe seiner gesammelten Werke anbot. Ich selbst wurde unbeholfen, wie so oft, wenn sich die Dinge in eine andere Richtung entwickeln, als ich es mir ausgemalt habe. Ich redete ein bisschen quer über den Tisch, hörte den Lärm der sich kreuzenden Gespräche und stand auf, um mir ein Glas Wein zu holen, das ich geistesabwesend austrank.

Anders hätte ich am liebsten zum Teufel geschickt. Was hatte er vor? Wollte er sich mit einer Studentin einlassen, mitten im Kurs?

Ich entschloss mich, nach Hause zu gehen. Das war das einzig Vernünftige. Der Kurs wurde morgen fortgesetzt; und wenn ich jetzt ging, reichte es sogar noch für einen Film im Fernsehen und einen weiteren Rotwein. Vielleicht konnte ich dann schlafen, ohne mich ständig zu fragen, wo die Kinder waren und wie sie nach Hause kamen.

Da wandte sich Ingvild von Anders ab und blickte mich an.

»Am wichtigsten war es doch vielleicht, dass der junge Riemann bei Euklid auf den Primzahlenbeweis gestoßen ist«, meinte sie. »Oder war das nicht Euklid, der bewiesen hat, dass es keine größte Primzahl gibt, egal wie weit man auf dem Zahlenstrang kommt?«

Eine Viertelstunde später standen wir draußen; Ingvild betonte, eine Gesellschaftsraucherin zu sein. Wir gingen um die Ecke, fort von dem herrschaftlichen Eingang. Sie nahm eine Zigarette, zündete sie aber nicht an. Das fahle Licht der Straßenlaternen am Uranienborgveien fiel in den Garten und ließ ihr Gesicht blass und flach aussehen.

Es wirkte ernst, nicht die Spur eines Lächelns. Sie schloss die Augen.

Das alles ist vor wenigen Stunden geschehen. Ich bin ein dreiundvierzigjähriger Mann mit Frau und zwei Kindern. Ich befand mich mitten in Oslo und küsste eine beinahe unbekannte Frau, erst sanft, dann heftig, mit der seltsam exakten Wahrnehmung, dass es ein fremder Mund war, eine neue Form der Lippen, sie schmeckten anders.

Es war neu und doch vertraut, etwas, was ich vergessen hatte, an das sich mein Körper aber zu erinnern vermochte.

Ingvild wich nicht zurück, im Gegenteil, sie drückte mich an sich und flüsterte mir ins Ohr: »Jetzt dürfen wir keine Dummheiten machen.«

»Haben wir das nicht bereits?«

»Wir müssen wieder reingehen und uns anständig verhalten. Nicht in die Stadt verschwinden.«

»Warum nicht?«, fragte ich. »Ist es nicht das, was wir wollen?«

»Das musst du doch verstehen«, erwiderte sie. »Weil wir dann mit mathematischer Gewissheit in meinem Hotelzimmer landen. Und das dürfen wir nicht.«

»Nein, das dürfen wir wohl nicht …«

»Auf jeden Fall noch nicht«, antwortete sie. »Nicht heute Abend.«

Wir küssten uns noch einmal; es schmeckte süß, wie die Kindheit mit Eiskrem und Walderdbeeren, bis sich das salzige Gespür der Leidenschaft meldete und das Ruder übernahm.

Die Zigarette steckte sie zurück in die Schachtel.

31. Oktober 2004

Ein anstrengender Tag.

Natürlich hatte Sofia mit ihrem hochentwickelten, über viele Jahre im Klassenzimmer trainierten Radar bemerkt, dass sich etwas verändert hatte. Und Anders war häufiger als sonst bei unserer Gruppe. Ingvilds Text interessierte ihn, sie versuchte, den akademischen Deutsch-Stil abzulegen, um persönliche Essays über die Schriftsteller zu verfassen, die sie beschäftigen. Die meisten von ihnen sind für mich nur Namen – Christa Wolf, Jurek Becker, Thomas Bernhard. Aber ihr Stil ist wirklich nicht sonderlich lebendig. Sie klammert sich zu sehr an die deutsche akademische Tradition, den leicht abgehobenen Stil, den ich aus den Riemann-Unterlagen so gut kenne.

»Sei persönlicher«, sagte Anders. »Hab den Mut, du selbst zu sein, hör auf deine eigene Sprache.«

Ehrlich gesagt glaube ich, dass Ingvild an diesem Sonntag auf etwas ganz anderes gehört hat als auf die Sätze über deutsche Schriftsteller. In der Mittagspause saßen wir nebeneinander und redeten über alltägliche Dinge; ich spürte, dass in unserem Gespräch eine Selbstverständlichkeit anklang, die den anderen hätte auffallen müssen, wenn sie auf uns geachtet hätten. Wir verabredeten uns auf eine Tasse Kaffee nach dem Kurs, wir wollten uns nicht verstecken. Ich rief zu Hause an und sagte, das Seminar würde noch eine Stunde länger dauern, und es wäre wunderbar, wenn sie mit dem Essen warten könnten.

Der Satz ging mir leicht über die Lippen, doch anschließend dachte ich: Bislang war es nur Schweigen. Doch nun hatte ich die erste richtige Lüge vorgebracht.

Wir haben den Kaffee nicht getrunken. Stattdessen begleitete ich Ingvild zum Bahnhof, kreuz und quer mit hastigen Abstechern in dunkle Innenhöfe, in denen wir uns umarmten und küssten, bis sich die Angst meldete. Dazwischen redete ich, füllte die Zeit mit Brocken aus meinem Leben, einem Abriss der vierzig Jahre, die wir gelebt hatten, ohne einander zu kennen. Ihre Antworten klangen ähnlich, doch schließlich näherten wir uns vorsichtig einem ungleich schwierigeren Terrain: der Frage, wie wir jetzt lebten, mit wem, unter welchen Bedingungen.

Sie wollte nicht, dass ich sie auf den Bahnsteig begleitete. Halden ist eine kleine Stadt.

Ich fuhr mit der U-Bahn nach Hause und kam noch rechtzeitig zu dem verschobenen Essen. Ausnahmsweise saßen wir alle vier am Tisch, Vilde fragte sogar, was für einen seltsamen Kurs ich da besuche. Kristian war weniger gesprächig, er murmelte etwas von einer Hausaufgabe und stand gleich nach dem Essen auf. Doch als ich vorhin an seinem Zimmer vorbeiging, hörte ich nur die charakteristischen Geräusche eines Computerspiels für Fortgeschrittene.

Ich glaube, ich war niemals bewusster an einem Ort anwesend als heute Abend in meinem eigenen Wohnzimmer. All die Dinge dort unten drängten sich mir förmlich auf: die Fotografien an den Wänden und auf den Regalen. Die beiden Sessel mit regulierbaren Lehnen, Seite an Seite im richtigen Fernsehabstand. Nippes auf dem Kaminsims, ein gestreifter Stein von einem Strand aus Nordnorwegen, die Museumskopie einer kleinen griechischen Vase. Der etwas zu schwere Esstisch, ein Erbstück, mit einer ausziehbaren Platte, sodass wir mühelos vierzehn Gedecke unterbringen und unser Wohnzimmer mit Freunden, mit Lachen und Gesprächen füllen können.

Was, wenn ich darüber nachdenke, eigentlich nicht mehr so häufig vorkommt.

Ich lief herum, räumte den Tisch ab, stellte die Bestecke in die Spülmaschine und setzte mich mit der Sonntagszeitung wieder hin. Redete auch ein bisschen, sagte Vilde, der Kurs sei amüsant, dass es aber einem alten Mathematiker nicht leicht falle, plötzlich lebendig und spannend zu schreiben. Ich erzählte ihr sogar, dass Riemann ähnliche Probleme gehabt habe, »sich gehaltvoll und mit lebhafter Phantasie« auszudrücken.

»Jetzt kommt gleich wieder die Geschichte von diesem alten Hilpert«, sagte sie, streckte mir die Zunge heraus und lachte.

Meine hübsche Tochter hatte ganz recht. So gut kennt sie mich also – oder lag es daran, dass ich mich immer häufiger wiederholte. Eine Folge des Alters? Alle Mathematiker lieben die Geschichten vom großen David Hilpert. Auch er war Professor in Göttingen. Eines Tages hatte er bemerkt, dass einer seiner Studenten nicht mehr in seine Vorlesungen kam. Auf seine Nachfrage sagte man ihm, der Junge habe der Mathematik den Rücken gekehrt, um Dichter zu werden. »Gut«, hatte Hilpert geantwortet. »Er hatte ohnehin zu wenig Phantasie für einen guten Mathematiker.«

Vilde hat die braunen Augen ihrer Mutter geerbt – ein genetischer Glücksfall –, nicht meine blassblauen.

Trotz dieser intensiven Nähe waren meine Bewegungen automatisch, die Worte hallten in einem leeren Raum wider, denn ich selbst war an einem ganz anderen Ort, wie hinter einem Vorhang oder in einer anderen Dimension, um in der Phantasiewelt der Mathematik zu bleiben. Ein Teil von mir war mit den Gedanken im Zug nach Halden; ich hatte vergessen zu fragen, wie lange die Fahrt dauerte. Ein paar Stunden? Dann stieg sie jetzt aus dem Zug und betrat ein mir fremdes Leben. Wird sie am Bahnhof abgeholt? Lächelt sie ihren Mann hinter dem Steuer an? Steht das Essen auf dem Tisch, wenn sie nach Hause kommt?

1. November 2004

Wir haben vereinbart, uns eine Woche lang nicht zu sprechen. Ingvild hat darauf bestanden. Und ich glaube, sie hat recht. Wenn man überhaupt innehalten und über das nachdenken will, was man tut, dann jetzt. Trotzdem – eine Woche besteht aus hundertachtundsechzig Stunden! Ich quälte mich verbittert durch die ersten zwölf.

Dann der bekannte Abendtrott, der einen schließlich ins Doppelbett fallen und die Lampe ausknipsen lässt. Dabei ist eine Frage aufgetaucht, die ich mir noch nie gestellt habe: Warum schlief ich gemeinsam mit Karin in einem Bett? Gab es dafür noch irgendeinen Grund außer der Gewohnheit?

Ich dachte an das Pilzesuchen am vergangenen Wochenende, an den Buntspecht oben im Baum. Karin hatte ihn entdeckt und wollte ihn mir zeigen. Aber meinte sie wirklich *mich*?

48

Ich schaffte es auch am nächsten Tag ins Büro und rief ständig meine E-Mails ab, aber Ingvild hielt sich an unsere Vereinbarung. Das Riemann-Projekt befreit mich nicht von meinen Vorlesungen, sodass ich zerstreut und unvorbereitet im Kurs »Gruppen, Ringe und Körper« erschien, einem Thema, das für Außenstehende ähnlich spannend ist, wie es der Titel verspricht. Dabei ist es eine recht anziehende Bezeichnung für die Algebra jenseits des elementaren Niveaus.

Ich bin mittlerweile auf diese Art von Seminaren und Vorlesungen festgelegt. Die schlimmsten Anfängerseminare erspart man mir, aber ich bekomme auch nur selten etwas wirklich Interessantes, etwas Weiterführendes mit Entwicklungspotenzial.

Es ist einfach so, ich stecke fest, oder besser: Ich sitze fest. Ich sollte dieses gemütliche Büro für ein oder zwei Jahre verlassen, eine Gastprofessur in Amerika annehmen. Das wäre dann sicher nicht an einer Elite-Uni, aber egal. Früher hatte es Anfragen gegeben, Möglichkeiten.

Selberg war diesen Weg gegangen und ein weltberühmter Mathematiker geworden. Einen Schritt weiter wäre ich auch gekommen.

Ich bin mir nicht sicher, ob ich diese Chance aus Rücksicht auf die Schwierigkeiten in der Familie oder durch meine eigene Trägheit vertan habe. Wenn wir darüber sprachen, waren wir in zwei Lager gespalten, den Geschlechtern entsprechend: Kristian freute sich voller Enthusiasmus über die Aussicht, in die große, glänzende neue Welt zu kommen, während Vilde sich weigerte, ihre Schule zu verlassen, die Freunde und den Aerobic-Kurs. Ich habe fair mit der fachlichen Herausforderung argumentiert, den neuen Kontakten und dem anspruchsvollen Forschungsmilieu. Aber natürlich war letztlich Karin die Entscheidung zugefallen. Und sie wollte nicht. Meine Karriere, mein Leben sei nicht wichtiger als das ihre, sie wollte nicht bloß »mitkommen«, ein Jahr lang zur Untätigkeit verdammt sein und mit anderen Akademikerfrauen die Zeit totschlagen. Dabei ging es nicht ums Geld, das hätten wir schon geschafft – sondern ums Prinzip.

»Du kannst doch allein gehen«, lautete ihr letztes Argument. Für ein, anderthalb oder maximal zwei Jahre – ich hätte dann auch Geld genug, um Weihnachten nach Hause zu kommen, und die drei würden mich im Sommer in den Ferien besuchen. Natürlich stimmte das alles. Ich hätte gehen können. Dass ich es nicht getan habe, muss ich meinem mangelnden Ehrgeiz und meiner Bequemlichkeit zuschreiben.

Um es nicht Feigheit zu nennen. Denn im Grunde will ich gar nicht in die Liga, in der die großen Namen spielen. Vermutlich habe ich Angst, ihnen nicht das Wasser reichen zu können.

Deshalb sitze ich weiter in meinem Büro mit der altbekannten Aussicht und versuche trotz aller Ablenkungen an Gruppen, Ringe und Körper zu denken. Und rufe die E-Mails auf.

2. November 2004

Lese noch einmal durch, was ich über meine Feigheit und meinen mangelnden Ehrgeiz geschrieben habe.

Es stimmt, für diese Selbsterkenntnis müsste ich mich fast loben.

Aber ist es die *ganze* Wahrheit? Dass ich so bin, wie ich bin, hat auch mit anderen zu tun. Mit Karin? Ihrem subtilen Einfluss?

Es ist ihr durchaus recht, dass ich so bin, wie ich bin, dass ich noch immer in meinem kleinen Büro sitze. Sie hat eine unklare, beinahe ideologische Abneigung gegen den Begriff »Karriere«. Man soll bleiben, wo man ist, und seine Arbeit tun. Aber das ist nicht alles.

Sie würde neidisch, wenn ich andere Arbeitsbedingungen als sie bekäme. Nein, das ist nicht exakt genug: Sie *ist* bereits neidisch auf meine Arbeit. Ich brauche nur an einer internationalen Konferenz teilzunehmen, schon spüre ich ihren versteckten Widerwillen. Früher hat sie ihre Abneigung deutlich gezeigt und darauf verwiesen, wie viel Mehrarbeit es für sie bedeutet, wenn ich verreise: Sie musste sich um die Kinder kümmern, während ich mich »entfalten« durfte.

So verkehrt kann es aber doch nicht sein, sich zu entfalten, indem man seine Arbeit tut, außerdem habe ich immer darauf geachtet, dass auch sie zu ihren Kursen und Seminaren fahren konnte. Sonderlich international waren die freilich nicht, abgesehen von ein oder zwei kurzen Kopenhagen-Aufenthalten. Aber so ist das wohl, wenn man Norwegisch lehrt.

Ich lese meine Aufzeichnungen noch einmal und sehe, dass ich kurz davor bin, ihr die Schuld dafür zu geben, dass ich es in meinem Fach nicht zu mehr gebracht habe.

3. November 2004

Ich war es, der schließlich nicht mehr konnte. Zu meiner Verteidigung kann ich anführen, dass es erst heute soweit war, Mittwoch Vormittag. Ich brütete über meinem Projekt und versuchte, Riemanns tatsächliche Bedeutung in Worte zu fassen, ohne mich in leere Superlative zu flüchten.

Less is more, sagt Anders. Schreibe prägnant und ohne Füllwörter. Willst du einen Vergleich oder ein Bild einsetzen, muss es scharf und klar sein.

Genau. Es ist einfach, Riemanns Gleichungen der Poesie gegenüberzustellen; bedeutend schwieriger ist es, dies auch deutlich zu machen. Ein Großteil des Problems steckt in der Übertragung des Außergewöhnlichen, in der Übersetzung der klaren Formeln in unsere Alltagssprache. Wie Gefangene

51

laufen wir in der Euklidschen Trivialität herum: Parallele Linien schneiden sich nie, die Eigenschaften des Raumes sind in allen Richtungen unveränderlich. Riemann hatte den Kopf voller Latein und Griechisch, er spürte den Druck der väterlichen Erwartungen, der Theologie, der Krankheit seiner Mutter … Und brauchte dennoch nur wenige Jahre, um sich von den gewohnten Gedanken loszureißen und zu postulieren: *Der Raum ist krumm.*

Möglich, dass meine Gedanken in die falsche Richtung gehen. Ich bin gefangen in den trivialen Vorstellungen meiner Zeit, die in der Religion etwas Hemmendes sehen. Vielleicht ist es gerade die Religiosität, die theologische Spekulation, die Riemann hilft, sich von dem allzu Irdischen zu befreien, dem Naheliegenden, und sich vorzustellen, dass die Welt ganz anders ist, dass sie göttlichen Prinzipien folgt, die wir mit unserem kleinen Geist kaum erfassen können.

Ich suche nach einem Bild, um diesen Gedanken zu veranschaulichen, zu zeigen, dass Riemann ebenso ein Künstler war wie Brahms oder Heine in seiner Überwindung des Selbstverständlichen, und mindestens ebenso originell. Wie sie war auch er ein Meister der Form – dass die Schönheit der Mathematik von etwas strengerer Art ist, macht sie nicht weniger anspruchsvoll.

Und als ob das nicht reichte, starb er auch den Tod eines Künstlers, erlag der Tuberkulose in einem italienischen Dorf.

Das erlösende Bild kam mir nicht in den Sinn. Stattdessen ließ ich mich hinreißen, eine kurze, ziemlich neutrale Mail an Ingvild zu schreiben; nur eine Entschuldigung, unsere Vereinbarung gebrochen zu haben: Und die Frage, wie es ihr gehe.

Die Antwort kam nach zwei Minuten: »Sollte Dir wohl eingestehen, dass ich auf eine Mail gewartet habe. Nun, es geht mir so, wie ich es verdiene. Und Dir?«

8. November 2004

Zusammenfassung: ein seltsamer und bewegender Tag in Moss, einer Stadt, die mich mit ihrem Fährhafen und ihrem Industriegestank nie sonderlich interessiert hat.

Jetzt hebt sie sich von allen Städten Norwegens ab, mathematisch günstig platziert in einem privaten goldenen Schnitt, auf halber Strecke zwischen Oslo und Halden.

Ich fuhr am frühen Nachmittag los. Zu Hause hatte ich mich mit dem unklaren Vorwand entschuldigt, einen Vortrag über Wissensvermittlung für Lehrer weiterführender Schulen halten zu müssen.

Es war grau und schon fast dunkel, als der Zug um 14.00 Uhr aus dem Bahnhof fuhr, dicht besetzt mit müden Menschen, die sich hinter ihren Zeitungen versteckten oder in der Musik ihrer MP3-Player gefangen waren.

Ich habe heute Nacht sehr schlecht geschlafen. Erst konnte ich wegen der Lüge nicht einschlafen, und wenn es mir dann doch für ein paar Minuten gelang, stürzte eine Unzahl unklarer Bildern und Situationen auf mich ein.

Aber ich sollte auch sagen, dass ich lange hellwach war, berauscht von einer reinen Euphorie jenseits aller Vernunft: Unglaublich, dass der Puls steigen konnte, wenn man ruhig mit geschlossenen Augen im Bett lag, ergriffen von der stürmischen Erwartung, einen bestimmten Menschen zu treffen und ein paar Stunden mit ihm zu verbringen – in Moss.

Mein Zug kam vor ihrem an. Der Warteraum war unerträglich. Ich flüchtete mich in den Zeitungskiosk und schlug dort zwanzig lange Minuten tot. Ich fühlte mich zwischen all den Menschen, die hier zu tun hatten und von einem Ort zum anderen hasteten, wie von einem anderen Stern. Andererseits gehörte ich auch nicht zu den Rentnern, den Arbeitslosen oder Tagträumern – ich war einfach nur da, wartete, blätterte. Mir war auf drei Meilen anzusehen, dass ich an diesem Ort im wahrsten Sinne des Wortes nichts verloren hatte.

Dann kam der Zug aus Halden, und ich ging auf den Bahnsteig. Es waren überraschend viele Waggons, und ich wusste nicht, wo ich warten sollte – war es möglich, dass wir uns auf dem Bahnhof in Moss verfehlten?

Sie sah mich zuerst, rief leise, gab mir ein Zeichen, ihr zu folgen, drehte sich um und ging. Einen Moment lang blieb ich verwirrt, aber auch ein wenig verletzt stehen: Wollte sie sich nicht zu mir bekennen? Sie ging so schnell, dass ich hinter ihr herrennen musste, aus dem Bahnhof, um die Ecke, vorbei an den Taxen und über die Straße. Von dort führte eine Treppe hinauf ins Zentrum. Sie war schon fast oben, als ich sie einholte.

»Entschuldige«, sagte sie. »Das ist dumm gelaufen. Aber im Zug war ein Kollege von mir.«

Wir wollten etwas trinken, und Ingvild führte mich zu einem Café, das sie offensichtlich von früher kannte. Ich wollte nicht fragen, woher. Der Kaffee war außergewöhnlich schlecht und abgestanden, aber eine freundliche Serviererin mit deutlichem Dialekt bereitete uns auf unsere Bestellung hin frische Baguettes zu.

Wir versanken in unserer eigenen Welt. Was jedem, der uns am Fenster sitzen sah, auffallen musste, erst recht, da wir es nicht lassen konnten, uns bei den Händen zu halten.

Worüber wir geredet haben? Jetzt, heute Abend, wird mir bewusst, dass es ernste Themen waren. Wir sind nicht auf die unklare Situation eingegangen, in der wir selbst gefangen sind, sondern haben einander umkreist, haben erzählt, was wir im Alltag machen, wer unsere Freunde sind, wie wir leben. Ich erinnere mich vor allem an zwei Dinge, die sie gesagt hat. Das eine machte mich stolz, das andere verunsicherte mich.

Ich habe in diesem Café auch viel über Vilde geredet, über

die Freude und die Sorge, die man empfindet, wenn man ein geliebtes Kind heranwachsen sieht, wenn aus der Tochter eine Frau wird.

Ingvild nahm lächelnd meine beiden Hände: »Ist dir nie in den Sinn gekommen, dass du mich mit dieser Geschichte, die du mir schon nach einer halben Stunde anvertraut hast, auf beinahe perfekte Weise angemacht hast? Besser hättest du es nicht hinkriegen können.«

Kurz bevor sie zum Zug musste, kam ihre nächste Erwiderung. Da hatten wir unser Café verlassen und waren zum Fährhafen hinuntergelaufen. Ein leeres, hässliches Gelände, aber genau deshalb sind wir ja dorthin gegangen. Es war dunkel und zugig, und wir suchten hinter einem Schuppen Schutz, klammerten uns aneinander und küssten uns. Ich konnte mich nicht beherrschen, wie ein feuriger Jugendlicher machte ich ein paar Knöpfe ihres Mantels auf und legte meine Hand auf ihre Brust. Sie schien nichts dagegen zu haben. Trotzdem war es lächerlich, schließlich sind wir Eltern von Teenagern und keine verschossenen Jugendlichen, die nicht wussten, wohin sie gehen sollten.

»Entschuldige«, sagte ich und nahm meine Hand weg. »Das war dumm. Aber ... ich bin so ausgehungert. Was Körperkontakt angeht.«

Ich hörte selbst, wie jämmerlich das klang – den ganzen langen Nachmittag hatten wir nicht ein Wort über die physische Anziehung zwischen uns verloren, und jetzt entlarvte ich mich selbst als pathetischen, missverstandenen Ehemann.

Aber Ingvild sah mich nur achselzuckend an: »Und was, glaubst du, bin ich?«

Ich verstehe mich nicht besonders gut aufs Lügen, und es tut mir auch nicht gut, es ohne mit der Wimper zu zucken zu tun. Heute bereue ich die Geschichte über die Mathelehrer in Moss. Zum einen, weil diese Vereinbarung einfach zu plötzlich kam. Zum anderen, weil Karin bei irgendeinem Treffen Kollegen aus Moss begegnen und erwähnen könnte, dass ich da gewesen bin. Die Wahrscheinlichkeit ist zwar gering, aber sie schwirrt hartnäckig durch meine Gedanken. Auch heute Nacht habe ich schlecht geschlafen.

Es ist Zeit für eine Zusammenfassung. Der gestrige Tag ist in etwas weitere Ferne gerückt, es sind ein paar feurige E-Mails hin und her gegangen und Regeln aufgestellt worden, wenn auch noch kein Plan.

Keine Anrufe aufs Handy. Keine SMS, so verlockend das auch sein mag. Nur Telefonate über die entsprechenden Büroanschlüsse. In ihrer praktischen Art hat mir Ingvild gleich ihren Stundenplan gemailt. Mails an die Büroadressen gehen natürlich auch, sie sollten aber vorsichtig formuliert sein. Grundsätzlich hat der Arbeitgeber ein Recht darauf, die E-Mails der Angestellten zu lesen. Darüber hinaus war es durchaus möglich, dass die unzähligen Mails an die immergleiche Adresse bei einem übereifrigen IT-Angestellten auf Interesse stießen.

Dies zu unserer Vereinbarung.

Auch Ingvild hat gestern etwas erzählt. Über ihren Beruf: Sie ist zufrieden mit ihrer Hochschultätigkeit, wünscht sich aber mehr Studenten und ein größeres Umfeld. Andererseits sieht sie ein, dass die Kinder in Halden verwurzelt sind. Zudem wird an allen Ecken und Enden gekürzt, sodass man froh sein muss, überhaupt etwas zu haben.

Sie hat vor langer Zeit eine Dissertation über einen Autor aus dem 19. Jahrhundert begonnen, von dem ich noch nie etwas gehört habe. Aber es fehlte ihr die richtige Motivation; außerdem liege es ihr mehr, Essays über »ihre« modernen Autoren zu schreiben.

Zwei Kinder: Halvor und Hanne, sechzehn und zwölf. Vorläufig vor allem an Fußball und Reiten interessiert, dabei sei die kleine Grenzstadt auch nicht weniger gefährlich als der Westen von Oslo.

Und die letzte diffuse Gestalt in der Familie: Kolbjørn. Wie ein entfernter Kollege, denn er ist Ingenieur und arbeitet an Haldens meistdiskutiertem Arbeitsplatz, dem alten Versuchsreaktor »Atomen«. Laut Ingvild ist er ungeheuer gefragt und daher ständig auf Reisen. Interessiert sich für praktische Lösungen, ist ungeduldig und kreativ.

»Hast du was gegen ihn in der Hand?«, fragte ich Ingvild in einem Anflug von Galgenhumor, bevor wir uns trennten.

»Keine Chance«, antwortete sie, »er ist nicht der Typ dafür.«

11. November 2004

Bernhard Riemann schafft den Abschluss am Gymnasium in Lüneburg. Sein Religions- und Hebräischlehrer Seffer nimmt ihn buchstäblich unter seine Fittiche. Der junge Bernhard zieht zu ihm ins Haus, und sein Lehrer sitzt abends bei ihm und hilft ihm durch die unglaublichen Aufgaben in Deutsch und Latein.

Eine Vaterfigur? Wohl kaum, denn Seffer war jung, nicht mal zehn Jahre älter als sein Schüler. Außerdem zahlte Bernhard für Kost und Logis. War es damals nicht ein üblicher Nebenverdienst der unterbezahlten Lehrer, im Haus Schüler und Studenten aufzunehmen? Sogar Galileo soll in seiner Zeit als Professor in Padua zu Hause Schüler gehabt haben.

Vaterfigur oder großer Bruder, gutherzig oder wirtschaftlich motiviert – der Theologe Seffer wird viel dazu beigetragen haben, dass Bernhard sein Examen geschafft hat. Als Riemann von Lüneburg fortzieht, lässt er ein recht behütetes Dasein bei Seffer und in der Schule zurück. Mit knapp zwanzig Jahren geht er arm und mutlos mit einem mittelmäßigen Abitur nach Göttingen.

Aber nicht, ohne vorher zu Hause in dem kleinen Ort Quickborn vorbeigeschaut zu haben, in dem sein Vater Pastor ist. Er zeigt sein Zeugnis vor, auf dem ein ebenso ungewöhnlicher wie eindringlicher Rat vermerkt ist: »Er ist in seiner ganzen Anlage prädestiniert für ein Studium der mathematischen Wissenschaften.«

Aber dieser Vater. Dieser Pastor. Versagt er ihm das Allernotwendigste? Bernhard zieht nach Göttingen und beginnt zu studieren – Theologie. Wobei er allerdings auch die Vorlesungen der Mathematik besucht.

Auch hier ist etwas merkwürdig. Man kann es Fügung nennen. Denn zufällig landet der junge Theologiestudent mit der ungewöhnlichen mathematischen Begabung an *der* Universität in Deutschland, an der einer der größten Mathematiker aller Zeiten Professor für Astronomie ist. Carl Friedrich Gauß war in ganz Europa berühmt. Er war nicht nur theoretischer Mathematiker und Astronom, sondern ein Multitalent, das gemeinsam mit seinem Kollegen Wilhelm Weber einen voll funktionsfähigen Telegrafen entwickelte, natürlich ohne sich als aristokratischer Akademiker diese Erfindung patentieren zu lassen.

Aber Gauß und Riemann hatten in dieser Zeit – schenkt man den Quellen Glauben – kaum oder gar keinen Kontakt. Gauß hielt Vorlesungen über nur ein Thema, die Methode der kleinsten Quadrate. Es geht dabei um eine praktische Anwendung der Mathematik, um die beste Korrelation zwischen einem gegebenen, observierten Datensatz und einer beschreibenden Kurve. Riemann besuchte seine Vorlesung, war aber wohl zu schüchtern, um Kontakt mit dem großen Gauß aufzunehmen. Also auch hier keine neue Vaterfigur, niemand, der ihm bei dem Wechsel aus der Theologie behilflich war. Man kann Gauß keinen Vorwurf machen, dass ihm das Genie, das vor seinem Pult saß, nicht aufgefallen ist; der schüchterne Riemann gab ihm gewiss keinen Grund dafür.

Ich denke an Ingvilds Enthusiasmus, wenn sie über deutsche Bücher und Orte spricht. Sie setzt sich für ihre Arbeit ein. Kann dieser Eifer nicht ein bisschen auf mich abfärben? Vielleicht kann man sich Riemann über den Weg nähern, den er gegangen ist, ihn durch die Personen, die er getroffen hat, zu neuem Leben erwecken. Möglicherweise kann man ihn an den Orten sehen, die er besucht hat, mit ihm im gleichen Raum sitzen, dem beeindruckenden Gauß lauschend, der hinter dem Pult steht ... Ich muss nach Göttingen, vielleicht existieren diese Räume noch, das Observatorium steht auf jeden Fall noch, das weiß ich.

14. November 2004

Ein nicht enden wollendes Wochenende neigt sich dem Ende entgegen. Jetzt ist es plötzlich kalt, fast Winter. Ich habe im Garten aufgeräumt, zurückgeschnitten, abgedeckt. Wie in jedem Jahr hatten wir die Diskussion über das Laub auf dem Rasen. Ich würde es einfach liegen lassen, es sind Nährstoffe, die der Erde zurückgegeben werden. Was bringt es, das Laub zusammenzuharken, es in den Komposter zu stopfen und später wieder auszubringen? Die Natur – soweit wir bei unserem gepflegten Rasen von Natur sprechen können – kümmert sich schon selbst darum.

Und wie in jedem Jahr habe ich das Laub schließlich zusammengeharkt. Nicht dass das eine Rolle spielte, diese Arbeit dauert kaum eine Stunde.

Vilde war weg, von Freitagabend bis heute Nachmittag. Unterwegs mit Freunden, aber Harald war natürlich auch dabei. Sie wollte Wein aus unserem Keller mitnehmen, aber ich habe mich naiv auf das Jugendschutzgesetz berufen und gesagt, ich könne sie nicht daran hindern zu trinken, wohl aber ablehnen, einen aktiven Beitrag zu leisten. Vermutlich hat sie von Karin eine Flasche bekommen, was dann allerdings bedeutete, dass meine Entscheidung stillschweigend aufgehoben worden ist. Auf jeden Fall muss das Wochenende anstrengend gewesen sein, denn Vilde ist schon im Bett.

15. November 2004

Ich bin ein dreiundvierzigjähriger Mann. Habe graue Schläfen und einen Backenzahn mit Wurzelfüllung. Man sollte meinen, gewisse Spielarten jugendlichen Übermuts seien damit beendet.

Man sollte es meinen. Aber als ich an diesem Montagmorgen im November noch vor dem Weckerklingeln aufwachte, hatte ich nur einen einzigen Gedanken im Kopf. Ich stand rasch auf, machte in aller Eile Frühstück und bereitete alles für die beiden Teenies vor, die bald in halbwegs komatösem Zustand in die Küche geschlurft kommen würden. Sie sollten kein Argument haben, nicht zu frühstücken. All das läuft ohne jede Schwierigkeit, ich mache die richtigen Handbewegungen, während mein Kopf bereits im Büro ist.

Dort wartet eine E-Mail auf mich.

Die Erwartung ist wie ein milder Morgenrausch, ich kann mich von außen betrachten und Argumente dafür finden, dass ich verrückt bin; aber das hilft kein bisschen. Ich lächle Karin an, bevor ich gehe, stecke den Kopf durch die Küchentür und rufe »Tschüss!«. Vilde grunzt etwas, ohne den Blick vom Müsli zu nehmen, doch Kristian hebt den Kopf, sieht mich an und scheint voller Verwunderung zu erkennen, wie aufgedreht ich bin. So ist es eben, denn wenn überhaupt jemand in seiner eigenen verschlossenen Welt lebt, dann er.

Ich gehe zur Bahn, sie ist wie jeden Montag überfüllt, aber an jeder Station drängen noch mehr Menschen hinein: Hovseter, Holmen, Makrellbekken ... Ich steige schon an der Haltestelle Borgen aus, um eine Viertelstunde durch das Wohnviertel zu laufen, statt bis unten nach Majorstua zu fahren und dort in die Linie umzusteigen, die wieder bergan nach Blindern führt. Außerdem kann ich mich meiner Erwartung allein besser widmen als in einem übervollen Waggon. Mit raschen Schritten laufe ich in Richtung Universität, in Richtung Büro.

Es ist nicht nur eine Mail, es sind zwei. Sie war am Samstag im Büro, um die erste zu schreiben, sie ist kurz und etwas geheimnisvoll. »Mir war kalt und ich musste ins Haus, um mir die Finger zu wärmen«, schreibt sie. »Das verstehst Du sicher.« Hm. Die andere hat sie erst vor wenigen Minuten geschickt, darin bittet sie mich, anzurufen: »Wir sollten uns bezüglich dieser Sache wohl persönlich treffen. Rufst Du an, damit wir Ort und Zeit vereinbaren können?«

17. November 2004

Plötzlich erkenne ich die Zusammenhänge. Ich kann etwas schreiben. Sitze über den Quellen, den Büchern, Bildern, Karten. Versuche Riemanns Leben zu füllen. Von dem Tag, an dem er 1846 als Theologiestudent nach Göttingen kam, bis zu jenem, an dem er zur Mathematik wechselte. Um dann für zwei Jahre nach Berlin zu gehen. Anschließend kam er zurück nach Göttingen, um seine Disputation zu machen; warum er das getan hat, bleibt ein Rätsel. Lag es vielleicht doch an Gauß? Wollte er diesen beeindruckenden Mann, der den schüchternen Studenten in seiner Quadrat-Vorlesung kaum bemerkt hatte, jetzt doch besiegen?

Ich sehe mir alte Bilder an, ein Porträt von Gauß. Auf dem Kopf trägt er eine seltsame Kalotte, seine Hemdbrust ist mit komischen Rüschen verziert, man nennt das wohl Brustkrause. Sei konkret, sei präzise, hätte Anders jetzt gesagt, wenn du an Brustkrause denkst, dann schreib auch Brustkrause.

Auf jeden Fall wirkt er altmodisch. Gauß war der Mann der Kalotten und Brustkrausen, er war nicht leicht zu überwinden, und es ist anzunehmen, dass er den Jüngling mit dem Halstuch mit einer gewissen Skepsis betrachtete.

Oder war es das Heimweh, das Riemann zurück nach Göttingen trieb? Weil diese Universität näher bei seinem Vater und seinen Schwestern war? Ich suche mir eine Karte heraus. Nein, Berlin, Quickborn und Göttingen liegen etwa an den Eckpunkten eines gleichseitigen Dreiecks.

Aber genau, Berlin. Vielleicht sollte ich auch dorthin reisen. Bis dahin kann ich nur etwas über die Leute schreiben, denen Riemann in dieser Stadt begegnet ist: in erster Linie Dirichlet, ein Deutscher, wenn auch belgischer Herkunft.

Lejeune Dirichlet hatte all das, was Riemann fehlte: Selbstvertrauen, Wortgewandtheit, Erfolg im gesellschaftlichen Leben. Er war mit der Schwester des Komponisten Felix Mendelssohn verheiratet. Ein wunderbarer Dozent, er sprach ohne Manuskript, mit geschlossenen Augen, und sah die Gleichungen förmlich vor sich. Manchmal hatte er etwas von einem zerstreuten Professor, aber das gehörte wohl dazu: Er vergaß die Zeit in seinen Vorlesungen, bis es ihm irgendwann in den Sinn kam, auf die Uhr zu schauen, und wortlos stürmte er mitten im Satz aus dem Saal.

Riemann bewunderte seinen neuen Lehrer, wie er Gauß bewundert hatte, und das lag nicht nur an dessen Stil und Eleganz. Dirichlet war tatsächlich ein hervorragender Mathematiker. Ihm gelang der Beweis, dass eine unendliche arithmetische Reihe, deren erster Körper keinen gemeinsamen Nenner mit der Differenz hat, unendlich viele Primzahlen beinhaltete. Das klingt einfach, und es ist sicher nicht sensationell (für einen Nicht-Mathematiker hört es sich vielleicht wie Geschwätz an), aber in Wirklichkeit ist es eine wichtige Erkenntnis, durch die Dirichlet als Begründer der analytischen Zahlentheorie bezeichnet werden kann.

Ja, Dirichlet muss genannt werden. Er gehört der neuen Zeit an, ein Halstuch unter dem Stehkragen und mit Stahl eingefasste ovale Brillengläser. Sein Bart ist kurz und gepflegt, wodurch er sich deutlich von Riemann unterscheidet, der sich hinter einem schwarzen Vollbart zu verstecken sucht.

Riemann verbringt zwei Jahre in Berlin. Es sind keine beliebigen Jahre. 1848 erreicht die Revolution die preußische Hauptstadt. Es werden Barrikaden gebaut, Handwerker und Arbeiter organisieren sich; die Freiheitsgedanken der Französischen Revolution und der amerikanischen Verfassung vibrieren in Berlins Straßen.

Der preußische König regiert mit Gottes Gnaden. Soll sich etwas ändern, muss es nach seinen Vorgaben geschehen, nicht auf Druck der Straße. Die Spannung steigt, und der Student Bernhard Riemann lässt sich zu einer politischen Handlung hinreißen, soweit man weiß das einzige Mal in seinem Leben.

Er nimmt an der Wache am königlichen Schloss teil, organisiert von königstreuen Studenten.

Sie glauben an die bestehenden Werte, den Einsatz für Gott, König und Vaterland. Was Riemann wohl ein Jahr später darüber dachte? Er war noch immer in Berlin, als die Abgeordneten der Nationalversammlung kamen, um dem König von Preußen anzubieten, Kaiser vom vereinten Deutschland zu werden.

Der König lehnte verächtlich ab – er wollte von diesen demokratischen Kräften nichts geschenkt bekommen.

Ich sehe es vor mir. Ein schüchterner, Wache schiebender Student, sicher nicht vertraut im Umgang mit Waffen.

Endlich fließen die Worte, endlich hat das Brüten über meinem Logbuch ein Ende. Ich habe begonnen, richtig zu schreiben, ganze Sätze, Seite für Seite. Verirre mich nicht mehr in Fragen, wie ich eine »unendliche arithmetische Reihe« veranschaulichen soll. Der Begriff ist klar genug, außerdem kann ich ein paar Beispiele geben: 5, 8, 11, 14 ... und so weiter bis in die Unendlichkeit. Ich nehme doch an, für intelligente Leser zu schreiben, die ein gewisses Interesse haben.

19. November 2004

Es ist unmöglich, akzeptable Entschuldigungen dafür zu finden, immer wieder nach Moss zu fahren, da müsste ich schon ein richtiges Arbeitsprojekt mit regelmäßigen Sitzungen erfinden. Aber das ist viel zu riskant. Hätte ich doch wieder etwas von einer Schulung gesagt! Stattdessen machte ich mich am frühen Nachmittag mit der vagen Erklärung auf den Weg, ich müsse zu einer Sondervorlesung eines Gastprofessors, nach der man sicher noch zusammensitzen würde. Das Risiko, an einem Freitag in der Østfoldbahn auf Bekannte zu stoßen, schätzte ich als gering ein. Und wenn, dann nur faule Studenten, die sich schon früh ins Wochenende aufmachten und denen es nun wirklich egal war, weshalb ich mit dem Zug nach Moss fuhr.

Ingvild kam diesmal mit dem Auto, einem älteren roten Passat. Sie haben zwei Wagen.

»Sollen wir wieder in das Café mit dem ungenießbaren Kaffee?«, fragte ich.

Aber Ingvild hatte andere Pläne. Sie drehte sich um und zeigte stolz auf einen Korb auf dem Rücksitz. Allem Anschein nach sollten wir irgendwo in der Gegend ein novemberliches Picknick machen.

»Kennst du dich hier aus?«, fragte sie. Ich wünschte mir einen Ort, von dem aus man über das Meer schauen kann.

Es war nicht leicht, einen solchen Platz zu finden, außerdem wurde es bereits dunkel. Wir landeten schließlich auf einem verlassenen Parkplatz. Aber der Kaffee war gut, und die Brötchen hatte sie selbst gebacken. Unser Atem ließ die Windschutzscheibe beschlagen, und ich hatte plötzlich das Gefühl, auf dem Weg in die Ferien zu sein. Eine kurze Rast, bei der sich das Auto wie eine Hülle um einen Augenblick der Stille wölbt.

Wir umarmten uns auf den Vordersitzen, pressten uns zwischen Lenkrad und Schaltknüppel aneinander. Eine Laterne mitten auf dem Platz warf einen schwachen grauen Schimmer auf ihr Gesicht, das aber trotzdem leuchtete, als sie die Augen schloss und mich küsste. Es war unbequem im Auto, der Parkplatz war hässlich und verdreckt, doch wir merkten nichts davon. Unser Leben schien in diesem Moment nur aus Lippen und Händen zu bestehen. Sie schob ihre Hand unter Pullover und Hemd und streichelte mir über den Rücken. Dann drückte sie mich einen Moment zurück, sah mich ernst an, nahm ihre Hände nach vorn und fand mit ihren Daumen meine Brustwarzen. Ihre federleichten Berührungen jagten Schockwellen durch meinen Körper, und ich spürte, dass mir schwindelig wurde. Zwei Gedanken meldeten sich gleichzeitig: »Sie muss damit aufhören« und: »Warum hat mich so noch nie jemand berührt?« Aber ich sagte bloß: »Mach weiter!«

Sie lachte, zog die Hände zurück und streichelte meinen Nacken. Als sich meine Finger unter ihren Pullover vortasteten, stoppte sie mich vorsichtig: »Fass mich bitte nicht so an! Nicht jetzt. Ich verliere schnell die Besinnung«, sagte sie sachlich.

»Aber können wir nicht …«

»Nicht im Auto, und ganz bestimmt nicht auf einem Parkplatz!«

»Warum machst du dann so etwas mit mir?«

Da lachte sie: »Willst du dich etwa beschweren?«

Wir tranken den letzten Rest Kaffee aus ihrer Thermoskanne, und sie holte eine Tafel Schokolade aus ihrer Tasche; einen Augenblick lang dachte ich, dass sie mich damit trösten wollte. Aber sie teilte die Tafel mit beinahe mathematischer Genauigkeit.

Als wir die Schokolade gegessen hatten, nahm sie meine Hände und hielt sie fest: Ich war mir nicht ganz sicher, ob es aus Hingabe geschah oder damit ich nicht auf dumme Gedanken kam und sie wieder streicheln wollte. Das Teenagerfeeling war deutlicher denn je, vielleicht habe ich ihr deshalb mit zitternder Stimme von Riemanns politischem Einsatz – oder dem Mangel daran – erzählt. Ein Thema, das mich wieder zur Vernunft bringen sollte.

»Dann war er doch ziemlich mutig?«, schlug sie vor. »Es ging in Berlin damals recht hart zu. Hunderte von Toten, wenn ich richtig informiert bin. Überall Straßensperren, und das Militär hat mit Kartätschen geschossen …«

»Was um alles in der Welt ist das …?«

»Das sollte ein Amateurhistoriker wie du aber wissen. Ich kenne das auch nur aus der Literatur. Auf jeden Fall war das eine Waffe, die die Bevölkerung extrem wütend gemacht hat. Eine Art Behälter voller Kugeln, der explodierte und die Dinger in alle Richtungen schleuderte. Hört sich ziemlich modern an, wenn du mich fragst.«

Es ist natürlich einfältig, aber irgendwie bin ich von Riemann enttäuscht. Ein genialer Mann sollte auch revolutionär sein. Natürlich war es klug, seinen einzigartigen Kopf nicht auf den Barrikaden zur Schau zu stellen, sodass er vom Kugelwirbel der Kartätschen zerschmettert wurde, aber war es wirklich nötig, diesen reaktionären König aktiv zu unterstützen? Ingvild versteht, was ich meine. Sie lacht.

Sie lacht überhaupt viel. Ich sage es ihr, und sie wird plötzlich ernst.

»Das ist sicher ein Fortschritt. Aber das ist nur so, wenn ich mit dir zusammen bin.«

22. November 2004

Es ist überflüssig, noch einmal darüber zu berichten, wie mein Wochenende war. Bemerkenswert war nur, dass Kristian ziellos Kontakt gesucht hat. Manchmal ist er so, wenn er nicht weiß, was er mit seiner Zeit anfangen soll. Ich habe ihn aber im Verdacht, dass er mich dazu bewegen will, ihn in die Berge zu bringen, damit er Snowboard fahren kann. Das haben wir früher manchmal gemacht. Ich habe dann meine Langlaufski mitgenommen und bin ein paar Runden gelaufen, wobei ich zwischendurch natürlich immer seine Sprünge bewundert habe.

Es geht auf Weihnachten zu, und ich stelle mir vor, dass in dem knappen Monat, der noch bleibt, irgendetwas Entscheidendes geschehen wird. Ich sehe ein Schwert nach unten zucken, das zwei verstümmelte Restfamilien übrig lässt. Eine in Halden, die andere hier, und beide werden versuchen, eine Art Weihnachtsfest zusammenzustückeln, im Zeichen der Abwesenheit, der großen Leere. Ingvild und ich werden geflohen sein, nach Rom, Paris oder London, wo wir uns in einem Hotelzimmer aneinanderklammern. Fast erdrückt vom schlechten Gewissen, in Gedanken an einem ganz anderen Ort.

Und es wird kalt sein, es ist immer kalt zu Weihnachten in europäischen Großstädten.

Ja, ich denke auch an die Kosten, und ich sehe, wie sich vor mir bodenlose Tiefen auftun. Karins Gesicht, wenn ihr bewusst wird, was da vor sich geht: Wut, Verzweiflung und Enttäuschung. Vor allem Enttäuschung. Sie wird fragen, was sie falsch gemacht habe, und ich werde keine Antwort wissen. Sie wird mir die zwanzig guten gemeinsamen Jahre vorhalten und daraus eine Anklage ableiten, gegen die ich nichts vorbringen kann. Denn mein Verrat geht nicht von ihr aus.

Die Kinder werden ohnmächtig sein, Vilde bitter ironisch, mit Grauen denke ich daran, welche Wahrheiten sie mir auftischen wird. Kristian wird sich noch mehr zurückziehen, mir die Zunge rausstrecken, nicht antworten. Und in Ingvilds Familie wird es ähnlich sein. Dieser Kolbjørn, wie überrascht wird er sein, wie gelähmt, außer Gefecht gesetzt, weil es da plötzlich etwas gibt, was er nicht instand setzen kann, was die Berechnungen blockiert, die Schaltungen außer Kraft setzt. Ihre Kinder ... Aus irgendeinem Grund stelle ich sie mir blass vor, mit Magenschmerzen, Weinkrämpfen, voller Fragen.

Das sind die Bilder, die Phantasien. Und dann denke ich an Ingvilds Gesicht im fahlgrauen Licht der Straßenlaterne, und ich sehe, dass es die Wirklichkeit ist.

23. November 2004

Jetzt hat es auch hier unten geschneit, so gibt es bald keine Probleme mehr mit dem Snowboardfahren. Ich habe heute Abend die Einfahrt geräumt, das ist wie eine Zeremonie, eine Hymne für das Leben eines Hausbesitzers: Fege vor deiner eigenen Tür! Andererseits waren auch Kristian und Vilde längst zu Hause, sodass auch sie auf diese Idee hätten kommen können. (Ob ich das jemals erleben werde?)

Es war ein Tag mit zu vielen kurzen, zweideutigen Mails und einem langen und einem kurzen Telefonat – daneben auch noch ein bisschen Arbeit. Ich habe unten in der Bibliothek gesessen und mich über das Deutschland des Jahres 1848 informiert. Ich brauche mehr Hintergrundwissen, ehe ich Riemann vom Zentrum des Geschehens zurück nach Göttingen, zurück zu Gauß schicke, in die Provinz, in der es ihm ganz sicher besser gefällt. Sofern es ihm überhaupt irgendwo gefällt. Aber darauf muss ich später eingehen.

Ich habe gelesen, dass sich die alten Machthaber zunächst aus taktischen Gründen zurückzogen, um dann mit voller Kraft unter dem Motto »Gegen Demokraten helfen nur Soldaten« zum Gegenschlag auszuholen. Es ist verlockend, sich einen enttäuschten Riemann vorzustellen, einen Menschen, der sich, verbittert über diese hoffnungslose Entwicklung, in die Welt der Gedanken zurückzieht, in der der Fortschritt unwiderruflich ist. Einen revolutionären mathematischen Beweis vor Augen, der von keiner reaktionären Kraft gekippt werden kann, ja, der sogleich ein fester Bestandteil der Grundmauer, des Fundaments wird. Der König von Preußen war nicht empfänglich für Fortschritt und Vernunft, doch in Göttingen regierte der König der Mathematik …

Es gibt nichts, was eine solche Darstellung stützt. Im Gegenteil, es ist gut möglich, dass Riemann befriedigt zur Kenntnis genommen hat, dass sich die Dinge wieder an ihren gewohnten Plätzen befanden. Der König unmittelbar unter Gott, gefolgt von den Offizieren, die die Soldaten befehligten. Kartätschen als überzeugende Argumente gegen die demokratischen Irrungen. Und die Pastoren – waren vermutlich auch ein Teil der Hierarchie, mit ihrem absoluten Anspruch auf Gehorsam, ihren nie versiegenden Zisternen voller Sünden und Schuld, die sie über die Gemeinden sprühen konnten, um jeden Aufruhr im Keim zu ersticken. Ich weiß nicht, wie es in Hannover war, aber ich habe gelesen, dass sich die preußische Landbevölkerung geschlossen hinter ihren König und dessen Männer gestellt hat – der Aufruhr war eine

Erfindung der Moderne, ein Phänomen aus Berlin, mit dem die Menschen in der Provinz nichts zu tun haben wollten.

Die Wahrheit ist, dass ich keine Ahnung habe, was Riemann dachte oder welche Motive er hatte. Wollte er sich einfach nur seiner Mathematik widmen?

Eine andere Frage ist, wovon er in diesen Jahren als Student gelebt hat. Er selbst verdiente ja kein Geld. Ich habe Ingvild heute Morgen in einer Mail diese Frage gestellt, und die Antwort kam umgehend. Ihrer Meinung nach kreisen meine Gedanken in einem zu modernen Rahmen, ich würde vergessen, dass in der damaligen Zeit die *Familie* die ökonomische Einheit war, nicht das Individuum. Das Sicherheitsnetz, wenn auch nicht immer sehr stabil. Riemanns Vater wird ihm geschickt haben, was er entbehren konnte. Sein Bruder arbeitete in Bremen bei der Post. Auch er hat bestimmt einen Beitrag geleistet, ebenso für den Unterhalt der unverheirateten Schwestern. Entscheidend ist, dass dies ein Grundpfeiler des Daseins war und nicht das heroische Opfer eines Vaters oder Bruders.

Jetzt habe ich so viel Stoff hinzugefügt, dass ich mich wieder auf die Mathematik konzentrieren sollte. Ich bin alles durchgegangen, was ich über Riemanns Jahre in Berlin finden konnte. Es war nicht viel. Sicher ist aber, dass der elegante, brillante Dirichlet ein Vorbild für den jungen Riemann gewesen ist. Er war ein tüchtiger Student, arbeitete an der Funktionentheorie und an partiellen Differentialgleichungen, nahm in sich auf, was es zu lernen gab, und hatte selbst einfache, neue Ideen.

Was er in Berlin machte, war gut, aber nicht genial.

Noch anderthalb Wochen bis zum nächsten Seminarwochenende. Ingvild hat viel zu tun, es ist Prüfungszeit, sie hat eigene Studenten und arbeitet zudem als Beisitzerin. Eigentlich sollte ich sie jetzt nicht mit meinen Sorgen belasten, aber trotzdem habe ich sie heute angerufen und ihr von meinen Gedanken in Bezug auf Weihnachten erzählt. Von dem gewaltigen Schrecken, den sie mir eingejagt haben. Aber ich habe ihr auch gesagt, dass ich mir ein Leben ohne sie nicht mehr vorstellen kann.

Denn wenn Ingvild verschwindet, hinterlässt sie einen Abdruck, und *der* wird nicht verschwinden.

Sie selbst nahm es etwas mehr mit der Ruhe. Natürlich machte sie sich wegen Kolbjørn Sorgen, ihrem Mann, dem Ingenieur. Es sei schwer vorherzusagen, wie er reagieren würde.

»Er ist eine kantige Person«, sagte sie. »Aber er wird kaum Probleme haben, eine neue Frau zu finden, und das wird er tun, schon allein, um es mir zu zeigen. Es ist verrückt und ungerecht, aber der Gedanke lässt mich ein bisschen eifersüchtig werden. Verstehst du das?«

Ich verstand es sehr gut. Nicht zuletzt bei der Vorstellung, dass sich auch die Kinder damit auseinandersetzen müssten.

»Und er wird die meisten unserer gemeinsamen Freunde auf seine Seite bringen. Ich selbst werde in unserem Kreis kaum noch gefragt sein.«

Und wie würde Karin mit der Situation umgehen? Ich glaube, sie hat sich damit abgefunden, dass unser Dasein, der hektische Alltag, den wir mit unseren praktischen Funktionen füllen, unser wirkliches Leben ist. Wenn ich sie damit konfrontieren würde, dass mir plötzlich bewusst geworden ist, wie wir aneinander vorbeileben, würde sie das erst einmal als Unsinn abtun. Erkannte sie dann, dass ich es ernst meinte, hätte sie gewiss eine Reihe wohlbegründeter Argumente parat: Mein Gott, so ist nun mal die Wirklichkeit. Wir haben es, wie wir es haben, sicher und gut. Man kann doch nicht jahrelang verliebt durchs Leben laufen.

Das sind gute Argumente. Bis vor einem Monat hätte ich jedes davon unterschrieben.

Vielleicht irre ich mich. Vielleicht brodelt auch in ihr ein Vulkan, der nur darauf wartet, dass sich die Erdkruste ein wenig dehnt, damit er ausbrechen kann. Es gibt keinen logischen Grund dafür, dass nicht auch sie Geheimnisse hat.

Aber so, wie ich sie einschätze, wird sie es nicht leicht nehmen. Trotzdem habe ich die Hoffnung, dass sie zurechtkommen wird, denn eine solche Situation würde in ihr Umfeld passen. Ihre Freundinnen und Kolleginnen werden sich geschlossen hinter sie stellen. Sie haben eine Sprache, mit der sie die Geschehnisse einordnen: Undankbarer Ehemann in Midlife-Crisis verlässt seine treue Frau und seine Kinder zugunsten einer vermeintlich attraktiveren Frau. Natürlich ist das ein Schock, ein Verlust – aber die Frau bleibt in einer unangreifbaren Opferrolle zurück und hat alle Sympathien auf ihrer Seite.

Damit alles wirklich nach Schema F abläuft, sollte der Mann dann aber zu einer jüngeren Frau gehen. Ingvild wird dem nur bedingt gerecht. Sie ist neunzehn Tage jünger als ich.

Mehr Sorgen mache ich mir um Vilde, trotz ihrer selbstsicheren, ironischen Fassade. Sie braucht mich, so war es immer, und wenn es nur darum geht, dass ich ihr Paroli biete, eine Wand bin, an der sie ihre Kräfte messen kann.

Möglicherweise hatte sie für einen Moment die Balance verloren, doch jetzt ist sie wohl wieder im Begriff, Fuß zu fassen. Vielleicht stelle ich zu hohe Ansprüche an Harald, projiziere zu viele Erwartungen auf ihn. Was weiß ich schon? Vielleicht ist nächste Woche bereits Schluss zwischen den beiden. Ich mag ihn, denke aber gleichzeitig, *dass er mich nicht ersetzen kann.*

Ingvilds Situation ist nicht ganz deckungsgleich, das erkenne ich durchaus. Dreiundvierzigjährige Frauen brechen zwar ständig aus ihren Ehen aus, auch das eine Handlungsweise, die in vielen Kreisen auf Verständnis stößt, vielleicht sogar auf Sympathie. Aber sie gehen nicht zu einem anderen Mann. Nicht die brennende Leidenschaft, die flammende Begierde zieht sie von ihrer Familie fort. Der gesellschaftlich akzeptierte – nun ja, einigermaßen akzeptierte – Grund ist das Nora-Syndrom, der Mangel an gegenseitigem Verständnis, die Sehnsucht nach einem authentischen Dasein.

Frauen gehen, Männer gehen fremd. Das ist die Weisheit der Lebenshilferubriken.

Eine ganz andere Sache ist das Praktische. Die Arbeit, zum Beispiel. Sollte es mit Ingvild und mir wirklich so kommen, müssen wir wohl nach Moss ziehen!

26. November 2004

Ich kann fast nicht darüber schreiben.

Ingvild war heute Nachmittag in Blindern. Eine kurzfristig einberufene Zensurenkonferenz, ich habe allerdings den Verdacht, dass sie schon länger davon Kenntnis hatte. Vermutlich wollte sie mich überraschen. Nach der Konferenz musste sie gleich zum Zug nach Hause, aber vorher hatte sie eine knappe Stunde Zeit.

»Sollen wir einen Kaffee trinken?«, fragte ich, als sie noch ganz außer Atem in der Bürotür stand.

»Lieber Tee, du bist ja gut ausgerüstet«, antwortete sie und nickte in Richtung des Regals, auf dem ein Wasserkocher stand. »Aber diese Tasse da kannst du vielleicht noch mal ausspülen.«

Durch ein Fenster in der sechsten Etage kann niemand etwas sehen. Nach ein paar Minuten schloss ich die Tür ab. Wir standen dicht beieinander, dann umarmten wir uns und küssten uns lange, während unsere Hände zu wandern begannen. Das Wasser kochte, ich bereitete zwei Tassen vor, wir tranken ein wenig ... und küssten uns wieder. Wir knutschten, um eine etwas zeitgemäßere Beschreibung zu geben.

Manchmal waren auf dem Flur Schritte zu hören. Vermutlich wollte niemand zu mir, trotzdem, man kann nie wissen.

Wir standen noch immer mitten im Zimmer, als ich den BH unter ihrem Pullover löste.

Sie protestierte nicht, doch bevor ich meine Hände auf ihre Brüste legen konnte, sah sie mir in die Augen und blickte dann auf die Uhr: »Ich habe dich gewarnt, nicht wahr?«

Es muss merkwürdig ausgesehen haben: Zwei erwachsene Menschen, die ihre Hände unter den Pullover des anderen schoben und immer wieder in langen Küssen verschmolzen, sich danach aber voller Ernst betrachteten.

Ich glaube, ich war noch nie derart erregt wie an diesem Novembernachmittag in meinem Büro, mitten in der Arbeitszeit, umgeben von Studenten und Kollegen, die in den Nachbarzimmern saßen oder draußen auf dem Flur vorbeigingen. Es war drei Uhr (es ist noch keine sechs Stunden her). Ihre Hände jagten Stromstöße in meine Leistengegend, während meine Fingerkuppen auf ihren Brustwarzen Funken sprühten, als wäre ich eine Leidener Flasche.

Ich wich zurück und sah mich um.

Sie verstand und lachte, wenn auch etwas angestrengt. »Warum hast du kein Sofa in deinem Büro?«, flüsterte sie. »Bei mir steht eins! Nein, ich mache Witze. Hier ist nicht der richtige Ort, und wir haben auch nicht genug Zeit. Ich muss in einer halben Stunde zu dieser Konferenz. Aber – vorher musst du mir noch einen kleinen Gefallen tun.«

»Einen Gefallen?«

»Berühr mich einfach, aber vorsichtig. Es braucht nicht viel. Wie gesagt, ich habe dich gewarnt!«

»So von außen«, fragte ich einfältig.

»Nein, du Dummerchen! So vorsichtig nun auch wieder nicht!«

Dann tat ich es; vergaß beinahe meine ungeschickten Bemühungen mit ihrer Gürtelschnalle und meine Angst, es nicht richtig zu machen. Zitternd schob ich meine Finger unter ihren Slip und tastete mich zu dem Punkt vor, den ich für den richtigen hielt; der Atem an meinem Ohr zeigte mir den Weg.

Dann klopfte es an der Tür.

Ich zog meine Hand zurück, Ingvild schloss die Augen, als würde uns das stumm und unsichtbar machen. Alle Erregung wich von mir und wurde von einer Welle aus Schuldgefühlen fortgespült und von der Angst, mich jetzt vollends lächerlich gemacht zu haben.

Dabei war es doch mein Büro, und die Tür war verschlossen. Wenn wir einfach still blieben, musste der Betreffende bald wieder verschwinden. Und genau das geschah. Das Klopfen wiederholte sich nicht. Schließlich hörten wir Schritte, die sich über den Flur entfernten.

»Bestimmt ein Student«, flüsterte ich. »War das jetzt sehr schlimm?«

»Nicht, wenn du da weitermachst, wo du gerade aufgehört hast«, flüsterte sie zurück. »Die Zeit sollte noch reichen – auch für ein neues Make-up.«

Gestern, Sonntag, hat Karin so etwas wie einen Verdacht zum Ausdruck gebracht. Ein Anflug unverhohlener Verärgerung, ganz ungewöhnlich für sie. Vielleicht hielt sie es selbst für einen Scherz, eine kleine Finte. Aber ich kenne sie und habe den verbalen Schwinger deutlich erkannt.

Sie hat mich beim Kochen um irgendetwas gebeten, aber ich war in ein Buch vertieft und habe sie nicht gehört.

»Du bist immer so abwesend!«, fauchte sie. »Beschäftigt dich dieser Riemann mehr als wir hier? Soll ich auch für ihn decken?«

Dabei habe ich gar keine Fachliteratur gelesen, jedenfalls nicht mein Fach, sondern einen Roman von Jurek Becker, *Jakob der Lügner*. Dieser Jakob lebt während des Zweiten Weltkriegs in einem jüdischen Ghetto. Durch ein Missverständnis kommt das Gerücht auf, er habe ein Radio in seiner Wohnung versteckt, und so verstrickt er sich in einem Netz phantastischer Lügen: Er erfindet Nachrichten über die sich nähernden Russen und über deutsche Niederlagen und hält den Mut und die Moral der anderen aufrecht.

Dieser Roman lässt mich demütig werden. Sogar ich erkenne die Souveränität des Aufbaus und der Sprache. Wie unangestrengt und selbstverständlich Becker den Alltag im Ghetto schildert, welche Tiefen in den Gedanken und Gefühlen verborgen sind, die mit so schlichten Worten beschrieben werden. Ich sehe auch klare Parallelen zu der Beziehung zwischen einer anscheinend einfachen Gleichung (nehmen wir Eulers unsterbliche $e^{\pi i} = -1$) und den Goldgruben der großen Mathematik, zu denen man sich mit diesem Schlüssel Zutritt verschaffen kann.

Das ist es, wovon Anders immer predigt, doch ich weiß genau, dass mir das niemals gelingen wird.

Karin hat sicher nicht darauf geachtet, was für ein Buch ich las, vielleicht hat sie bloß gesehen, dass es deutsch war. Es stört sie wirklich, dass ich deutsch ohne Probleme lesen kann, während sie – die Philologin – sich nicht die Mühe machen will, diese Hürde zu nehmen. Es war ihr also aufgefallen, dass ich mich an einem anderen Ort aufhielt. Zum Glück wusste sie bis jetzt nicht, wo dieser andere Ort war!

Ich habe nichts gesagt, versuchte in ihrer Bemerkung bloß einen Ausbruch schlechter Laune zu sehen, der ein Opfer brauchte. Ich stand etwas abrupter auf, als ich es beabsichtigt hatte, und versuchte mich zu erinnern, um was sie mich gebeten hatte.

1. Dezember 2004

Natürlich eine grausame Woche. Alles ist auf das Wochenende fokussiert, auf den Kurs, unsere Pläne: Wir wollen das Seminar vor der Mittagspause verlassen, jeder für sich, uns draußen treffen und dann gemeinsam zum Essen gehen. Ingvild hat sich in einem anderen Hotel ein Zimmer reserviert, damit wir auf dem Flur nicht auf Seminarteilnehmer stoßen … Alles hängt von der Planung ab, der Geheimhaltung, den Lügen. Es ist wie der unsichere Tanz über ein Seil.

Ich schlafe unruhig; wache mitten in der Nacht auf. Oft sind es die Träume, die mich wecken, sie sind so seltsam konkret und plastisch: Ich werde vom Klingeln des Telefons geweckt, bin sofort hellwach und springe aus dem Bett, um den Hörer abzunehmen. Dann begreife ich, dass es nicht im Haus geklingelt hat, sondern in meinem Traum. Was mich geweckt hat, war nicht einmal der elektronische Klingelton unseres Telefons, sondern das Schellen der Apparate meiner Kindheit. Es kann aber auch eine Stimme gewesen sein, meine eigene? – ein Wort oder ein Schrei, der noch im Raum hängt.

Habe ich im Schlaf etwas gesagt oder gerufen? Vermutlich nicht, denn Karin schläft friedlich.

Ich rufe nicht, es ruft in mir.

Um irgendetwas zu tun, arbeite ich an einem Projekt, um das mich Ingvild gebeten hat. Es ist nicht das, was ich im Seminar zeigen will, dieses kurze Kapitel über Riemann und das Jahr 1848. Nein, es geht um etwas Entscheidenderes: Sie hat mich um eine Erklärung gebeten, warum Riemann so wichtig ist. Sie hat mich darauf aufmerksam gemacht, dass ein paar Naturwissenschaftler Eingang in die Weltgeschichte gefunden haben: Kepler, Galileo, Newton, Einstein. Und dass man noch die Namen einiger anderer kennt: Euler, Gauß, Bohr, Heisenberg. Aber Riemann? Wer hat jemals von Riemann gehört?

»Ich glaube, du hast ihn erfunden«, schreibt sie. »Dass er ein Pseudonym ist, ein Reim auf ›Niemand‹. Ein Nichts, eine Konstruktion, die du erschaffen hast, um etwas auszudrücken, was dir sonst nicht gelingen würde.«

So dichten zu können ist ein schöner Gedanke, aber da überschätzt sie mich. Ich gehe in meiner Antwort zunächst darauf ein, dass alle, die sie genannt hat, von Haus aus Physiker waren, obgleich sie sich auch als Mathematiker einen Namen gemacht haben. Physiker sind markant, sie erklären die sichtbaren Phänomene – und manchmal auch die unsichtbaren. Die Physiker spielen das Spiel, die Mathematiker schreiben die Regeln.

Riemanns Leben war kurz und farblos, seine Entdeckungen hingegen sind für die Ewigkeit. Dieser arme, verzagte, linkische und lungenkranke Mann schrieb Ergebnisse, die derart bedeutungsvoll waren, dass niemand sie verstand, ja, man darf sich die Frage stellen, ob er sich selbst der Tragweite seiner Entdeckungen bewusst war. Vermutungen stecken in den Nebensätzen seiner Aufzeichnungen, ohne vollständige Beweise, Intuitionen ... Als sähe er weite mathematische

Landschaften vor sich, hätte aber nicht die Zeit, alle Wege selbst auszuprobieren, sodass er bloß in die eine oder andere Richtung zeigte und Aussagen darüber traf, was sich dort verbergen konnte. Einmal äußerte er sich etwas herablassend über einen Kollegen, der in der gleichen Richtung forschte wie er selbst, aber »bei den formellen Rechnungen stehenblieb«.

»Ich wusste nicht, dass Mathematik etwas mit Romantik zu tun hat«, mailte Ingvild zurück, nachdem ich ihr das zu erklären versucht hatte. »Aber Du kultivierst das Genie, suchst nach der großen Entdeckung, dem Zusammenhang in der Natur, dem Prinzip, das alles bewegt.«

Ja, aber ich bin jederzeit bereit, in die Realität zurückzukehren, mag sie so handfest sein, wie sie will. Denn natürlich ist es in unserer heutigen Zeit leichter, überzeugende Argumente für Riemanns Bedeutung zu finden, wenn man ein Preisschild an sein Werk heften kann: Ein amerikanischer Informatiker hat eine Belohnung in Höhe von einer Million Dollar für denjenigen ausgesetzt, dem es gelingt, Riemanns berühmte Vermutung über die Zeta-Funktion zu beweisen – oder zu entkräften.

Noch achtundsechzig Stunden bis zum Ende des Seminars am Samstagabend.

2. Dezember 2004

Es ist Schnee gefallen, ziemlich viel, der Winter erinnert an einen von damals, als die Kinder noch klein waren. Dazu passt es, dass ich heute Abend eine Spur der alten Vertrautheit mit Vilde gespürt habe. Kommt er zurück, der unmittelbare Kontakt, den wir hatten, als sie kleiner war? Das Vertrauen des Mädchens, das sich von einer Mauer fallen lässt in der Gewissheit, dass ihr Papa sie schon auffängt? Natürlich ist es nicht so. Aber irgendwann müssen wir uns auf einer neuen Ebene treffen, zwei Erwachsene, die einander gern haben.

Karin war mit ein paar Kollegen in der Stadt. (Was weiß ich schon über ihre Abende, mit wem sie zusammen ist, was sie tut? Nichts. Dabei habe ich geradezu Angst, dass es gar keine Geheimnisse gibt. Schließlich sagt sie über das, was sie tut, immer nur das Gleiche, dass sie sich mit ein paar Kollegen in der Stadt trifft. Würde sie lügen, gäbe sie mir viel mehr Details.) Kristian saß in seinem Zimmer, seine Musik war durch die Zimmerdecke mehr als nur zu ahnen. Man konnte eine dunkle, schnarrende Stimme heraushören und ein schweres Gitarrenriff. Ich hatte keine Ahnung, was das war. Black Metal vermutlich.

Vilde saß sogar gemeinsam mit mir im Wohnzimmer und zappte sich ruhelos durchs Fernsehprogramm. Ohne nachzudenken fragte ich sie, wo Harald heute Abend sei. Ich bereute es sofort, denn ich sollte aus bitterer Erfahrung wissen, dass ich Vilde mit solchen Fragen nerve.

Aber sie antwortete ganz ruhig: »Er ist zu Hause und lernt. Er will sich im Herbst um einen Studienplatz in Journalistik bemühen.«

»Ja, dann muss er sicher was tun«, antwortete ich. »Es ist bestimmt viel schwieriger, Journalist zu werden als zum Beispiel Mathematiker.«

»Genau. Es quält mich, dass ich mir im nächsten Jahr auch solche Fragen stellen muss. Entscheidungen fällen. Weißt du, dass ich noch überhaupt keine Ahnung habe?«

»Ich dachte, du wolltest Anthropologin werden«, sagte ich lächelnd. Das war der Traumberuf ihrer Kindheit, ein Gegenstück zum sagenumwobenen Feuerwehrmann der kleinen Jungs, eine Antwort, mit der sie Tanten und Großmüttern zu imponieren gewusst hatte.

Nicht einmal diese wenig einfühlsame Referenz wurde mir verübelt, ganz im Gegenteil, sie begann zu lächeln. »Da dachte ich noch, ich müsste einfach nur an den Amazonas fahren und in einer Palmenhütte wohnen«, sagte sie. »Schließlich hat mir nie einer gesagt, dass ich dafür erst jahrelang nach Blindern muss.«

»Tja, das Angenehme verlangt meistens vorher ein bisschen Mühe …«

»Komm mir nicht so pädagogisch«, antwortete sie in einem Ton, der mir vertraut war. »Das kannst du Mama überlassen, die versteht sich besser darauf.«

»Aber wozu hast du Lust?«, fragte ich.

»Das Übliche«, antwortete Vilde. »Geld verdienen. Weite Reisen machen. An einen Ort gehen, wo ich für mich wohnen kann. Das ist mir wohl am wichtigsten: Ich weiß nicht, vielleicht habe ich Lust, im Ausland zu studieren. In Australien?«

»Durchaus möglich, aber was?«

»Känguruzucht?«, schlug sie vor. »Es gibt hierzulande bestimmt zu wenig Leute, die davon Ahnung haben.«

5. Dezember 2004

Sonntagabend. Zeit für ein Fazit.

Samstag lief alles nach Plan. Einigermaßen. Während des Seminars hielten wir uns an einen unverbindlichen Ton und achteten darauf, auch mit allen anderen zu reden. Ingvild präsentierte den literarischen Essay, an dem sie arbeitet, und ich erkannte rasch, dass sie noch immer mit den Sätzen rang, den langen Substantiven, die sie aus dem Deutschen übertragen hatte. *Gottähnlichkeit.* In den Pausen hörte ich sie mit den anderen plaudern. Nein, sie könne nicht zum Essen bleiben, sie habe sich mit einer alten Studienkameradin verabredet.

Und ich hatte leider eine Familienfeier. Natürlich bekam

ich zu hören, wie dumm das sei, da es ja heute Abend ganz besonders festlich werden würde. Aber so war es nun mal.

Ingvild ging als Erste, sie wollte zum Hotel. Ich blieb noch zehn Minuten, trank schnell noch ein Glas Wein, sah dann auf die Uhr und verabschiedete mich, ohne Sofia in die Augen zu blicken.

Natürlich war es nicht ganz unproblematisch, in der Stadt gemeinsam zum Essen zu gehen. Noch dazu an einem Samstagabend kurz vor Weihnachten, wo überall Weihnachtsfeiern abgehalten wurden. Deshalb war unsere Wahl auf ein bescheidenes Thai-Restaurant gleich hinter Ingvilds Hotel gefallen. Wir hatten auf meinen Namen einen Tisch bestellt; sie war noch nicht gekommen. Ich setzte mich, bestellte ein Glas Weißwein und sah mich um: keine Bekannten. Also konnte ich entspannen und mich der Erwartung hingeben, mein Bewusstsein schärfen: Ich wartete, ich lebte.

In all dieser Spannung spürte ich auch, wie müde ich war. Wofür es zwei einfache Erklärungen gab: den intensiven Kurs und die Tatsache, dass ich in der Nacht kaum geschlafen hatte.

Die Tür ging auf. Ingvild kam, ich stand auf und umarmte sie fest. Sie hatte sich die Haare gewaschen.

In den nächsten zwei Stunden lebten wir in unserer eigenen Welt. Über der Tom-Yam-Suppe, dem Hühnchen Satay und der Flasche Wein verblassten alle Vorbehalte. Sah einer von uns auf die Uhr, dann nicht, weil wir uns trennen mussten, sondern weil wir sicher sein wollten, noch endlos viel Zeit miteinander zu haben. Seifenblasen, die wir nicht zerplatzen lassen wollten. Doch wir redeten auch über ganz alltägliche Dinge. Erneut wurde mir bewusst, wie aufmerksam Ingvild war, wie ernst sie alles nahm, was ich sagte.

Zwei Stunden. Dann standen wir auf. Ich bezahlte mit Kreditkarte, meine Kontoauszüge schaute sich niemand an. Wir gingen das Risiko ein, das kurze Stück zum Hotel Hand in Hand zurückzulegen. Sie hatte ein Doppelzimmer bestellt, sodass ich der Frau am Empfang freundlich und einigermaßen selbstbewusst zunicken konnte. Im Fahrstuhl küssten wir uns vor dem Spiegel.

Im Zimmer stand eine Flasche Wein. Ingvild öffnete sie, holte zwei Gläser und schenkte ein. Dann prosteten wir einander zu, feierlich, stellten die Gläser ab und umarmten uns. Wieder spürte ich ihre Hände, weich und sicher. Vermutlich kam mir in diesem Moment zum ersten Mal in Verbindung mit uns beiden der Begriff »Liebe« in den Sinn: Ob der Grund dafür in der Haut steckt, in den Fingerkuppen, in der Fähigkeit, den Gefühlen einen spürbaren Ausdruck zu geben?

Es kam kein Moment der Scham, der Unsicherheit, wie man es hätte erwarten können. Ingvild begann ganz einfach, sich auszuziehen. Sie legte die Kleider ordentlich auf einen Stuhl. Es war mehr als zwanzig Jahre her, seit ich mich vor einer noch fremden Frau ausgezogen hatte. Aber es ging mir gut: Sie würde mich so akzeptieren, wie ich war; ein Mann mittleren Alters, dessen Verfall noch nicht allzu weit fortgeschritten war.

Trotzdem, so ganz spurlos ging die Situation an uns nicht vorüber, das spürte ich auch ihr an. Zwar ging sie nackt durchs Zimmer, holte den Wein, schenkte nach und stellte die Gläser auf die Nachtschränkchen, kroch dann aber rasch unter die Decke und zog sie bis zum Kinn hoch, als wäre ihr kalt.

Wein, gedämpftes Licht, Ingvilds Kopf, der unter der Decke hervorlugte. Sie lächelte und ließ die Decke langsam nach unten und zur Seite gleiten.

Es war ein Arrangement, ein Bild. Das alles war zu eindeutig, zu viel. Ich ging zu ihr, schmiegte mich vorsichtig an sie. Zu viel Wein, zu viel Spannung, zu viel schlechtes Gewissen. Plötzlich fehlte den Berührungen die Magie, die Hände zitterten nicht mehr, meine Bewegungen wurden plump, als folgten sie strengen Anweisungen. Ingvild bemühte sich mit mir, geduldig. Schließlich konnte sie sich nicht mehr zurückhalten, sie musste lachen; eigentlich war ich froh darüber, aber hilfreich war es nicht.

Es klopfte nicht an der Tür, das Telefon klingelte nicht, nichts und niemand gemahnte uns an die Welt dort draußen, aber trotzdem gelang es mir nicht, das Gefühl wiederzufinden, das noch im Restaurant so stark war, diese atemlose Nähe zwischen uns.

Kurz gesagt: Es war eine Enttäuschung, eine Ernüchterung. Nicht lange danach saßen wir ruhig nebeneinander auf der Bettkante und tranken den restlichen Wein. Ingvild hatte ihren Arm um mich gelegt, deutete aber an, dass ich rechtzeitig gehen sollte, um nicht meine Bahn zu verpassen – dabei hatte ich großmütig vorgeschlagen, ein Taxi zu nehmen, um möglichst lange bei ihr bleiben zu können.

»Ich glaube, du fährst jetzt besser«, sagte sie. »Verstrick dich nicht in mehr Erklärungen, als unbedingt nötig, nicht in deiner jetzigen Situation. Außerdem brauchst du Schlaf.«

Was das anging, hatte sie ohne jeden Zweifel recht.

Ingvild versuchte zu lächeln, als ich mich anzog: »Wir fangen erst um zehn an«, sagte sie. »Aber du hast wohl nicht die Zeit, vorher noch einmal vorbeizukommen? Es ist auch schön, sich am Morgen zu lieben!«

6. Dezember 2004

Nein, ich bin gestern Morgen nicht ins Hotel gegangen. Ich habe Ingvild im Seminar getroffen, wir haben uns angelächelt, uns umarmt und uns leise für später verabredet. Wir lernten nichts mehr an diesem Tag, einige schienen den Abschluss des Kurses und ihre beginnende Schriftsteller-Karriere gestern ausgiebig gefeiert zu haben. Auch Anders schien nach Kräften mitgewirkt zu haben, denn er machte alles andere als einen frischen Eindruck.

Ausgerechnet Sofia war die Leidtragende. Sie bekam am wenigsten Hilfe bei ihrem Text, obgleich sie uns andere so bereitwillig unterstützt hatte. Was sie aber nicht zu stören schien, geht man davon aus, dass ihr etwas bekümmerter Gesichtsausdruck andere Gründe hatte. Ich bewunderte sie: Diese Lehrerin beherrschte ihr Handwerk, sie verstand sich auf die Kunst, kurze, prägnante Sätze zu schreiben, und ihre Texte waren flüssig und von ganz eigener Kraft.

Diesmal führte uns unser Weg nicht über Hinterhöfe, auf denen wir uns eng umschlungen küssten. Wir gingen direkt in ein Café. Ingvild sagte, es gehe sie ja nichts an, aber sie würde gern wissen, wie es für mich gewesen sei, am Samstagabend nach Hause zu kommen. Ich musste gestehen, dass Karin noch wach gewesen war. Das ist so spät ungewöhnlich, und ich hatte diese Begegnung zu vermeiden gehofft (Parfüm! – dachte ich plötzlich –, ich habe den Duft einer anderen Frau an mir). Aber Karin hatte nicht auf mich gewartet, sondern sich einen Film angesehen, das war alles. Ihr einziger Kommentar war, dass ich getrunken hätte.

Ingvild nickte. Dann fragte sie: »Hast du Angst vor mir?«

»Wieso …?«, ich suchte nach einer Antwort.

»Du weißt, wie ich es meine«, sagte sie. »Bin ich dir zu direkt, zu … anspruchsvoll? So muss man das wohl nennen.«

»Das hört sich falsch an, wenn du das so sagst«, antwortete ich. »Aber vielleicht, ich weiß nicht. Nur dass du auf keinen Fall anders sein sollst!«

»Ich vertraue dir«, sagte sie in Richtung ihrer Kaffeetasse. »Ich meine, ich denke nicht darüber nach, was ich sage oder tue, wenn wir zusammen sind. Mag sein, dass das dumm ist. Man kann ja nicht gerade sagen, dass wir uns gut kennen.«

8. Dezember 2004

Also: Riemann sieht die Delegation der Nationalversammlung nach Berlin kommen und hört das verächtliche »Nein« des Königs zur Kaiserkrone. Dann verlässt er Dirichlet und geht zurück nach Göttingen.

Ich muss einflechten, dass das Königreich Hannover eine Spur reaktionärer war als Preußen. So hatten einige Jahre zuvor sieben angesehene Göttinger Professoren Amt und Würden verloren, weil sie sich geweigert hatten, den Eid auf eine neue und noch reaktionärere Verfassung abzulegen. Die beiden Bekanntesten waren Jacob und Wilhelm Grimm, die Märchenbrüder. Für Riemann war der Physiker Wilhelm Weber der Wichtigste.

Das Jahr 1848 bescherte Hannover ein deutlich liberaleres Grundgesetz. Kam Riemann deshalb »nach Hause«?

Wieder dieser hilflose moderne Wunsch, die Freiheit der Gedanken möge eine Rolle spielen! In der Welt, die sich bald für Bernhard Riemann öffnen sollte, gab es keine andere als die eigene, beinahe unüberwindliche Selbstzensur. Und die hatte er bereits zu Schulzeiten zum Gesetz gemacht, war sie doch für die Schwierigkeit verantwortlich, selbst flüchtige Gedanken dem Papier anzuvertrauen. Es ist typisch für Riemann, dass seine bahnbrechende Behauptung entschuldigend als Einfall formuliert wurde, für den man ihn kaum verantwortlich machen konnte; ein Gedankenexperiment, das nicht weiter verfolgt wurde, nachdem er es vergeblich zu beweisen versucht hatte.

Aber so weit bin ich noch nicht.

Zuerst muss ich nach Göttingen, das wird mir immer klarer. Wenn ich diese Aufgabe meistern will – woran ich noch nicht recht glaube –, brauche ich Hilfe, um mir eine konkrete Vorstellung von Riemann zu machen und einen Rahmen zu finden, der zu ihm passt. Natürlich werde ich auch der Bibliothek einen Besuch abstatten und seine Niederschriften studieren, den berühmten *Nachlass*. Ich glaube nicht, dass ich viel davon verstehen werde, seine Schrift war schlecht, seine Schlussfolgerungen waren intuitiv, aber dennoch, ich will seine Handschrift sehen, seine Tintenkleckse!

Für seine Doktorarbeit brauchte er lange. Es lag nicht nur daran, dass er Schwierigkeiten hatte, etwas aus den Händen zu geben, sondern auch an der Tatsache, dass er sich intensiv mit der praktischen Physik auseinandergesetzt hat, mit Laborversuchen. Hier kommt Wilhelm Weber ins Bild, der heimgekehrte Professor, der Liberale, der Experte für Strom und Magnetismus.

Und Riemanns Onkel. Interessanterweise findet sich in der Riemann-Literatur ein kryptischer Hinweis auf Webers Nichte, die Tochter des Bruders, der ebenfalls Professor war. Bernhard soll gehofft haben, »sich mit ihr vermählen zu können«. Es ist beinahe unglaublich, dass der verzagte Hungerleider bei seiner jahrelangen Wartezeit auf eine feste Anstellung, die keineswegs sicher war, davon geträumt haben soll, in die Familie eines Professors einzuheiraten. Oder war gerade das der Grund für seinen Traum? Hat er sich absichtlich in eine unerreichbare Frau verliebt?

Die Antwort ist wichtig. Der Mann war vierundzwanzig Jahre alt, als er nach Göttingen kam. Er dachte an Frauen, sie tauchten zwischen seinen Formeln auf, warfen ihm kokette Blicke zu oder zeigten in seinen Träumen ihre verführerischen Knöchel. Sie nagten an seinem Gewissen, weil er seine Phantasien nicht im Zaum halten konnte. Einige der Berliner Studenten waren sicher häufig Gäste in den Bordellen, worüber sie dann bei ihren Zusammenkünften berichteten; der arme Pastorensohn war natürlich nicht dabei, aber das Thema lag in der Luft des von Männern geprägten Universitäts-Milieus, Bernhard hatte es gespürt.

87

Also mehr Politik und mehr Sex. Ja, denn wie soll es ohne diese Themen eine anständige Biografie werden?

Später Freitagabend, Karin ist im Bett, die Kinder sind außer Haus, ich trinke Wein aus einem Tetrapack und denke an Ingvild.

In dieser Woche bin ich Karin aus dem Weg gegangen, als haftete mir diese beinahe komische Szene im Hotelzimmer noch immer an, ja, als umgäbe sie mich mit einem unguten Schimmer des Betrugs, des schlechten Gewissens. Nach dem Schlafengehen, wenn Karin und ich uns ganz unvermeidbar nah sind, liege ich angespannt da, bis ich höre, dass ihr Atem zur Ruhe kommt. Bin voller Furcht, dass sie mich fragen könnte, was los sei, ob etwas nicht stimme. Außerdem habe ich Angst davor, dass sie sich mir nähern könnte, plötzlich zu mir herüberkriecht. Eigentlich sollte das meinen Schlaf nicht gefährden, denn derlei seltene Initiativen waren in den letzten Jahren allenfalls von mir ausgegangen. Aber man konnte ja nie wissen.

Da sitze ich schon lieber hier oben in meinem Arbeitszimmer. Wobei lange Nächte mit einfachem Wein kaum das richtige Mittel sind, um die Situation zu meistern.

Es besteht keine Gefahr, solange Karin jeden Abend einschläft. Vorläufig sieht sie das Leuchten meines schlechten Gewissens nicht, nimmt die aufgesetzte Leichtigkeit meines Atems nicht wahr und spürt auch nicht, wie angespannt ich neben ihr im Bett liege. Aber kann das lange gut gehen?

Seit Montag sind die Tage mit teilweise verschlüsselten E-Mails angefüllt. Ingvild und ich müssen uns vor Weihnachten noch einmal sehen; es gibt so viel Unausgesprochenes, Ungereimtes, so viele Dinge, die ihren Platz noch nicht gefunden haben. Außerdem müssen wir organisieren, planen, schweigen oder lügen.

Wenn ich hier mit meinem Wein sitze, sehe ich klar vor mir, wie mies ich mich verhalte. Karin lebt seit zwanzig Jahren mit mir. Ich habe nie daran gezweifelt, dass sie mich gern hat, auch wenn sie nicht die Frau ist, die mit Liebesbekundungen um sich wirft. Ich schäme mich.

Aber wenn ich ehrlich bin, dann mischt sich in diese Scham auch etwas anderes, was ich beinahe wie eine Befreiung empfinde: Ich konstruiere eine geheime Welt hinter dem Offiziellen. Eine Welt voller Verstecke, voller Verdacht.

Aber es ist meine Welt. Hier gelten andere Regeln, hier gilt eine alternative Geometrie: keine parallelen Linien, die in alle Ewigkeit taktvoll Abstand halten, ohne sich zu schneiden; im Gegenteil, sie erheben sich über die Euklidsche Kleinkariertheit und kreuzen die Bahn der anderen. Ich akzeptiere die Prämissen der Schattenwelt als eine Befreiung.

13. Dezember 2004

Das Treffen ist für Mittwoch vereinbart: Ingvild kommt vor Weihnachten nicht mehr nach Oslo, sodass wir uns wieder in Moss treffen müssen, wie beim letzten Mal. Sie will mit dem Auto Weihnachtseinkäufe machen.

Ein Argument, das ich kaum anführen kann. Es hat mich aber so weit in die Wirklichkeit zurückgebracht, dass ich mit Karin über Weihnachtsgeschenke für die Kinder spreche und sie auch frage, was sie sich wünscht. Ein Buch, antwortete sie freundlich, die Inkarnation einer Norwegisch-Lehrerin. Wünscht sie sich in Wahrheit etwas ganz anderes? Schlichte Ohrstecker mit zwei winzigen Diamanten, die so aussehen, als klebten sie auf den Ohrläppchen, ein Gegenstück zu den auffallenden, die sie sonst trägt? Eine teure italienische Handtasche, mit der sie ihre Kollegen schockieren und beeindrucken kann. Ein Anflug von dekadentem Luxus im norwegischen Lehrerzimmer? Ich weiß nicht. Außerdem kann ich jetzt, da es in erster Linie darum geht, alles dem Schein nach wie immer zu machen, auf keinen Fall mit einem ungewöhnlichen Geschenk daherkommen.

Vilde hat Wünsche genug. Ganz oben auf ihrer Liste steht ein nette kleine Digitalkamera; ich glaube, die Kamera in ihrem Handy hat ihr Lust gemacht, immer und überall Bilder zu knipsen und in der Welt herumzuschicken. Aber Vilde geht hinter all ihrem Sarkasmus doch sehr rücksichtsvoll mit ihren alten Eltern um. Zu Weihnachten wird sie sich über jedes Geschenk lächelnd freuen, das ihr zeigt, dass wir den rühmlichen Versuch unternommen haben, uns in sie hineinzuversetzen.

Kristian hat nur einen Wunsch, auch etwas Elektronisches. Im Gegensatz zu Vildes Kamera, mit der sie Kontakte pflegen und Eindrücke teilen möchte, ist sein Wunsch nach innen gerichtet. Er will einen MP3-Player, oder noch besser einen modischen iPod, sodass er die Welt aussperren und sich seiner finsteren Musik hingeben kann. Und er soll silberfarben sein, nicht etwa weiß oder grün.

Diese Wünsche haben den Vorteil, dass sie sich preislich etwa auf einem Niveau bewegen, wenn auch beide etwas zu kostspielig sind. Vielleicht sollte ich mich über Karins Nüchternheit freuen. Ihr Wunsch gibt mir ja auch die Gelegenheit, ihr eine der gerade erschienenen Biografien zu schenken, die ich dann nach ihr lesen kann. Vielleicht gelingt es mir, ein paar Tricks zu lernen …

Natürlich brauche ich auch ein Geschenk für Ingvild.

Was für ein merkwürdiger, beinahe erschreckender Gedanke. Ich muss etwas finden, was nicht den Anschein von Verlegenheitsgeschenk macht, sondern etwas Persönliches ist, etwas, was zu ihr passt. Ich dachte an ein Buch über die Geschichte der Mathematik. Aus einem solchen Geschenk spräche der Wunsch nach Verständnis für das, was mich beschäftigt: Wie die Zahlen und ihre Berechnung verwoben sind mit der Art, wie wir mit der Welt umgehen.

Die Griechen deuteten Zahlen als organisierte runde Quadrat- und Kubikzahl: »Jede Quadratzahl hat zwei Richtungen, ausgedrückt in Länge und Breite, während Kubikzahlen den Raum mit einbeziehen, ausgedrückt als Länge, Breite und Tiefe oder Höhe. Deshalb sagen die Weisen, dass jeder sichtbare Körper aus diesen Zahlen zusammengesetzt ist, da er sich durch diese Größen ausdrücken lässt.« Die Gelehrten des Mittelalters spannen diesen Gedanken weiter; sie versuchten, Gott und Gottes Werk in den Zahlen 8 und 27 zu finden: »Weil die ewige Weisheit und der einzige Gott eine sichtbare, greifbare Welt erschaffen wollten, erschufen sie zuerst die beiden Elemente Feuer und Erde, denn nichts kann ohne diese sichtbar werden. Das Feuer schenkt das Licht und die Bewegung und die Erde Festigkeit und Halt. Und wie es geschrieben steht, dass Feuer und Erde und alles Körperliche aus dreifaltigen Zahlen zusammengesetzt ist, die wir Kubikzahlen nennen, so schreiben wir diese Kubikzahlen auf diese Weise. Für die Erde schreiben wir: zwei mal zwei mal zwei 2-4-8, und für das Feuer: drei mal drei mal drei 3-9-27.«

So ist es noch heute. Wir können es nicht lassen, nach einem organisierenden Muster zu suchen. Nur ein Detail, dass es nicht mehr die Quadrat- oder Kubikzahlen sind, die unserer Auffassung nach die Welt beschreiben, sondern zum Beispiel die Riemannsche Geometrie.

Ich möchte, dass Ingvild das Wissen über die Zusammenhänge zwischen Zahlen und Welt mit mir teilt – oder dass sie die Problematik wenigstens versteht; das soll mein Geschenk an sie sein. Spricht aus einem solchen Wunsch nicht so etwas wie Liebe?

15. Dezember 2004

Sie kam auch heute mit dem Auto – und mit Kaffee. Wir fuhren wieder zu dem öden Parkplatz, doch diesmal standen dort noch zwei Autos. Sie sah mich an, ich zuckte mit den Schultern. Aber sie ließ den Motor an, wendete und fuhr über eine kleinere Straße davon. Ich hatte keine Ahnung, wohin.

Schließlich kamen wir in eine Ferienhaussiedlung. Ingvild bog von der Straße ab und hielt vor einer der Hütten; das Risiko, dass der Besitzer an einem Mittwoch mitten im Dezember vorbeikam, um nach dem Rechten zu sehen, war minimal.

Heute hatte sie keine hausgemachten Brötchen mitgebracht, dafür hatte ich den Auftrag erhalten, Baguette zu besorgen. Im Gegenzug präsentierte sie mir einen Kranzkuchen, eigenhändige Weihnachtsbäckerei von ihr selbst und ihrer Tochter Hanne. Sie erzählte, Kolbjørn sei in der Schweiz, sodass ihr die Weihnachtsvorbereitungen allein zufielen, wobei das eigentlich nichts Neues sei. Ich sprach von meinen Ängsten in Bezug auf das diesjährige Weihnachtsfest. Was sollten wir tun, wenn unsere Beziehung entdeckt wurde und jeglicher Feststimmung den Boden unter den Füßen wegzog?

»Es gibt inzwischen« einen ersten Verdacht«, antwortete sie kurz. »Auf jeden Fall Verwunderung, Irritation. Ich verhalte mich wohl nicht ganz so wie sonst.«

Der Kranzkuchen schmeckte trotzdem. Und während wir unsere private Weihnachtsfeier abhielten, holten wir die Geschenke heraus. Meines zuerst: Natürlich bestand ich darauf, dass sie es sofort auspackte.

Nein, es war kein Buch über die Geschichte der Mathematik; zum einen, weil ich zu feige war, zum anderen weil ich nicht genug Zeit hatte, das richtige zu finden. Ich hätte eines der ausgezeichneten Bücher bestellen müssen, die in Deutschland erschienen sind.

Stattdessen bekam sie ein kleines Päckchen. Mit weiblicher Intuition erkannte sie natürlich sofort, dass es von einem Juwelier stammte. Es waren Ohrringe. Sechseckige lange Weißgoldstäbchen, die mir persönlich sehr elegant erschienen.

»Und die Zahl Sechs sollte man nicht unterschätzen«, sagte ich. »Das ist zwar weder eine Quadrat- noch eine Kubikzahl, dafür aber etwas noch Vollkommeneres: eine sogenannte perfekte Zahl, eine Zahl, die gleich der Summe ihrer Faktoren ist: 1-2-3 ergibt 6, ob man sie nun addiert oder multipliziert!«

Wichtiger war, dass mich etwas an der Gelöstheit des Schmucks, das freie Pendeln der Stäbe, an Ingvild erinnerte – doch das sagte ich ihr nicht.

Beides, das Geschenk und die Erläuterung, wurde mit Freude angenommen.

Ihr Päckchen war größer, ganz eindeutig ein Buch. Das heißt, als ich es öffnete, erkannte ich, dass es zwei Bücher waren. Ein antiquarischer Fund, eine solide und sehr deutsche Einführung in die Geschichte Göttingens, mit besonderer Beachtung der Universität. Und dazu ein kleiner Taschenreiseführer der Stadt und ihrer Umgebung mit Restaurants, Hotels und nützlichen Adressen.

Sie hatte eine Karte dazugelegt, auf den Gedanken war ich nicht gekommen. »Fröhliche Weihnachten«, stand darauf. »Und alles Gute für das neue Jahr mit all den Herausforderungen in Göttingen und anderswo!«

Während die Scheiben beschlugen, keimte wieder die seltsame, enge Verbundenheit auf. Wir hatten uns zu diesem Treffen verabredet, um über alles zu sprechen; über das, was geschehen und was nicht geschehen war, und über alles, was noch vor uns lag, vor uns liegen sollte. Doch bei Kaffee und Kranzkuchen schien ein ernstes Gespräch unnötig und beinahe anmaßend: Wir waren ja hier.

Vielleicht war es auch nur die Spannung zwischen uns, die alle rationalen Überlegungen erstickte. Es hatte sich eine gewisse Gewohnheit entwickelt, eine Routine für Lippen und Fingerspitzen, sicherer und gleichzeitig ausdauernder.

»Du musst ein Naturtalent sein«, sagte ich.

»Schade, dass das so wenige bemerkt haben«, antwortete sie.

Doch schon rasch spürten wir die Beschränkungen, die einem ein geparktes Auto auferlegt. Ich fragte vorsichtig und mit schwerem Atem, ob es möglich sei, die Sitze nach hinten zu kippen.

Ingvild lachte: »Glaub bloß nicht, dass ich nicht auch schon daran gedacht habe! Ich habe es sogar versucht, aber das sieht verdammt unbeholfen aus.«

»Na dann«, antwortete ich. »Ich bin schon unbeholfen genug.«

»Red nicht so! Aber ich will es richtig; mit Zeit und Ruhe, nicht in einem kalten Auto, mit schräg gestellten Sitzen.«

»Einverstanden«, musste ich schließlich antworten. »Aber es fällt dir vielleicht leichter, auf so etwas zu bestehen. Du bist immerhin recht einfach zu trösten.«

»Willst du, dass …?«

17. Dezember 2004

Es hat sich so entwickelt: Der Freitagabend ist mein Abend, um Rückschau zu halten, mein Abend in einem stillen Haus. Ich will nicht leugnen, dass die Szenerie mehr als nur eine Spur von bittersüßem Selbstmitleid hat: Ich sitze allein mit meinen Gedanken, pflege die Sehnsucht nach einer Frau, die hundertzwanzig Kilometer entfernt ist, und spiele mit den Möglichkeiten.

Der Wein macht es nicht besser. Und was Karin angeht, so kann ich ihr keinen Vorwurf machen, dass sie nach der vorweihnachtlichen Hektik mit Klassenarbeiten und Korrekturen erschöpft ist. Vilde ist auf einem Schulball, gemeinsam mit Harald; das klingt so, als ob man sich keine Sorgen machen müsste, doch sie hat deutlich zum Ausdruck gebracht, dass sie noch woandershin gehen würden.

Kristian gibt möglichst wenig Auskunft, wohin er abends will; er ist überhaupt in einer stillen Phase. Schließlich lässt er sich aber doch zu der gemurmelten Feststellung herab: »… zu Endre«, einem neuen Klassenkameraden, der seit dem Herbst auf seine Schule geht. Er schloss die beiden Wörter mit einem unüberhörbaren mündlichen Punkt ab. Das muss das Alter sein, aber Vilde war nie so verschlossen. Sie kam immer mal aus ihrem Schneckenhaus heraus und registrierte gnädigst unsere Anwesenheit. Aber es ist nicht richtig, die beiden zu vergleichen, das weiß ich.

Morgen werde ich die Weihnachtseinkäufe erledigen; ich habe mit Karin diskutiert. Sie ist der Meinung, dass die Wünsche zu teuer sind, wir wurden uns aber trotzdem einig, die Dinge zu kaufen.

Das Werk, das ich von Ingvild bekommen habe, konnte mir nichts über Riemanns erste Jahre in Göttingen verraten, die Zeit bis zu seiner Disputation. Was mich zwingt, diese Zeit kurz abzuhandeln. Man weiß, dass er Laborversuche mit den für die damalige Zeit modernen Schockwellen unternommen hat, natürlich um die beste mathematische Beschreibung zu berechnen. Ich glaube, für ihn existierten keine physikalischen Phänomene, solange er sie nicht in ein mathematisches Gewand hüllen konnte. Mit den Schockwellen war er allerdings nicht besonders erfolgreich, seine Beschreibung der komplizierten Materie beinhaltete einen kleinen Fehler.

Lange brütete er über seiner Doktorarbeit; ihre Vollendung fiel ihm ebenso schwer wie die Deutschaufsätze im Gymnasium in Lüneburg. Ihn quälte die Furcht, dass die Arbeit nicht gut genug war und dass er Berechnungsfehler gemacht haben könnte. In dieser Zeit freundete er sich mit einem Kollegen an. Mitfühlend berichtete der Freund über die »fast ängstliche Sorge Riemanns um seine Schriften, die er in die Druckerei geben wollte, eine Sorge, die ihn auch später immer wieder hemmte, wenn es darum ging, seine Arbeiten zu veröffentlichen«.

Ja, er fand einen Freund. Richard Dedekind, eine unentbehrliche Quelle und ein grundlegendes Hindernis für alle, die über Riemann schreiben wollen. Das einzig wirklich nahe und persönliche Material, das man finden kann, sind die wenigen Seiten, die Dedekind nach Riemanns Tod geschrieben hat. Doch alles deutet darauf hin, dass er geschönt und geglättet hat – insbesondere was Riemanns mentalen Zustand betraf.

Die Doktorarbeit wurde schließlich veröffentlicht, und sie beeindruckte sogar Gauß. Sie handelt von der theoretischen Grundlage komplexer Funktionen. Ein großer Teil des Stoffes ist einfach und schlüssig, geht aber gleichzeitig in die Tiefe. Wenn ich junge Studenten in komplexen Funktionen unterrichte, sind die Cauchy-Riemann-Gleichungen mit die ersten, die ich durchnehme. Ohne diese Gleichungen kommen wir nicht weiter.

Muss ich erklären, was eine Funktion ist? Ein paar einfache Beispiele finden, an die sich die meisten von der Schulzeit her erinnern? Es ist schon merkwürdig, dass ein Literaturwissenschaftler schnell als Fachidiot abgestempelt wird, wenn er alles vergessen hat, was er einmal über Ibsen wusste. Hingegen hat es für intelligente Menschen kaum eine Bedeutung, wenn sich ein grundlegender Begriff wie »Funktion«, der in der Mathematik beinahe so wichtig ist wie die »Zahlen«, aus dem Kopf verflüchtigt, kaum dass man sein Abitur in der Tasche hat – ja, einige scheinen sogar stolz darauf zu sein.

Eine Funktion ist eine Art Regel oder Prozedur, durch die eine Zahl einer anderen zugeordnet wird. Eine Zahl zu verdoppeln ist eine einfache Funktion. Da geben wir zum Beispiel 6 hinein und bekommen 12 heraus. Natürlich sind die meisten Funktionen komplizierter, aber im Prinzip …

Komplexe Funktionen beinhalten komplexe Zahlen und sind dadurch nicht so leicht zu begreifen. Aber Riemann hat Klarheit geschaffen. Trotzdem hat ihm diese mathematische Grundlagenarbeit, diese sinnreiche Fundamentierung eines Hauses, das unzählige Etagen erhalten und sich in schwindelerregende Höhen erheben soll, in der Praxis seines Lebens nicht geholfen. Er war abhängig von der finanziellen Unterstützung seines Vater und seines bei der Post arbeitenden Bruders. Denn in Deutschland erhält man keine akademische Stellung auf Grundlage einer bahnbrechenden Doktorarbeit.

Wie sieht Verzweiflung aus? Stimmt es, dass sie schwarz ist? Man befindet sich in einer ausweglosen Situation, obwohl man weiß, was getan werden müsste. Das Bewusstsein ist erfüllt von der Notwendigkeit, die alle Gedanken verdrängt.

Aber die äußeren Umstände decken eine Art Nebel über alles und jeden. Der Alltag ist starrköpfig, er hemmt jede vernünftige, in die richtige Richtung orientierte Bewegung, erstickt sie im Keim. Riemann war noch nicht am Ziel, er musste noch eine Runde durchstehen, noch eine Abhandlung verfassen, die sogenannte Habilitation. Es ging langsam voran, und die finanziellen Nöte und die Selbstzensur quälten ihn.

Ich glaube, die Verzweiflung ist grau, wenigstens Riemanns muss grau gewesen sein. Vieles deutet darauf hin, dass die Gedankenblitze, die Funken der Erkenntnis, nur zu einem gewissen Grad durch die Armut des Alltags und das Ringen um die richtigen Formulierungen drangen. Zum Glück kam Dirichlet nach Göttingen. Er kümmerte sich um seinen ehemaligen Studenten, sowohl fachlich als auch sozial, soweit Letzteres überhaupt möglich war. In einem erschütternden Brief an seinen Vater, den Pastor, entschuldigt sich

Riemann dafür, an einem Ausflug mit Professoren und Studenten teilgenommen zu haben, statt über seinen Büchern zu sitzen. Was für eine Ausschweifung!

Mehrere Stunden weg von der Arbeit!

20. Dezember 2004

Weihnachten verläuft wie immer. Mutter fährt zu meiner Schwester Berit in Tromsø; ihrer Meinung nach brauchen Berit und die Enkel sie mehr als ich. Mutter will immer dazu beitragen, möglichst vielen Familienmitglieder gerecht zu werden. Heute war sie zum Essen bei uns, der traditionelle Frühstart des Festes, und wie immer gab es zum Schrecken der Kinder Lutefisk: Trotzdem hätten sie bestimmt protestiert, wenn es anders gewesen wäre, wenn sie nicht tapfer mit ihrem glibbrigen, in Fett dümpelnden Stück Fisch hätten kämpfen müssen.

Natürlich solidarisiert sich Mutter mit Berit. Meine Schwester ist allein, geschieden. Und es wird ein bisschen weihnachtlicher, wenn die Großmutter kommt. Ich spreche ihr genug Einfühlungsvermögen zu, das Beste zu tun: mit diskreten finanziellen Mitteln ihren Beitrag zur Feier dort oben zu leisten. Aber gerade in diesem Jahr hätte ich mir gut vorstellen können, sie hier zu haben. Ein Besucher könnte helfen, dass das Fest nicht zu einer klaustrophobischen Seance gerät. Ich bin nur froh, dass Heiligabend auf einen Freitag fällt, sodass die Feierei kaum länger als ein normales Wochenende dauern wird. Ich wünsche mir Unterstützung, einen heimlichen Alliierten. Was natürlich hoffnungslos ist, denn sollte sie erkennen, wie die Sache liegt, würde sie sich auf Karins Seite stellen.

Ich habe mich erboten, Mutter morgen zum Flughafen nach Gardermoen zu bringen, aber davon wollte sie nichts wissen. Schließlich ist sie noch weit von den Siebzig entfernt und kommt gut allein zurecht. Der Zug ist ja auch so bequem; überdies habe ich sie im Verdacht, sich interessant vorzukommen, wenn sie mit ihrem Handy zwischen all den Geschäftsreisenden sitzt. Vermutlich ruft sie eine Freundin an, um ihr zu erzählen, dass sie jetzt im Zug zum Flughafen sitzt.

Gestern klingelte hier das Telefon, mitten im Lutefiskessen. Ich zuckte zusammen, hatte keine Ahnung, wer das sein konnte. Die Kinder führen ihre Gespräche ja über ihre Handys. Vermutlich ist mein schlechtes Gewissen angesprungen. Schließlich ist Ingvild in Berlin, eine Kombination aus Seminar und Weihnachtsbummel. Natürlich haben wir vereinbart, dass sie nie hier anruft, aber da ich an diesem Tag noch nichts von ihr gehört hatte, dachte ich … Aber sie war es nicht – es meldete sich niemand, als ich den Hörer abnahm und meinen Namen nannte, bloß Stille, bis sich jemand räusperte und dann auflegte.

25. Dezember 2004

Es lief gestern besser als erwartet. Das Essen schmeckte, der Aquavit floss, und die Gespräche am Tisch waren nicht schlechter als bei einem üblichen Sonntagsessen. Die Geschenke für Vilde und Kristian gefielen und wurden gleich in Betrieb genommen: Vilde knipste die Weihnachtsstimmung kaputt, und Kristian verschwand nach oben, um genug Musik für den Rest des Abends zu laden; er wollte nur mit seinem iPod in einer Ecke sitzen und sich auf sich selbst konzentrieren. Die dicke Biografie, die ich für Karin besorgt hatte, wurde gnädigst in Empfang genommen, und ich selbst bekam einen Jogginganzug, ein nützliches Geschenk, da der alte schon recht ausgebeult war und ich mich wirklich mehr bewegen sollte.

Karin hat wirklich etwas Schönes für mich ausgewählt, ohne dass ich auch nur mit einer Silbe das Wort »Jogging-anzug« erwähnt hätte. Die Farben sind so, wie ich sie mag. Und dass er passt, brauche ich nicht zu erwähnen.

Ist eine derart selbstverständliche Fürsorge nicht auch ein Zeichen der Liebe?

Es ist Vormittag, Zeit für die Kirche. Für meinen Vater war es die Weihnachtsmesse am Ersten Weihnachtstag, die wirklich zählte. Die Kindergottesdienste am Heiligabend waren für ihn ein Pflichtprogramm, bei dem er sich wie ein Liefe-rant für Weihnachtsstimmung vorkam. Er hat immer Wert darauf gelegt, dass heute, am 25. Dezember, die Geburt Jesu gefeiert wird. An diesem Tag wurde das Wort Fleisch, und der Geist bekam seine körperliche Hülle, real und greifbar. Heiligabend ist noch nicht einmal ein Feiertag, außer für den Einzelhandel.

Deshalb mag es auf irgendeine Weise sogar passen, dass ich hier sitze und an imaginäre Zahlen denke, diese nicht greif-baren Größen; die meisten Menschen vermögen erst dann an sie zu glauben, wenn sich Zahlen manifestieren und in unse-rer alltäglichen Welt Gestalt annehmen.

Ich habe die wenigen Seiten durchgelesen, die ich geschrie-ben habe. Das Problem ist, dass ich bis jetzt zu viel Gewicht auf die Person Riemanns gelegt habe, seine Familie, seinen Hintergrund, die Psychologie, Freunde, die historischen Rah-menbedingungen. Mein Buch soll ja auch seine Mathematik sichtbar werden lassen, einen Eindruck von dem geben, was ihn unsterblich gemacht hat.

Und das Warum. Wenn das überhaupt jemand erklären kann.

Was die komplexen Funktionen angeht, so habe ich da-rauflos geschrieben, als wäre es eine ganz alltägliche Sache, sich damit zu umgeben. Doch um dorthin zu kommen, muss ich auf die komplexen Zahlen eingehen – ich weiß noch, dass mich Anders inspiriert hat, sie als Gräber auf einem Friedhof zu veranschaulichen. Aber auch dieser Friedhof kann nicht der Ausgangspunkt sein, denn dann setze ich die imaginären Zahlen ja bereits voraus.

Komplexe Zahlen bestehen aus zwei Teilen, einem reellen und einem imaginären Part. Meine Erfahrung sagt mir, dass die Menschen nicht an imaginäre Zahlen glauben. Sie sind in guter Gesellschaft, denn das tat Descartes auch nicht. Als er auf diesen Namen kam, war es eindeutig abwertend: ein Schimpfwort für Zahlen, die es nicht gab, außer vielleicht in der Phantasie.

Meine modernen Kollegen lächeln gern darüber, voller Verständnis. Unsere Liga versteht eben mehr: *Alle* Zahlen sind Abstraktionen. Die imaginären unterscheiden sich nicht wesentlich von unseren netten alltäglichen Zahlen, es sind Abstraktionen auf einem etwas höheren Niveau; sie formen sich nach den gleichen Rechenregeln, nur auf eine kompliziertere, aber vollständig logische Weise.

Dennoch verstehe ich die Verwunderung. *Negative* Zahlen verwirren niemanden, sie sind absolut konkret, denkt man an Schulden oder Temperaturen. Brüche sind Kuchenstücke. Sogar die etwas unhandlichen Größen Pi oder die Wurzel aus zwei, die sich nicht vollständig beschreiben lassen, sondern ein Schattendasein zwischen den anderen Zahlen führen, können mit Hilfe von Geodreieck und Zirkel eingefangen werden.

Imaginäre Zahlen hingegen sind Produkte von *i*, der Wurzel aus minus eins. Wir haben ihr einen willkürlichen Namen gegeben, wir können über sie schreiben und sprechen. Aber sie hat keinen Platz, auf dem Zahlenstrang sucht man vergeblich nach ihr, und sie versteckt sich auch nicht zwischen zwei anderen Ziffern. Die Wurzel aus minus eins existiert in einer anderen Wirklichkeit, in der sie ein unsichtbares Dasein führt, bis man sie braucht. Dann tritt sie ins Rampenlicht, mystisch und verklärt – erhöht zur zweiten Potenz. Dann ist sie plötzlich sichtbar, wenn auch in irdischer Verkleidung. Sie kommt nicht als sie selbst daher, sondern als ein Ergebnis: verkörpert als schlichte Minustemperatur oder eine noch zu zahlende Krone.

26. Dezember 2004

Die Tage sind viel zu lang. Die Nächte hingegen zu kurz, auf jeden Fall ist es der Teil der Nacht, der von Schlaf eingenommen werden sollte. Ich liege wach, stehe auf, unternehme einen Morgenspaziergang, noch bevor jemand aus der Familie aufgestanden ist. Keiner kümmert sich darum, wahrscheinlich ist es keinem aufgefallen.

Bereits am Morgen häuften sich die Berichte über einen erdbebenbedingten Tsunami im Indischen Ozean: von Thailand, Sri Lanka, Indonesien, Malaysia ... Tausende müssen ertrunken sein, vielleicht Zehntausende, möglicherweise auch norwegische Touristen. Augenzeugen berichten von zerstörten Telefonleitungen, erzählen im Stakkato von dem Unbegreiflichen, dem Entsetzlichen. Andere Sorgen sollten an einem solchen Tag in den Hintergrund treten, auch die Tatsache, dass ich nichts von Ingvild gehört habe (wobei das so vereinbart war!).

1. Januar 2005

Der Silvesterabend war ein seltsam leeres Ereignis. Mutter ist zurück aus Tromsø. Sie kam zum Abendessen, wir aßen so früh, dass Vilde und Kristian dabei sein konnten, ehe sie verschwanden. Harald war auch bei uns; für einen kurzen Moment hatte ich ein *pater-familias*-Gefühl, ich spürte Kontinuität, eine ruhige Empfindung, dass eine Generation der anderen folgt, ohne sich von der Dummheit eines Einzelnen sonderlich beeindrucken zu lassen. Ich schenkte Wein ein, für Kristian nur symbolisch, und stieß mit allen auf das neue Jahr an.

Als die beiden Jugendlichen das Wohnzimmer verlassen hatten, verebbte das Gespräch, und die Silvesterfeier wurde von den hektischen Stellvertretern im Fernsehen übernommen, die nach der Katastrophe in Asien seltsam gedämpft auftraten, eine Art Feier in Moll. Ich versuchte, meinen Blick ins nächste Jahr zu richten: Wo werden wir in zwölf Monaten sein, wir alle zusammen? Noch immer gefangen in dem allzu Bekannten oder losgelöst in einer neuen Freiheit, an die wir kaum zu denken wagen?

Gegen Mitternacht kamen ein paar SMS. Aber keine aus Halden. Das letzte Mal habe ich mit Ingvild einen Tag vor Heiligabend gesprochen, das ist jetzt neun Tage her – und morgen ist Sonntag.

Es ist acht Uhr morgens. Wirklich ein Frühstart in dieses Jahr. 2005! Aber ich kann mich nicht entspannen. Alle anderen schlafen. Kristian kam zur vereinbarten Zeit, hatte aber getrunken. Ich habe nichts gesagt, ich glaube, Karin hat es nicht einmal bemerkt; sie ist so gutgläubig, was die beiden angeht. Ich weiß nicht, wann Vilde gekommen ist, ein bisschen muss ich also doch geschlafen haben.

3. Januar 2005

Was für ein Start ins neue Jahr.

Ich war schon vor neun im Büro, kam aber nicht dazu, den PC anzuschalten, als bereits das Telefon klingelte.

Ingvild wünschte mir in einem derart fremden Ton ein frohes, neues Jahr, als redete sie um den heißen Brei herum. Ich ließ mich anstecken und fragte sie, wie es gelaufen sei und was sie von den Kindern bekommen habe.

»Ich glaube, wir müssen uns treffen«, unterbrach sie mich. »Wann hast du Zeit?«

Der erste Tag nach Neujahr ist ein ruhiger Tag in der Universität. Ich rechnete damit, dass es auch an den Fachhochschulen so war. Deshalb antwortete ich, dass es gleich heute passe. Natürlich hörte ich, wie aufdringlich das klang.

»Wann fährt ein Zug?«

»Um zehn«, platzte ich heraus. Da spürte ich ein Lächeln in ihrer Stimme, ein Hauch der alten Vertrautheit.

»Ich habe hier im Büro noch ein paar Dinge zu erledigen, gibt es nicht auch einen Zug um elf? Soll ich dich dann in Moss am Bahnhof abholen?«

Und so saß ich zwei Stunden später im Zug, ohne jede Entschuldigung, sollte mich jemand telefonisch erreichen wollen. Das Handy würde ich ausschalten, sobald ich Ingvild getroffen hatte. Ich wusste nicht, was mich in Moss erwartete oder warum sie darauf bestanden hatte, mich zu treffen, und ich versuchte, diesen Gedanken zu verdrängen. Sie hatte reichlich Zeit zum Nachdenken gehabt, viele Tage – und eine solide Dosis Familienweihnachten.

Es war nicht gerade hilfreich, dass sie ein paar Minuten zu spät kam; ich stand da und wurde immer unruhiger, wollte sie aber auch nicht anrufen, wenn sie im Auto saß. Außerdem hätte auch sie sich melden können. Doch dann fuhr der alte, rote Passat vor dem Bahnhofsgebäude vor, und ich schob mich auf den Beifahrersitz.

»Hast du großen Hunger oder sollen wir erst reden?«, fragte sie.

Ich überließ ihr die Entscheidung, und sie fuhr zu dem Ort, an dem wir vor Weihnachten geparkt hatten.

»Wie war dein Weihnachtsfest?«, fragte ich.

»Wie?«, fragte sie zurück. »Wie meinst du das? Es war wie immer.«

»Ich meinte das ganz konkret«, antwortete ich, »Was ihr gegessen habt und so.«

Da musste sie lachen: »Wir essen jedes Jahr das Gleiche. Wobei es vielleicht kein typisches Weihnachtsessen ist. Wir machen Elchbraten.«

»Selbst erlegt?«

»Kommt darauf an. Kolbjørn geht auf die Jagd, das war einer der Gründe, weshalb wir nach Halden gezogen sind. Es gibt große Waldgebiete bis hinüber zur schwedischen Grenze.«

»Und da gibt es Elche?«

»Massenhaft. Sie erfüllen jedes Jahr ihre Quote. Kolbjørn macht auch das gut. Er gehört nicht zu denen, die nach Hause kommen und ihren Frauen ihre Jagdbeute auf den Küchentisch knallen. Er zerlegt alles, portioniert es und friert es ein.«

»Und was machst du dann?«

»Ich sammle die Preiselbeeren für die Marmelade!«

Ich sah sie an, und erst jetzt bemerkte ich, dass sie mein Weihnachtsgeschenk trug, die Ohrringe. Die Weißgoldstäbchen pendelten elegant bei jeder Bewegung.

Der Weg hinaus war schmal und holperig. Wir sprachen über den Tsunami, ein unvermeidbares Thema in diesen Tagen. Ingvild sagte, es seien noch einige Menschen aus ihrer Gegend vermisst. Plötzlich lag der Oslofjord vor uns, so blank und still, dass es fast schon wie ein Hohn war. Eine niedrige Wintersonne hing über den Hügeln auf der anderen Seite. Ingvild bog ab, und plötzlich hatten wir ein Schild vor uns, auf dem stand, dass es verboten sei, bis zum Strand hinunterzufahren.

»Gilt bestimmt nicht für die Zeit zwischen Oktober und April«, sagte sie.

Bald standen wir unter Kiefern und hatten freie Aussicht über das Meer.

»Jetzt vermisse ich die Thermoskanne mit dem Kaffee«, sagte Ingvild etwas nervös. »Irgendwie fehlt etwas, damit es ein normaler Ausflug ist. Jetzt gibt es nur uns zwei.«

Es gibt nie nur uns zwei, hätte ich beinahe gesagt. Die anderen sind immer dabei, sie sitzen zwischen uns. Aber ich habe nichts gesagt; sie war es, die vorgeschlagen hatte, wir sollten irgendwohin fahren und reden.

»Ich muss dir etwas sagen«, begann sie.

»Nein«, unterbrach ich. »Lass mich zuerst etwas sagen. Ich habe dich so wahnsinnig vermisst, ich verstehe nicht, wie das möglich ist. Ich habe lange Spaziergänge gemacht, allein, habe mir Nachrichten ausgedacht, die ich dir schicken könnte, Codes, oder überlegt, ob ich einfach anrufe und behaupte, ich machte eine Meinungsumfrage ... Nur damit ich deine Stimme hören könnte. Ich habe schlecht geschlafen, komisch geträumt, bin früh aufgewacht, aufgestanden und hab in dem vollkommen stillen Haus gehockt, Kaffee getrunken und nachgedacht. Geträumt. Oder geschrieben! Ich habe Vorsätze, im neuen Jahr zu verwirklichen, was wir im Kurs gelernt haben. Ich hatte die Idee, eine düstere Romantrilogie über einen armen Mathematiker zu schreiben, mit dem es langsam, aber sicher bergab geht ...«

Ingvild sah mich an und schüttelte den Kopf. »Ich glaube, ich werde doch nicht sagen, was ich sagen wollte«, meinte sie. »Aber ich hoffe, du siehst wenigstens, dass ich dein Geschenk trage, auch wenn du nur ein unaufmerksamer Mann bist.«

Ich beugte mich zu ihr und küsste sie. Sie saß ruhig da und erwiderte meinen Kuss. Ich umarmte sie; sie trug eine Lederjacke, die sich rau, aber angenehm anfühlte.

»Es ist erlaubt, sie aufzumachen«, sagte sie.

Es war der erste Montag des neuen Jahres zur besten Arbeitszeit an einem Strand im Bezirk Østfold. Die tiefstehende

Sonne schien durch die Windschutzscheibe; es war nicht sonderlich kalt draußen, um Null vielleicht. Ingvild hatte den Motor eine Weile laufen lassen, schaltete ihn jetzt aber aus. Der Platz war kein Versteck; als ich ihren Pullover hochgeschoben hatte und ihre Brüste streichelte, bat sie, dass ich zwischendurch doch mal nach hinten schauen sollte, ob sich nicht ein Angler oder ein Wanderer näherte. Ich glaube, sie vergaß es, als ich meine Zunge über ihre Brustwarzen kreisen ließ.

Dann begann sie, mich zu berühren, mit sicheren, warmen Händen. Sofort spürte ich, dass sie sehnsüchtiger vorging als in ähnlich unkomfortablen Situationen. Einmal hatte sie mir gesagt, sie wolle mir zeigen, dass sie etwas könne. Dabei hatte es nichts mit Können zu tun, es war nichts Erlerntes, es war *sie selbst*, es waren die Strahlen ihres warmen Kerns. Sie wandte sich mir zu, ich war es, den sie wollte.

Und ich schmolz unter ihren Händen, meine Bedenken, mein Gewissen, all die Schuld glitt von mir ab. Und auch meine Hände wurden sicherer, denn Ingvild war es, die ich wollte.

Bald waren unsere Kleider derart in Unordnung, dass wir es niemals geschafft hätten, anständig auszusehen, sollte jemand kommen; plötzlich gab es nur noch eine Richtung, einen Ausgang.

»Da ist ein Rad an der Seite, mit dem man die Lehne nach hinten kurbeln kann«, sagte sie.

Eigentlich war es unmöglich, das war keine Fläche, sondern eine schräge, unebene Unterlage, allenfalls passend für gelenkige Jugendliche. Aber sie drückte sich vom Sitz hoch, und es gelang ihr tatsächlich, ihre Hose halb nach unten zu ziehen; ich hing irgendwie auf den Knien unter dem Armaturenbrett und sah das Sonnenlicht auf die straffe weiße Winterhaut zwischen den Kleidungsstücken fallen.

Diesmal gab es keinen Zweifel, kein Zögern. Als mahnte sie mich zur Aktivität, als zöge sie mich in eine heiße, atemlose Sphäre, in der sogar die Eile, das Unmögliche von Ort und Zeitpunkt zu einem Ansporn der Begierde gerieten.

Wenn ich jetzt hier sitze und schreibe, erkenne ich, dass diese Szene auf einen Passanten eher komisch als unsittlich gewirkt hätte: zwei Menschen in einer krampfhaften, unbequemen Umarmung, während das Auto sanft wippte und sich eine dünne Schicht Kondenswasser auf die Innenseiten der Scheiben legte.

Aber niemand außer uns suchte an diesem Montag im Januar an dem verlassenen Strand sein Glück.

Was für ein Start ins neue Jahr.

Während ich auf den Zug zurück nach Oslo wartete, fiel mir ein Mann in meinem Alter auf. Das lag wohl an seiner Haltung, an der Art, wie er sich umsah. Er lief nervös vom Warteraum zum Bahnsteig und blickte sich um, ehe er sich setzte. Dann fuhr der Lokalzug ein. Er sah an den Wagen entlang, und ich bemerkte eine Frau, die ganz hinten ausstieg und ihm kurz zuwinkte, woraufhin er nickend kehrt machte und in Richtung Parkplatz verschwand.

Ich wurde derart neugierig, dass ich ihnen folgte. Er setzte sich in einen Wagen und ließ den Motor an. Die Frau ging ihm nach, ohne sich umzusehen. Sie lief um den Wagen herum, öffnete die Tür und war kaum eingestiegen, als der Mann auch schon losfuhr.

Das Verhalten dieser beiden war für mich so eindeutig, als trügen sie Schilder. So hatte ich es noch nie gesehen – wir sind eine heimliche Bruder- und Schwesternschaft, die nach ihren eigenen Gesetzen lebt. Eine verborgene Parallelwelt, in der sich das eigentliche Ich nur in kurzen Momenten entfaltet. Wir treten ins Licht, wenn wir dem anderen begegnen.

5. Januar 2005

Nein. Nein. Nein.

Raus aus dieser Notlage? Die Augen schließen. Zum Anfang zurück. Es begann mit den Primzahlen.

Ein passender Ort. Primzahlen haben so viele sonderbare Eigenschaften. Sie beweisen, dass Gott einen Sinn für das Bizarre hat. Die kuriosen Einfälle können nur dazu da sein, seine Göttlichkeit zu demonstrieren. So muss es wohl sein, ohne Humor des Schöpfers keine Allmacht, wie sollte diese Eigenschaft sonst auf die Welt gekommen sein? So gesehen war es vielleicht kein Zufall, dass ich als Kind in der Kirche gesessen und Primzahlen berechnet habe.

Aber wenn das Humor ist, dann geht er auf unsere Kosten.

Was ich damals nicht wusste, war, dass die Primzahlen immer seltener werden, je weiter man auf dem Zahlenstrang kommt – selbstverständlich, schließlich gibt es immer mehr mögliche Faktoren. Auf der anderen Seite tauchen sie aber immer wieder an den unterschiedlichsten Stellen paarweise auf, nur getrennt durch eine einzige klägliche gerade Zahl. Um ein einfaches Beispiel aus den nicht so hohen Zahlen zu geben: Nach 6917 vergehen 30 Zahlen, bis die nächste Primzahl auftaucht: 6947. Aber dann – 6949! Da liegen die beiden, dicht an dicht, bis in alle Ewigkeit, als hätte sich der große Mathematiker einen Scherz erlaubt: Er hat die Primzahlen in einem System verteilt, das unser Verstand nicht zu begreifen in der Lage ist, und er lässt sie mitunter derart dicht aufeinander folgen, als wollte er uns damit ärgern.

Dass es unendlich viele Primzahlen gibt, ist seit Euklid bekannt. Aber gibt es unendliche viele solcher Paare? Das weiß niemand.

Wer bin ich, dass ich mir derartige Gedanken mache?

Oh, Riemann, du mathematischer Bettelmönch in deiner Arbeitszelle, war es das, was dich so gefangen genommen hat? Oder war dein grandioser Intellekt zu verklärt, um sich mit solchen Kuriositäten abzugeben? Dachtest du in monumentalen Zusammenhängen? Sahst du vor deinem inneren Auge, wie sich die Funktionen über der weitläufigen Landschaft der Zahlen ausbreiteten und ihre verstecktesten Winkel eroberten?

7. Januar 2005

Für einen Biografen ist es ein Albtraum. Beinahe das ganze Jahr 1853 verwendete Riemann auf naturphilosophische Spekulationen.

Seine Überlegungen sind genial, aber seine Art zu denken befremdet. Wenn er seinen Gedanken nachhing, war er seiner Zeit ein Jahrhundert voraus – in unserem modernen Wortschatz nennen wir das eine »Große Theorie«, eine Feld-Theorie, die Elektrizität, Magnetismus, Licht und Gravitation zu vereinen suchte. Das Projekt steht im Mittelpunkt der heutigen physikalischen Forschung, mag sein, dass es noch komplizierter geworden ist, seit wir die Quantenmechanik und die atomaren Kräfte kennen. Aber obgleich Tausende kluger Hirne darüber nachgedacht und wir die unglaublichsten Maschinen gebaut haben, darunter eine Teilchenbeschleunigungsanlage, die 27 km lang ist und zur Hälfte in der Schweiz und zur Hälfte in Frankreich liegt, hat die Gravitation noch immer keinen Platz in dieser Theorie! Doch genau das wollte dieser knapp dreißigjährige Mann bereits 1853 allein durch die Kraft seiner Gedanken und mit Hilfe einiger primitiver Laborapparate erreichen.

Noch schwieriger ist es, das Jahr des Grübelns psychologisch zu erklären. Denn er hatte ja nicht die Zeit dafür! Er musste seine Habilitation vollenden und Probevorlesungen halten.

Er hatte Angst, fertig zu werden, suchte Hindernisse, die am wenigsten lösbaren Probleme; mag sein, dass es so ist. (Ein bestens bekanntes Phänomen!) Und die Naturphilosophie war ein angesehenes Feld, um sich darin zu verirren, und das nicht nur akademisch, grenzte es doch an die Religion. Ist auch hier die magere Gestalt seines Vaters zu erkennen? Das Bild, das sich der Sohn vom Vater gemacht hat? Die Angst, bedingt durch den Verrat, den er begangen hatte, indem er der Theologie den Rücken kehrte und sich der Welt mit Hilfe des unzureichenden Verstandes zu nähern versuchte, statt durch die Gnade, das Licht, den Geist? Denkt er an die unergründlichen Worte bei Markus: Wer aber den Heiligen Geist lästert, der hat keine Vergebung in Ewigkeit, sondern ist ewiger Sünde schuldig?

Ich muss den Entschluss fassen, diese Zeit auszulassen – das Jahr 1853 muss in Klammern stehen. Trotzdem bin ich mit seiner Philosophie noch nicht am Ende. Eine gehörige Portion findet sich auch in der Habilitationsvorlesung im Jahr danach. Auf jeden Fall genug, um sie kaum verstehen, geschweige denn erklären zu können.

8. Januar 2005

Die Nächte machen mir zu schaffen. Ich habe Angst, im Schlaf zu sprechen, schrecke ständig aus unruhigen Träumen auf. Heute Nacht war ich bei einem riesigen dunklen Holzbau mit hohen Fenstern; es war Abend, und ich war gezwungen, näher zu treten und an die große Tür zu klopfen. Dabei wusste ich, dass es drinnen vollkommen leer war.

Da hörte ich Schritte; es kam doch jemand, um mir zu öffnen. Ich kann nicht verstehen, warum mich *das* derart erschreckt hat, aber es war so. Mein Körper war paralysiert, mir graute vor dem Geräusch, den Schritten.

Hätte ich geschrien, wäre Karin aufgewacht. Ich schreckte hoch, als der Unbekannte drinnen den Schlüssel herumdrehte, aber dieser Traum war derart real, dass es einige Sekunden dauerte, bis ich erkannte, dass mir keine Gefahr drohte. Das Schlagen meines Herzens knallte wie eine Gewehrsalve in meinen Ohren.

10. Januar 2005

Ich rechne in Stunden, Minuten. Dabei werden mindestens ein paar Wochen vergehen, bis Ingvild und ich uns wieder treffen können. Sie muss zu mir kommen, es gibt Grenzen dafür, wie oft man sich einen Nachmittag freinehmen und nach Moss fahren kann. Ich merke, wie allein die Trennung die Temperatur der hastigen Mails erhöht, der atemlosen Gespräche.

Ich muss an etwas anderes denken: Die Abiturprüfungen stehen vor der Tür, und der Abschlussjahrgang übt für die Feierlichkeiten. Das quält Vilde mehr, als sie wahrhaben will – Harald verschwindet abends in diese Scheinwelt, begibt sich in eine isolierte Glaskugel, in der andere Regeln gelten, der rituelle Ausnahmezustand des Übergangs.

Vilde vermeidet dieses Thema, und mir ist aufgefallen, dass sie mehr Zeit mit ihren Klassenkameradinnen verbringt; oft sitzt sie bis spät in der Nacht in ihrem Zimmer und redet, sie nimmt dann immer das schnurlose Telefon mit. Der Festanschluss ist für so etwas gut genug, Hauptsache die anderen zahlen!

In Wahrheit mache ich mir Sorgen um sie. Was wird geschehen, wenn Harald verschwindet? Ich möchte sie beschützen, sie vor der großen Enttäuschung bewahren, dem Liebeskummer, der Niederlage. Doch das ist ebenso irrational und von Grund auf komisch wie meine Eifersucht – die andere Seite des Mythos.

Nicht nur die Nächte sind unruhig, auch das tägliche Leben im Lilleveien ist angespannt. Als ich letzten Montag nach Hause kam, hatte ich das Gefühl, alles ginge zu Bruch; ich glaubte, meine Stimme würde mich verraten oder irgendein nervöses Zucken. Ganz zu schweigen von all den Möglichkeiten, sich zu versprechen – das Wort »Moss« liegt mir auf der Zunge, bereit, jederzeit über die Lippen zu hüpfen, ob es nun in den Satz passt oder nicht. Außerdem war es möglich, dass ich Karin plötzlich »Ingvild« nannte!

Inzwischen ist eine Woche vergangen – Minute für Minute –, ohne dass etwas Ungewöhnliches geschehen ist. Der Alltag ist derart eingespielt, dass man ihn auch mit abwesendem Blick und einer minimalen Auswahl passender Phrasen bewältigen kann. Trotzdem wächst irgendetwas heran, wie im Nebel spüre ich eine Katastrophe nahen, ein leichtes Zittern im Boden, die Vorboten eines Tsunami, der alle mitreißen wird und uns bestenfalls verletzt und nackt irgendwo wieder aus seinen Klauen entlässt.

Jeden an einem anderen Ort.

13. Januar 2005

Der Geburtstag meines Vaters.

Wenn ich zurückdenke an sein Leben als Pastor, dann erkenne ich, dass er mehr Theologe als Seelsorger war, mehr Denker als Hirte seiner Herde. Was ihn am meisten interessierte, waren die Präfigurationen; wie die Menschen und Episoden im Alten Testament die Geschehnisse im Neuen Testament ankündigen, ja bereits spiegeln. Er war besessen von den Prophezeiungen, von den Erfüllungen. Oft hatte ich das Gefühl, dass er die beiden Testamente wie ein Mathematiker las, als wäre das eine ein Abbild des anderen, im Verhältnis eins zu eins. Es war eine intellektuelle Annäherung, aber ich habe Verständnis dafür, sie ist spannend, ob man darin nun einen Beweis für Gottes großen Plan sieht oder ein literarisches Element.

Wenn Vater auf der Kanzel stand, versuchte ich zu erraten, wann er mit diesem Vergleich kommen würde. Dann lag etwas Warmes in seiner Stimme. Wurde er in diesen Momenten nicht auch immer ein bisschen größer, erhob er sich in seinem Talar in die Lüfte? Auf jeden Fall waren diese Präfigurationen stets ein Bestandteil seiner Predigten. Einer seiner Favoriten war der unterwürfige, gutherzige Abel. Abel erinnert an Christus, er ist der gute Sohn, er gehorcht seinem Herrn, bringt die richtigen Opfer. Diese Güte führt ihn in den Tod; sie weckt in Kains Herzen Neid und Hass. Kain ist der Brudermörder, er reagiert so, wie es die angesehenen Bürger Jerusalems taten, als sie den Tod für Jesus forderten.

So war es immer. Die Gefangenschaft der Juden in Ägypten war eine unerschöpfliche Quelle. Das ungesäuerte Brot, das sie zu Ostern aßen, wurde weitergeführt in der Hostie, im Abendmahl. Wenn Moses sein Volk aus der ägyptischen Gefangenschaft führt, ist das ein Fingerzeig darauf, wie die Menschheit sich von der Geißel der Sünde befreien soll. Der vierzig Jahre lange Weg durch die Wüste in Richtung Israel entspricht dem Weg, den die Erlösten gehen müssen, ehe sie das Gelobte Land erreichen. Die leuchtende Wolke, die ihnen den Weg wies, ist das Wort Jesu: Folgt mir!

Größere Schwierigkeiten hatte ich mit Abraham. Als prinzipientreuer Gläubiger war er bereit, seinen einzigen Sohn zu opfern, weil der Herr es verlangte. Damit wurde auch Isaak eine Christus-Präfiguration, wenn auch eine sehr schwierige. In einer alten Familienbibel gab es eine farbenfrohe Illustration des nackten, auf den Altar gebundenen Jungen. Unter ihm waren die Scheite aufgestapelt, neben ihm stand Abraham mit gezücktem Messer. Der Engel, der im letzten Moment einschritt, war noch nicht gekommen.

Aber der Engel kommt doch? Wir müssen es hoffen.

Ingvild hat in ihrer Abwesenheit eine doppelte Wirkung auf mich. Wenn ich es nicht mehr aushalte und sie vom Büro aus anrufe, entschuldige ich mich für die Störung. Dann lacht sie: »Du störst mich immer, ob du nun anrufst oder nicht!«

Ich ziehe eine gewisse Kraft daraus. Habe den Wunsch, ihr zu zeigen, dass ich etwas kann, etwas schreiben, mich in ihrem Metier zu beweisen oder zumindest etwas zu präsentieren vermag, das sie verstehen und über das sie sich freuen kann. (Sie kommt nächsten Montag nach Oslo, also in einer Woche; ich möchte ihr etwas vorlegen, wenigstens ein paar Seiten. Sie will es lesen, um zu sehen, ob es allgemein verständlich ist, was ja die Vorgabe war.)

Also muss ich mich dem Thema nähern, vor dem mir beinahe graut: der Habilitationsvorlesung.

1853, das Jahr des Grübelns, ist vorbei. Im Dezember gibt Riemann seine Arbeit ab. Sie nimmt ihren Ausgangspunkt in den trigonometrischen Reihen, und wie üblich stellt er eine grundlegende Frage: Was versteht man unter dem »Integral über einer Funktion«? Er denkt so elegant, so klar und doch so tief! Er *sieht* das Ganze vor sich. Riemann fasst Funktionen konsequent als Abbildungen auf. Dass eine Funktion differenzierbar ist, entspricht der Annahme, dass die Abbildung von Flächen konform ist, dass die Winkel auch in der Abbildung gleich sind. Das führt ihn zum Riemann-Integral, wieder ein grundlegendes Werkzeug der mathematischen Analyse der damaligen Zeit.

Auf seine Abhandlung muss ich in diesem Zusammenhang aber nicht eingehen. Es ist die Vorlesung, die zählt.

Es war damals Brauch, dass der Kandidat drei Themen vorschlug und die Fakultät – das heißt in der Praxis Gauß – eines auswählte. Riemanns erstes Thema war ein historischer Überblick darüber, wie trigonometrische Reihen als Funktionen ausgedrückt worden sind, eine Art Abfallprodukt seiner Habilitationsschrift. Sein zweites Thema beschäftigte sich mit der Lösung zweier Gleichungen zweiten Grades mit je zwei Unbekannten – eine verhältnismäßig bescheidene Materie, meilenweit entfernt von den tiefgehenden Sondierungen im mathematischen Grundgebirge, die Riemanns Arbeit kennzeichneten.

Seinen dritten Vorschlag konnte man hingegen kaum bescheiden nennen: »Über die Hypothesen, die der Geometrie zugrunde liegen.«

Natürlich entschied sich Gauß für dieses Thema. Schließlich hatte er sich selbst intensiv mit der Geometrie auseinandergesetzt. Über viele Jahre hatte er sogar ein Vermessungsprojekt im Königreich Hannover begleitet. Für uns sieht das so aus, als hätte man ein Vollblutrennpferd auf einem lehmigen Acker vor den Pflug gespannt, aber Gauß schien auch dieser Arbeit etwas abgewonnen zu haben: Da die Erde mehr oder weniger kugelförmig ist, bringt einen die Landvermessung dazu, sich für krumme Ebenen zu interessieren, bei denen die euklidische Geometrie nicht mehr unbedingt gilt.

Riemann wusste, dass man ihn bitten würde, diesen Vortrag zu halten. Es war sein Wunsch, genau damit Eindruck bei Gauß zu machen. Er bekam reichlich Zeit, seine Vorlesung vorzubereiten, beschäftigte sich aber auch weiterhin mit dem Beweis des tieferen Zusammenhangs zwischen den verschiedenen physikalischen Phänomenen. Und das wuchs ihm über den Kopf. Im Laufe des Winter kam »das alte Übel« wieder »mit unerbittlicher Hartnäckigkeit« über ihn. Er selbst war der Meinung, dass es in der zu intensiven gedanklichen Arbeit begründet lag.

Er spricht von einer Depression, von einem Stillstand seiner gesamten Arbeit.

Aus den Quellen – einem Brief an den Bruder, den Postangestellten – geht hervor, dass »das Übel« nichts Neues oder

Unbekanntes, sondern ganz im Gegenteil ein der Familie vertrautes Problem war. Vielleicht kam noch etwas anderes hinzu: Gauß war nicht gesund, er wurde in diesem Frühjahr siebenundsiebzig, und man fürchtete, dass er im Laufe des Jahres »von uns gehen« werde.

Dabei war doch endlich die Zeit gekommen, dem Meister die Gleichgültigkeit heimzuzahlen, die er dem jungen Studenten Bernhard gegenüber zum Ausdruck gebracht hatte. Riemann benötigte damals dringend eine von Gauß' Publikationen, in der es um die Abbildung von Flächen ging. Sie befand sich nicht in der Göttinger Bibliothek, und Riemann wagte es nicht, den Professor persönlich zu fragen, ob er sie sich ausleihen dürfe! Schließlich kam ihm in Berlin ein Exemplar in die Hände.

Jetzt war er zurück. Jetzt wollte er zeigen, was in ihm steckte, was hinter der Schüchternheit, der Unbeholfenheit, der sozialen Unsicherheit verborgen lag. Er wollte seine große Theorie skizzieren und erklären, worauf die Geometrie beruhte.

Der Frühling kam, Gauß lebte noch immer, und Riemann überwand seine Depression. Er mietete ein Häuschen in einem Garten, um Licht und Luft für seine Arbeit zu haben, und er zwang sich, auch die Gesellschaft anderer Menschen zu suchen; was in erster Linie seinen Freund Dedekind betraf. Von späteren Anlässen wissen wir, dass Richard Dedekind die entscheidende Hilfe leistete, damit Riemann seine Schwermut überwinden konnte. In diesem Garten machte er sich Gedanken über die Grundlagen der Geometrie: Was wissen wir sicher?

Schließlich stellte er sich darauf ein, die Vorlesung erst im Herbst zu halten. Aber Gauß wurde wieder gesund und entschied überraschend, »die Sache hinter sich zu bringen«. Am Freitag nach Pfingsten verkündete er, Riemanns Habilitation solle am folgenden Tag um elf Uhr stattfinden!

So trat der noch nicht neunundzwanzig Jahre alte Pastorensohn an einem Samstagvormittag im Juni ans Katheder und lieferte ab, was heute mit den Worten der Wissenschaftshistoriker als »eine der zehn wichtigsten Vorlesungen in der Geschichte der Mathematik« bezeichnet wird. Außer Gauß waren nur wenige Zuhörer qualifiziert genug, ihm zu folgen. Dabei hatte Riemann tatsächlich versucht, Rücksicht auf sein Publikum zu nehmen. Er verwendete beinahe keine Formeln. Was allem Anschein nach nicht viel half.

18. Januar 2005

Heute Abend gab es einen handfesten Streit mit Karin. Das kommt selten vor. Ich kann mich kaum an das letzte Mal erinnern; wir konnten immer miteinander reden.

Der Anlass war überraschenderweise Kristian, aber ich habe deutlich gespürt, dass er nur ein Ventil für den Druck war, der sich angestaut hatte. Jetzt nach Weihnachten hat er seinen schwarzen Stil noch weiter perfektioniert, hört noch finsterere Musik und schmückt sich mit einem Pentagramm, das an einem Lederband um seinen Hals hängt. Und genau daran hat sich unser Streit entzündet.

Karin kam zu mir nach oben und klopfte an die Tür des Arbeitszimmers. Das tut sie sonst nur in Ausnahmefällen. Reflexartig habe ich meinen Text gespeichert und sie aufgefordert, hereinzukommen.

Sie sah sich um – es ist ziemlich unordentlich hier. Dann sagte sie, dass Kristian gerade gegangen sei, mit diesem Pentagramm um den Hals und ohne zu sagen, wohin. Es war ihr wichtig, mir deutlich zu machen, wie wenig sie von diesem Symbol hielt, für sie war es eine Annäherung an den Satanismus. Natürlich erkannte sie auch, dass es ein Spiel war, eine Verkleidung, der Versuch zu provozieren.

Ich zuckte mit den Schultern und versuchte mich an einem Scherz. Ich sagte, das Symbol stamme ursprünglich von Pythagoras, weshalb ich hoffte, er würde jetzt fleißiger Mathe üben.

Karin wurde wütend. »Du machst dich lustig über meine Sorgen«, schrie sie. »Das zeigt so verdammt gut, was aus dir geworden ist. Du übernimmst keine Verantwortung mehr, bist ja kaum noch hier!«

»Ach ja«, antwortete ich. »Du weißt ebenso gut wie ich, dass Kristian diese Form des Widerstands braucht, um sich zu finden. Außerdem hat er neue Freunde – diesen Endre, nicht wahr? Es geht doch bloß um diese scheußliche Musik. Am besten tun wir so, als hörten wir sie nicht.«

»Ja, das kannst du wie kein Zweiter«, sagte sie giftig. »Du hörst und siehst nichts.«

»Ich rede doch mit beiden, so gut ich kann«, versuchte ich, sie zu beruhigen.

Ich erkannte selbst, wie kläglich diese Antwort war.

»Ich will dir sagen, was du tust«, sagte Karin langsam. »Du passt auf, was Vilde tut. Für sie interessierst du dich. Aber Kristian ist dir vollkommen egal.«

»Jetzt hör aber auf! Das ist nicht gerecht. Ich war immer da, und das weißt du. Du übertreibst doch wie üblich. Wir reden hier über einen Anhänger, nicht wahr, und nicht über irgendwelche kriminellen Handlungen!«

Darauf sagte sie nichts mehr, sie ging und schloss die Tür betont laut. Und ich bleibe hier sitzen und sehe zitternd, wie am Horizont die Katastrophe heraufzieht. Der Streit drehte sich nicht um Kristian, sondern um verletzte Gefühle – nur dass Karin nicht weiß, wer oder was sie verletzt. Sie schlägt wild um sich.

Der folgende Tag war voller angespannter Höflichkeit. Man konnte die Stille im Wohnzimmer greifen, als Karin und ich nach dem Essen eine Weile zusammensaßen und Kaffee trinkend Zeitung lasen. Ich achtete sorgfältig darauf, weder sonderlich entgegenkommend (eine Taktik, die ich früher instinktiv ergriffen habe, wenn es ein seltenes Mal nötig war) noch beleidigt zu sein. Ich wollte Gras über die Sache wachsen lassen. Heute ist alles wieder wie immer. Nun, nicht dass Normalität gleichbedeutend mit Balance und Ruhe ist, schließlich habe ich vom Büro aus nach der Arbeit eine halbe Stunde lang mit Ingvild telefoniert.

Ich habe eine neue Idee, was die Darstellung dieser unmöglichen imaginären Zahlen angeht. Sie beruht auf etwas, was Anders im Seminar angesprochen hat: Er hat uns gebeten, nach Geschichten zu suchen, die sich um unseren Stoff ranken, nach Personen, die dem, was wir erklären wollen, ihre Stimme leihen können. Und tatsächlich gibt es genau zur Wurzel aus minus eins ein unglaubliches Ereignis, das auf vielerlei Weise gedeutet werden kann. Die Geschichte ist überdies wie gemacht für ein norwegisches Publikum, denn sie holt mein Thema für einen Moment aus Berlin und Göttingen hierher nach Hause.

Ich glaube, jeder Norweger hat schon von dem Dichter Johan Herman Wessel gehört. Auch er ein Pastorensohn, ein wortgewandter Poet mit kühlem Intellekt und dem bedauerlichen Hang zur Flasche, wie so viele seines Metiers. Er brachte es nicht zu großem Ruhm, das entnehme ich Karins Literaturgeschichte. Aus seiner Feder stammen nur ein elegantes Schauspiel und ein paar gewitzte Verse, die aus sprachlichen Gründen heute kaum noch verständlich sind. Dennoch ist er Teil unseres nationalen Selbstverständnisses, ein Licht in der finsteren Zeit der dänischen Okkupation, die

Galionsfigur der stolzen Norwegischen Gesellschaft, einer Vereinigung, die im Kopenhagen des 18. Jahrhunderts kaum mehr war als eine studentische Trinkgemeinschaft, in der man sich gegenseitig schlechte Verse vortrug. Aber die Geschichte wird von Humanisten geschrieben, die den Blick auf den Rückspiegel gerichtet haben. Jedenfalls deuteten sie die Gesellschaft an den Kneipentischen als Vorzeichen der kommenden Zeit. Als ein Omen für die nationale Befreiung.

Pastor Wessel in Vestby hatte noch mehr Söhne. Johan Herman hatte einen Bruder. Ich frage Karin, ob sie je von ihm gehört habe, was sie tatsächlich bejaht. Auch an ihn erinnert man sich – aber nur, weil ihn der große Dichter in seiner Güte mit zwei Versen gesegnet hat:

Er zeichnet fleißig Karten und studiert die Gesetze
während ich im Gasthaus meine Kehle benetze.

Ja, Caspar studierte Rechtswissenschaften. Aber da die Familie arm war, musste er sich nebenbei noch eine ehrliche Arbeit suchen, was im Widerspruch zum Leben seines Bruders stand. Er wurde Landvermesser und beteiligte sich an der großen Vermessung und Kartierung des dänischen Reiches.

Das erinnert an Gauß, der zu diesem Zeitpunkt noch ein armer, wenn auch begabter Junge in Braunschweig war und den Lehrer dank seines unglaublichen Kopfrechnens immer wieder aus der Fassung brachte.

Caspar Wessel erwies sich nicht nur als brillanter Kartenzeichner. Wie Gauß interessierte er sich für die zugrunde liegende Mathematik. Für ihn war besonders das Rechnen mit Teilgeraden von Bedeutung, die arithmetische Deutung der Geometrie.

Die negativen Zahlen waren ihm dabei eine gewisse Hilfe. Wenn eine Linie auf der Karte eine Länge von 3 Zoll hatte, gemessen von A nach B, war das entsprechende Linienstück in entgegengesetzter Richtung, also von B nach A gleich minus 3 Zoll. Aber das war nicht anders, als sich auf dem wohlbekannten Zahlenstrang, verkörpert durch den geraden, schmalen Weg, vor und zurück zu bewegen. Der Landvermesser Caspar musste aber ins Gelände hinaus, indem er zum Beispiel eine rechtwinklige Linie auf die Verbindung von A nach B zeichnete.

Er durchdachte die Sache und verfasste ein paar einfache, logische Rechenregeln für Linien, die einen Winkel mit der ersten grundlegenden Linie bilden. Damit konnte er seine Linien addieren und multiplizieren. Bald schon erkannte er, dass sich die Linie, die im rechten Winkel auf der anderen stand, höchst seltsam verhielt: Wenn sie einen Zoll lang war und er sie mit sich selbst multiplizierte, drehte sie sich um weitere 90 Grad und legte sich brav auf die Zahlenachse, wobei sie in negative Richtung zeigte.

Das Resultat der Multiplikation war also eine Länge von minus eins. Somit musste der Ausgangspunkt, die im Winkel stehende Linie, notwendigerweise eine Unmöglichkeit sein, eine Ungeheuerlichkeit: die Wurzel aus minus eins.

Aber Caspar Wessel ließ sich nicht entmutigen. Der Gigant Descartes hatte erklärt, das sei eine Illusion, eine »imaginäre« Größe. Caspar hatte Descartes vermutlich nie gelesen, er wusste es nicht besser. Er sah das Linienstück auf seiner Karte und erkannte, dass es sich wider alle Rechenregeln verhielt. Er nannte diese undenkbare Einheit »Epsilon« und rechnete weiter.

Damit hatte ein norwegischer Student der Rechtswissenschaften, ein armer Landvermesser in Kopenhagen, die Grundlage der Mathematik verändert. Es brachte ihm wenig Glück. Zwar gelang es ihm, sein Studium zu vollenden und später auch eine Ehe einzugehen. Doch diese muss ungewöhnlich unglücklich gewesen sein, denn das Paar wurde geschieden, was in der damaligen Zeit ein Skandal war. Caspar zahlte seiner Ex-Frau, was er konnte, blieb arm und verstarb verschuldet.

Natürlich erzählte er, was er herausgefunden hatte. Er schrieb sogar einen wissenschaftlichen Artikel, der 1799 gedruckt wurde. In dänischer Sprache. Diejenigen, die Dänisch lesen konnten, verstanden nichts, und die wenigen, die den Artikel hätten verstehen können, wussten nichts von seiner Existenz und beherrschten die Sprache nicht.

Johan Herman dichtete sich in die Literaturgeschichte und behauptet noch heute seinen Platz. Caspar rechnete sich ins Vergessen. Das änderte sich zwar, als sein Artikel ins Französische übertragen wurde, doch das geschah erst hundert Jahre später.

24. Januar 2005

Ingvild auf Besuch in Oslo. Ein paar gestohlene Stunden mit dem Anflug von Verzweiflung. Wir haben uns am Vormittag getroffen, sodass ich mich ernsthaft gefragt habe, ob wir hierher in den Lilleveien fahren könnten, mit all den Gefahren, die damit verbunden wären. Aber davon wollte sie nichts wissen, sie wurde beinahe zornig und meinte, mir müsse jede Form von Einfühlungsvermögen fehlen, so etwas überhaupt vorzuschlagen.

Natürlich habe ich mich geschämt. Das Haus ist ein Raum für die Gemeinschaft, es finden sich so viele Spuren darin.

Ich habe mich auch gefragt, ob es jemanden gibt, den ich um Hilfe bitten könnte, jemanden mit einer zentral gelegenen Wohnung und der Fähigkeit, den Mund zu halten. Doch zum einen hätte eine solche Frage eine Auslieferung bedeutet, die ich nicht wünschte, zum anderen habe ich keine so guten oder so schlechten Freunde. Leider, sollte ich wohl sagen –

denn ich würde gern mit einem Freund über Ingvild und mich reden.

Es war ein schöner Januartag mit klarem Himmel, und die Sonne wärmte bereits ein bisschen. Sich in ein Café zu setzen wirkte zu traurig; stattdessen entschlossen wir uns zu einem Spaziergang. Wir nahmen die Bahn hinauf zum Holmenkollen, einen Ort, an dem das Risiko, Bekannte zu treffen, gering war.

Dort oben lag noch etwas Schnee; wir gingen eine Runde an der Sprungschanze vorbei. Ingvild sagte plötzlich, dass sie noch nie auf dem Turm gewesen sei.

»Warum nicht?«, fragte ich. »Höhenangst?«

»Ein bisschen«, gestand sie.

»Wir können es jetzt probieren«, sagte ich. »Du hast doch wohl keine Angst, wenn ich bei dir bin?«

»Willst du mich herausfordern?«

»Nein, nicht doch. Aber diese schöne Aussicht ...«

»Die ist es doch, vor der ich Angst habe«, sagte sie. »Aber in Ordnung, ich komme mit, damit du siehst, dass du mich mutig machst.«

Sie war wirklich ein bisschen blass, als wir in den Fahrstuhl traten. Wir waren allein, und ich wollte sie küssen, bemerkte aber, dass ihr der sonst übliche Enthusiasmus fehlte.

Sie schlang die Arme um mich. »Wie hoch ist es eigentlich?«

»Keine Ahnung«, antwortete ich. »Sechzig Meter oder so.«

»Mein Gott«, sagte sie in meine Schulter, »sechs Meter reichen schon, um mir Angst zu machen.«

Es wurde besser, als der Fahrstuhl stoppte und wir das letzte Stück über eine Treppe nach oben stiegen. Aber dass sie keine Witze machte, erkannte ich an der krampfhaften Art, mit der sie meine Hand umklammert hielt, solange wir auf der Plattform standen. Sie weigerte sich, die wenigen Schritte nach vorn zu treten, um zu sehen, wie der Anlauf aussieht, wenn man dort oben sitzt. Ihr reichte schon der Blick über die Bäume, den sie mit an die Wand gepresstem Rücken über sich ergehen ließ.

»Viel Wald«, sagte sie. »Können wir jetzt wieder nach unten?«

»Du bist ja wirklich mutig«, tröstete ich. »Wenn Höhen so schrecklich für dich sind.«

»Es war ein Test. Ich wollte mich fordern«, antwortete sie. »Ich muss dir etwas sagen. Aber damit warte ich, bis wir wieder auf dem Boden sind.«

Im Fahrstuhl lockerte sich ihre Umklammerung. Stattdessen streichelte sie mir vorsichtig über Wangen und Nacken, eine derart zarte Liebkosung, dass sie auch für ein Kind bestimmt gewesen sein könnte. Ich war gespannt, was sie mir mitzuteilen hätte, aber wenn sie mich auf diese Art berührte, war es, als fiele alles an seinen Platz und als könnte nichts wirklich Falsches geschehen.

Wir schlenderten an dem Aufbau hinunter und gingen auf die Tribünen. Man konnte sich in die Sonne setzen, ohne zu frieren.

Ingvild räusperte sich. »Ich muss auf ein Seminar«, sagte sie. »Nach Berlin, Ende April. Wenn ich es richtig plane, kann ich mir sicher ein paar zusätzliche Tage freinehmen. In Göttingen zum Beispiel.«

»Das ist noch so lange hin!«, sagte ich.

Sie lachte: »Ungefähr drei Monate. Genauso lange kennen wir uns schon – also richtig! Ich könnte übrigens wetten, dass du dich nicht an das Datum erinnerst.«

Das stimmte tatsächlich. Auch in der Welt des geheimen Kalenders: Man hatte Gedenktage, den ersten Kuss am Abend auf dem Hof vor dem Uranienborgveien 2 sollte man in alle Ewigkeit mit einem roten Rahmen versehen.

»Nein, das tue ich natürlich nicht«, antwortete ich. »Ein anständiger Mann hält sich mit so etwas nicht auf. Dass es der 30. Oktober war, habe ich längst vergessen.«

26. Januar 2005

Eine Frage habe ich mir nie gestellt: War mein Vater ein guter Pastor?

Natürlich habe ich mich als kleiner Junge oder Jugendlicher nicht darum gekümmert. Er war Pastor, damit musste ich leben, und das war schwer genug. Wenn ich diese Frage beantworten soll, muss es also in einer Art Retrospektive geschehen, vom heutigen Standpunkt aus.

Vermutlich war er kein guter Pastor. Ich bezweifle, dass er die Fähigkeit besaß, sich in andere Menschen mit ihren Problemen hineinzuversetzen – er hatte selbst zu viele Probleme. Auch wenn Mutter sicher eine Hilfe war. Sie muss die ideale Pastorenfrau gewesen sein, und sie gehörte der letzten Generation an, die ihr Leben einer solchen Aufgabe widmete. Wusste sie besser als er, was seine Gemeindemitglieder bewegte? Er hatte keine Ahnung. Es interessierte ihn auch nicht sehr.

War sein Traum nicht eine wissenschaftliche theologische Karriere gewesen, nicht diese nervenaufreibende Arbeit als Hirte einer Herde wenig disziplinierter Schafe?

27. Januar 2005

Ingvild nahm ein paar Seiten über Riemanns Vorlesung mit, die ich für sie skizziert hatte, und schickte mir heute ihren Kommentar. Dieser Abschnitt ist der Test, ob mein Projekt überhaupt sinnvoll ist, ob die elementare Neugier für Bernhards Privatleben tatsächlich mehr Licht auf die in alle Ewigkeit überdauernde Hinterlassenschaft des Mathematikers Riemann werfen kann.

Sie ist eine gute Leserin und schreckt nicht davor zurück, deutlich zu sagen, was sie meint. Fazit ist, dass ich noch viel zu tun habe.

Schon bei den äußeren Umständen findet sich etwas Seltsames: Eine Vorlesung war damals wie heute auf eine Dreiviertelstunde angesetzt. Doch in einem Brief an seinen Bruder erzählt Riemann, dass seine Vorlesung zweieinhalb Stunden gedauert habe. Es muss also eine Diskussion gegeben haben. Der kranke Gauß wird dabei eine zentrale Rolle gespielt haben. Aus reiner Höflichkeit oder Respekt wären die anderen sicher nicht geblieben, hätte er kein Interesse gezeigt.

Es *kann* um etwas anderes als die Geometrie gegangen sein. Vielleicht waren es die Gedanken über die Suche nach einer gemeinsamen Theorie für den Elektromagnetismus und die Gravitation, die Gauß interessierten. Aber es ist nicht wahrscheinlich. Vermutlich begeisterte sich der Professor dafür, dass seine eigenen Gedanken mit Leben erfüllt und systematisiert worden waren. Es ist anzunehmen, dass er es nicht lassen konnte, den Anwesenden zu erläutern, dass er selbst auch diese Ideen gehabt habe, sie aus Zeitmangel aber nicht weiterfolgen konnte.

Also ging es um die Geometrie. Womit ich gefordert bin. Eine meiner Quellen stellt kurz und bündig fest: »There is no easy introduction to Riemannian geometry.«

Das Problem ist, dass die Vorlesung fast nicht zu entziffern ist, auch nicht für Mathematiker. Riemann stellt vorwiegend Betrachtungen an, er rechnet wenig; im gesamten Script finden sich nur drei Quadratwurzeln und vier Σ-Zeichen. Und er denkt wie ein philosophisch gebildeter Deutscher aus dem 19. Jahrhundert, mit dem entsprechenden Satzbau.

Ich muss also die Entwicklung aufzeigen. Wo sie endet, ist klar – bei Einstein. Aber ich brauche einen Ausgangspunkt.

Vielleicht sollte ich von dem Sofa aus starten, auf dem Ingvild beim Seminar vor dem Abendessen an jenem 30. Oktober saß. Sie hatte Wein getrunken und mir gesagt, dass Riemann an einem von Euklids Postulaten herumgeschraubt und damit eine neue Geometrie konstruiert habe. Sie hatte das irgendwo in einer populärwissenschaftlichen Übersicht aufgeschnappt. Es war nur ein Teil der Wahrheit, traf aber im Kern zu.

Riemann war nicht der Erste, der den Gedanken verfolgte. Die Landvermesser hatten bereits herausgefunden, dass die auf Flächen basierende Geometrie auf der gekrümmten Erdoberfläche nicht galt. Man brauchte sich nur den Globus anzuschauen: Steht man auf dem Äquator und zieht mit rechtem Winkel eine Linie von einem Punkt in Zaire nach Norden, landet man am Nordpol. Dann wiederholt man das Gleiche von einem Punkt auf dem Äquator, der sich so weit östlich des ersten Punktes befindet, wie die Linie zum Nordpol lang ist. Man ist dann irgendwo südöstlich von Singapur. Auch diese Linie steht rechtwinklig auf dem Äquator und trifft am Nordpol mit einem 90°-Winkel auf die erste Linie. Damit hat man ein gleichseitiges Dreieck mit drei rechten Winkeln!

Das war nicht wirklich neu. Gauß hatte bereits daran gearbeitet, seine Gedanken aber nicht veröffentlicht. Es gab inzwischen auch eine andere Version der nicht-euklidischen Geometrie, konstruiert von einem Russen. Riemann kannte auch diese. Wir wissen, dass er sich ein mathematisches Journal ausgeliehen hatte, in dem die Theorie erläutert wurde.

Aber Riemanns Blick ging weiter. Er generalisierte und beschrieb die Grundlagen für die verschiedensten alternativen Erkenntnisse der Geometrie. Seine mathematische Art der Annäherung bestand darin, diese in Abhängigkeit des Raumes zu betrachten. Er sagte, dass sich der Raum krümmte und den Linien und Messungen dadurch, abhängig vom Grad der Krümmung, gewisse Eigenschaften zuwies. Und er ging noch einen Schritt weiter. Er weigerte sich, den Raum als gegeben vorauszusetzen. Er zeigte, dass es sinnvoll war, die Krümmung des Raums als eine Größe zu betrachten, die in jedem einzelnen Punkt definiert werden konnte und die nicht überall gleich sein musste.

Das ist schön, ich habe kein anderes Wort dafür. Riemann *fängt* den Raum und lässt ihn uns aufs Neue erfahren. Noch schöner ist vielleicht der intuitive Zusammenhang mit seiner Funktionstheorie. Bei beiden geht es um seine Art zu denken, darum, wie er das Verhältnis zwischen den Teilen und dem Ganzen erfasst; ich denke dabei an einen Komponisten, der allein durch die Noten, die er vor sich sieht, die Töne jedes einzelnen Instruments unterscheiden kann und doch gleichzeitig die ganze Symphonie in ihrer Größe, Form und Struktur hört.

Riemann litt unter Schwermut und hatte schwache Nerven. Er hätte eine Anstellung im Observatorium annehmen können, lehnte aber ab, weil sich diese Arbeit nicht mit seiner wissenschaftlichen Forschung vereinbaren ließ. Die Entscheidung muss ihm Seelenqualen bereitet haben – von außen betrachtet mag sie egoistisch erscheinen, bedeutete sie doch, weiterhin auf Kosten seiner armen Familie zu leben, statt sich selbst mit dieser Stellung einen zwar kargen, aber doch sicheren Lebensunterhalt zu verdienen! Das Dilemma muss umso größer gewesen sein, als niemand verstand, woran er eigentlich arbeitete.

Doch, Gauß verstand es. Aber Gauß' Zeit war fast vorbei.

29. Januar 2005

Ein Samstagabend in der Wüste. Wie groß ist die Verlockung, so etwas zu sagen. Das Haus ist geputzt, eine dünne Schicht Schnee weggeräumt. Dann kommt der Abend: Die Kinder sind unterwegs, eine kleine Mahlzeit für Karin und mich, dann das Fernsehen; ich ziehe mich in mein Arbeitszimmer zurück, meine Oase.

Die Beziehung zu Karin ist in einer ruhigen Phase, bilde ich mir ein. Als respektierte sie inzwischen die dünne Glaswand zwischen uns, das höfliche Leben, das wir aneinander vorbei führen. Vielleicht ist das normal, möglicherweise lassen einem die Strapazen des Alltags nicht mehr Raum, vielleicht sollte man nicht nach mehr streben als nach einer reibungsarmen Arbeitsgemeinschaft.

Mich verlangt es nach etwas anderem, nach einem Alltag mit Lächeln, mit Berührungen, mit Knistern, mit gemeinsamen Plänen.

Für morgen haben wir sogar einen Plan. Wir wollen die erste Skitour des Jahres machen. Natürlich kommt es für Vilde und Kristian nicht infrage, uns zu begleiten. Ich glaube, Vilde hat nicht einmal passende Ski. Kristian war eigentlich ziemlich gut mit seinem Snowboard, doch jetzt steht das Brett im Keller in einer Ecke – das schneeglitzernde Outdoorleben passt nicht zu seinem schwarzen Image und der düsteren Musik.

Außerdem wäre Vilde morgen Vormittag ohnehin zu müde. Sie ist heute mit Freundinnen unterwegs, da Harald wieder mit seinen Vorbereitungen für die Abifete beschäftigt ist. Das hat sie ganz von sich aus erzählt; ich habe versucht, ihren Tonfall zu deuten, glaube aber, dass er recht neutral war. Wenn man Abi macht, ist das wohl so. Aber soweit ich weiß, sind sie noch zusammen. Das Seltsame ist, dass ich mir in Anbetracht der Verlockungen, die sich ihm bieten werden, wenn sie getrennte Wege gehen, ein bisschen Sorgen mache.

Gemeinsam Ski zu laufen ist wahrlich nicht das Schlechteste. Man ist dabei ohnehin schweigsam, atemlos, und wenn man redet, dann über das Wetter oder den Schnee. Natürlich kommt es vor, dass man sich über Tempo und Pausen in die Haare gerät, aber Karin und ich sind auch auf Skiern ein gut eingespieltes Team.

Solche Gedanken mache ich mir also, und das entsetzt

mich mehr als alles andere. Denn noch im letzten Winter waren die gemeinsamen Skitouren eine Verbundenheit, bei der wir in den gleichen Rhythmus gefallen sind. Das war ganz sicher keine Pflichtübung, sondern ein unangestrengtes Miteinander. Wir haben uns abwechselnd eine Spur getreten und haben uns gemeinsam warm gelaufen.

Wenigstens hatte ich eine gute Arbeitswoche. Die Holmenkollen-Stunden am Montag mit Ingvild fehlten mir nicht. Wenn ich ehrlich bin, haben sie mich mit Energie und Motivation aufgeladen. Ich habe etwas erreicht und gönne mir mit gutem Gewissen noch ein Glas Wein, wobei das natürlich ein unpassender Ausdruck ist.

1. Februar 2005

Über das, was man Komposition eines Textes nennt, habe ich mir kaum Gedanken gemacht. Vermutlich war ich der Meinung, so eine Biografie sei eine logische Abfolge – von der Geburt bis zum Tod. Doch jetzt nähere ich mich dem Schicksalsjahr 1855 und erkenne, dass ich Gauß als Kontrast und Parallele zu seinem Schüler mehr Platz einräumen muss. Außerdem muss ich Einstein einbeziehen, sechzig Jahre jenseits aller Chronologie, sonst bleibt dem Leser der Sinn des gesamten Projektes verborgen.

Soll ich mit Carl Friedrich Gauß beginnen? Er gehörte einer anderen Zeit an, der Aufklärung, der Zeit Caspar Wessels. Wobei er natürlich deutlich jünger war als Wessel, geboren in Braunschweig im Jahre 1777. Gauß' Glück war, dass er in die ehrenhafte Armut einer Handwerkerfamilie hineingeboren wurde und nicht in die vornehme Mittellosigkeit eines Beamtenhaushalts.

In dieser Familie gab es keinen Raum für übertriebene Erwartungen, keinen Gedanken an eine Karriere. Niemand

musste sich opfern – niemand oder alle. Die Alternativen hie-
ßen: Arbeit oder Hungertod, kein diffuses Zwischending mit
zwanzigjährigen Studien. Vater Gauß machte die anfallenden
Arbeiten, für die Leute in der Straße war er der Schlachter,
aber wenn es sein musste, arbeitete er auch als Gärtner oder
Maurer. Trotzdem kam der Junge in die Schule, denn dank
des fortschrittlichen Herzogs des Fürstentums Braunschweig-
Wolfenbüttel gab es öffentlich zugängliche Lehranstalten.
Natürlich verschwendete man keinen Gedanken an ein aka-
demisches Studium – bei hundert Kindern in jeder Klasse.

Carl Friedrich erhob sich aus der Menge. In diesen Schulen erwartete man nichts Außergewöhnliches. Er muss aber
Aufsehen erregt haben, denn es erging eine Nachricht an die
obersten Stellen, nachdem er in der dritten Klasse in wenigen
Augenblicken alle Zahlen von 1–100 addiert hatte (was im
Grunde nicht so schwierig ist, wenn man auf den Trick gekommen ist, 1 und 100, 2 und 99 und so weiter zusammen-
zuzählen!).

Die Folge war, dass sich die Obrigkeit um das Kind kümmerte – und schließlich der Herzog selbst. Das war die einzige Möglichkeit, ein Talent aus niedrigem Stand zu fördern.
Trotzdem war Gauß selbst der Ausgangspunkt. Er kannte
keine Grübelei, er war sich schon früh bewusst, ein Sonderfall
zu sein. Fehlten ihm die bürgerlichen, um nicht zu sagen ade-
ligen Manieren? Sicher, aber so etwas ist für ein Genie ohne
Bedeutung. Entweder man steht darüber, oder man eignet
sich das Wichtigste im Handumdrehen an. In dem Alter, in
dem Riemann noch gehemmt zwischen den Bürgersöhnen
im Lüneburger Gymnasium saß, war Gauß bereits an der
Universität, natürlich in Göttingen, wo ihm als Achtzehnjährigen der Nachweis gelang, dass ein regelmäßiges Siebzehn-
eck mit Zirkel und Lineal konstruierbar ist.

Seit den Tagen von Euklid, also seit zweitausend Jahren,
harrte diese Frage einer Lösung.

Gauß war bei seiner überreichen theoretischen Begabung aber auch ein praktisch veranlagter Mann. Er heiratete aus Liebe, doch nachdem seine Frau an Schwindsucht gestorben war, vermählte er sich gleich wieder – seine Kinder brauchten ja eine Mutter. Sein Mäzen, der Herzog, starb im Krieg gegen Napoleon. Gauß gelang es, sich eine Professur zu verschaffen. Seine Tätigkeit als Landvermesser habe ich bereits erwähnt. Im Jahr 1837, in dem sowohl Weber als auch die Gebrüder Grimm und nicht zuletzt Gauß' Schwiegersohn gegen die neue Hannoveraner Verfassung protestierten, verloren sie alle ihre Professuren und mussten ins Ausland gehen.

Nicht aber Gauß. Er blieb in Göttingen. Seine größte Sorge galt nicht der Verfassung, sondern der Tatsache, dass seine Tochter mit ihrem Mann fortziehen musste. Es hatte aber nicht den Anschein, als hätten sein Schwiegersohn, seine Tochter oder Weber in irgendeiner Weise auf Gauß' Verhalten reagiert.

Wieder spüre ich die naive Forderung danach, ein Genie habe tapferer als alle anderen zu sein und müsse sein Leben in den Dienst von Fortschritt und Liberalität stellen. Genau diese Forderung ist es, die den Mythos erschaffen hat, Galileo habe geflüstert: »Und sie bewegt sich doch!«, als er sich vor dem Richterstuhl der Heiligen Inquisition erhob. So dreist war der Italiener in Wahrheit nicht. Und auch nicht Gauß, er war kein liberaler Akademiker, der eifrig seine politische Fahne schwenkte. Der Sohn eines kleines Schlachters gibt nicht leichtfertig eine Professur für tausend Taler im Jahr auf.

Was tat Gauß, da er nicht protestierte? Er begann mit einundsechzig Jahren Russisch zu lernen. Um sein Gehirn zu trainieren und um die Originalquellen der nicht-euklidischen Geometrie lesen zu können, die in den finstern wissenschaftlichen Zeitschriften Russlands veröffentlicht worden waren.

Vermutlich liegt hier die Erklärung dafür, dass Gauß Riemann nicht gleich als seinen natürlichen Nachfolger erkannte und sich nicht um den schüchternen Pastorensohn kümmerte. Gauß *hatte* keinen Nachfolger. Schließlich hatte er sich selbst und sein Universum erschaffen, in dem er sich derart souverän bewegte, dass er nicht einmal alles zu verraten brauchte, was er erkannt hatte. Seine hinterlassenen Notizbücher beinhalten genug unveröffentlichten Stoff, um eine ganze Reihe solider Mathematikerkarrieren auszufüllen.

Dieser Mann war es, den Riemann traf, ein selfmade-Aristokrat, ein Freund des Herzogs, ein hochangesehener Bürger und unerreichbarer Mathematiker, der nicht gestört werden durfte.

Dieser Mann war es, den er beeindrucken musste. Deshalb also die Geometrie, die Übertragung der geodätischen Flächenberechnung in die Tiefe des Raums, ja, in die aufkeimende Erkenntnis der Unbegreiflichkeit des Weltalls?

2. Februar 2005

Wieder ein Beispiel dafür, dass es die Humanisten sind, die Geschichte schreiben. In der Zeitung steht, dass eine Literaturprofessorin in den USA Norwegens einziger akademischer Weltstar ist.

Und was ist mit Selberg? Auf einem Kongress in Seattle wurde er vor ein paar Jahren von mehr als sechshundert Kollegen mit Standing Ovations begrüßt. Ich war selbst nicht dort, habe aber Berichte darüber gelesen.

Man darf sich die Frage stellen, ob der Journalist, der diesen Zeitungsartikel geschrieben hat, überhaupt jemals von ihm gehört hat. Ich bezweifle es. Und ich weiß, dass es mich nicht so wütend machen sollte.

3. Februar 2005

Am liebsten würde ich eine Taxonomie der Sehnsucht verfassen, eine Klassifizierung all ihrer Existenzformen. Wäre dieses Phänomen dann nicht leichter zu handhaben?

Eine erste Einteilung liefe natürlich darauf hinaus, den körperlichen Hunger vom seelischen Verlangen zu trennen, eine Zweiteilung wie in Tier- und Pflanzenreich. Aber das genügt nicht. Ingvilds leichte Berührungen, ihre Küsse, ihre festen, sicheren Hände, die Resonanz in ihrem gespannten Körper – all das ist nicht von ihren Bemerkungen zu trennen, von der Art, wie sie meinen Namen sagt, ihrem Lachen, ihrer Nähe. Dem Gefühl, nicht allein zu sein, wenn ich mit ihr zusammen bin.

Also ist die Sehnsucht eins und damit unteilbar. Um aber eine theologische Parallele zu ziehen: Die Sünde ist die Abwesenheit Gottes; aber dennoch kann sie sich in vielen Formen zeigen. Auch die Sehnsucht macht sich auf so vielfältige Weise bemerkbar.

Meistens unmittelbar und besonders heftig, wenn mir etwas in den Sinn kommt, was ich ihr gern erzählt hätte, eine Kleinigkeit aus meinem Alltag. Zum Beispiel, dass mein gleichaltriger Kollege im Nachbarbüro seinen alten Struwwelkopf bis auf wenige Millimeter abrasiert hat oder dass eine meiner besten Master-Studentinnen schwanger ist und das Studium zu unterbrechen beabsichtigt. Ich sehne mich danach, Ingvild in das Geflecht der Alltäglichkeiten einzubeziehen, *mein* Leben zu dem *ihren* zu machen.

Ein Spezialfall, sozusagen eine komplizierte Unterart, sind natürlich unsere Kinder. Auch Ingvild kann es nicht lassen, von den Geschehnissen und Sorgen zu berichten, die sie mit Halvor und Hanne verbindet. Sie tut es mit einer gewissen Ambivalenz, denn eigentlich geht es mich nichts an, andererseits habe ich etwas mit *ihr* zu tun.

Der intensive Wunsch, mit einem anderen Menschen zusammen zu sein, hat auch eine bekannte, aber wenig erforschte Nebenwirkung: Er beeinflusst die Wahrnehmung. Was geradewegs zu schwachen Halluzinationen führen kann. Ständig sehe ich sie auf der Straße, erkenne sie in irgendeinem Rücken, einem Nacken, einer Handbewegung … Gar nicht zu reden von dem alten roten Passat, der überall unterwegs ist! Und jedes Mal, wenn das Telefon klingelt, falle ich in den Ingvild-Modus und stelle mich auf ihre Wellenlänge ein. Das ist bei all den Anrufen, bei denen es nicht Ingvild ist, ziemlich störend, denn bestimmt hört man es an der Art, wie ich mich melde.

Wenn es doch Ingvild ist, geht mir ihre Stimme unter die Haut. Natürlich höre ich, was sie sagt, intensiver als bei allen anderen, mit denen ich spreche – ich lausche den Nuancen, suche nach versteckten Bedeutungen.

Die Stimme ist ein Surrogat für Nähe, dabei demonstriert sie in paradoxer Weise gerade die Entfernung, ist eine oberflächliche Linderung, wie ein Pflaster bei einer Schnittwunde eine lokale Betäubung bei einem Knochenbruch. Die Stimme reißt mich aus allen Rollen und Funktionen.

Seit Neujahr, seit der Szene am Strand, ist ein Monat vergangen, aber noch immer lasse ich die Geschehnisse in meinen Gedanken ablaufen, Bild für Bild.

Ja, ich habe es vermisst, zu begehren und begehrt zu werden, vor allem Letzteres. Ingvilds ungespielter Appetit hat so etwas Gesundes; ich muss mich hüten, sie damit aufzuziehen, denn das verkraftet sie nur bis zu einem gewissen Punkt. Ihre Berührungen sind voller Bestimmtheit, sie weiß, was sie will. Gleichzeitig findet sich nichts Mechanisches darin, nichts Erlerntes – im Gegenteil, ihre Liebkosungen sind wie eine eskalierende Serie in Balance zwischen Triebkraft und Reaktion. Sie steht in Kontakt mit sich selbst und versteht dadurch den anderen.

Auf jeden Fall, solange ich der andere bin.

Es ist einen Monat her, eine Zeitspanne, die nicht messbare Mengen an Sehnsucht produziert.

Zu allem Überfluss werde ich von roten Passats verfolgt, die mich zusammenzucken lassen, ehe mir die Enttäuschung zu verstehen gibt, dass die Fahrerin eine andere ist.

Immer denke ich dann, dass Ingvild einzigartig ist: Dieses zufällige Auto hat nie eine Fahrerin erlebt, die auch nur ansatzweise mit ihr verglichen werden könnte!

4. Februar 2005

Wieder ein Freitagabend, wieder eine Zusammenfassung.

Mit welchem Ergebnis? Etwas in der Art von: »Doch, danke, es geht.« Wenig heroisch, sehr kompromissbereit.

Eindeutig konstruiere ich mir eine Begründung, eine Entschuldigung. Sie hält logisch nicht stand, verdreht die Reihenfolge der Geschehnisse, aber trotzdem gebe ich mich ihr gedanklich hin: Seit drei Monaten lebe ich hier im Haus an mir vorbei, laufe wie ein ferngesteuerter Roboter herum, während mein wirkliches Ich an einem anderen Ort ist. Natürlich hat Karin etwas bemerkt, aber ihre Reaktion unterscheidet sich kaum von ihrem üblichen Verhalten, der Wutausbruch vor ein paar Wochen hätte auch sonst kommen können, und seither war alles wieder wie immer.

Daraus kann ich wohl den Schluss ziehen, dass keine wirkliche Gemeinschaft zwischen uns existiert, obgleich wir beide davon ausgegangen waren. Es ist, wenn nicht logisch, so doch verständlich, dass ich tief und schwer falle, wenn plötzlich ein Mensch auftaucht, der mich sieht, hört und spürt.

Es gibt noch eine andere mögliche Quintessenz, ebenso logisch und wahrscheinlich: Auch Karin spielt. Sie spürt mit ganzer Seele, dass etwas nicht stimmt. Sie ahnt, was es ist, wagt aber nicht zu fragen. Hat hinter ihrer Alltagsmaske eine Todesangst, mehr zu erfahren, und verschließt lieber so lange wie möglich die Augen. Wohl in der Hoffnung, dieses »Etwas« möge von selbst verschwinden.

Über das CD-Laufwerk des Computers höre ich leise Arvo Pärt. Die Lautsprecher sind schlecht, aber im Wohnzimmer regiert der Hausaltar, der Fernseher. Dort gibt es keinen Raum für Sonderwünsche wie Musik. (Fernzusehen ist, wie man weiß, kein Sonderwunsch, sondern ein Menschenrecht.) Die wunderbare Litanei baut sich langsam und eintönig auf, gewaltige Blöcke aus Musik erheben sich gleichzeitig mit den gewichtigen Worten. Der Rest basiert auf Johannes Chrystostomus' Stundengebet, und ich sitze hier und warte auf die demütige, angsterfüllte Bitte:

O Lord, shelter me from certain men
From demons and passions
And from any other unbecoming thing.

Die mir bekannten Humanisten gehen locker mit Begriffen wie »Modernität« um. Auch Ingvild ist nicht ganz frei von einem solchen Verhalten. Als skeptischer Mathematiker verlangt man eine gewisse Begriffsbestimmung: Was ist diese Modernität und wo beginnt sie? Wie kann man sie abgrenzen? Vielleicht sind diese Zeilen eine Art Lackmustest: Modern ist der Mensch, der beim Gedanken an die ernst gemeinte Bitte, vor jeglicher Leidenschaft bewahrt zu werden, aufschreckt, einer Leidenschaft, die gleichgesetzt wird mit »unpassenden Dingen«, mit Dämonen.

Der moderne Mensch glaubt, ein Anrecht auf ein leidenschaftliches Leben zu haben, darauf, seine kurz bemessene Lebenszeit mit so viel Farbe und Gefühl wie nur möglich zu füllen.

Bernhard Riemann hätte eine solche Bitte verstanden und

akzeptiert. Er war mit Dämonen vertraut, suchten sie doch seinen Geist in unregelmäßigen Abständen heim. Er hätte anerkannt, dass die Leidenschaft das gottgegebene Verhältnis zwischen Mann und Frau zerstört, zwischen Eltern und Kindern, und dass sie schlecht ist, vielleicht sogar böse. Trotz der unfassbaren Kraft seiner Gedanken stellte Riemann die religiösen Wahrheiten nicht ein einziges Mal infrage, ja, mir gefällt es, daran zu glauben, dass sie das eigentliche Ziel seiner Suche waren. Und wenn es so war, dann war er nicht allein: Auch Leibniz soll sich gefragt haben, ob die imaginäre Zahl – die unbegreifliche Wurzel aus minus eins – etwas mit dem Heiligen Geist zu tun hat.

Bernhard Riemann lebte sein irdisches Leben im Schlagschatten des viel wichtigeren Ewigen Lebens. War sein Dasein damit ärmer als unser heutiges?

7. Februar 2005

Eines aber ist sicher: Es war ein gefährlicheres und unsicheres Dasein. Der Tod lauerte immer und überall.

Die Habilitation führte noch nicht zu einer Anstellung an der Universität. Sie gab Riemann aber das Recht, als »Privatdozent« Vorlesungen zu halten. Das Honorar war eine Abgabe, die die Studenten selbst bezahlten. Dadurch verbesserte sich seine finanzielle Situation nur unwesentlich.

Es gereichte ihm sicher nicht zum Vorteil, dass er, will man den Quellen glauben, ein schlechter, ja katastrophaler Dozent war. Sein Freund und Kollege Dedekind schrieb zurückhaltend: »Es gibt keinen Zweifel, dass ihm die mündliche Darlegung in den ersten Jahren seiner akademischen Lehrtätigkeit große Schwierigkeiten bereitete. Seine brillanten Gedanken und seine intuitive Phantasie ließen ihn oft, insbesondere bei zufällig sich ergebenden mündlichen Diskussionen über wissenschaftliche Themen, derart rasch und in solchen Sprüngen vorgehen, dass man ihm kaum folgen konnte. Bat man ihn um eine nähere Erklärung der ausgelassenen Schritte seiner Schlussfolgerung, war er häufig verwirrt, und es bereitete ihm dann große Mühe, sich in die langsameren Gedankengänge der anderen hineinzuversetzen und ihre Zweifel zu zerstreuen. So störte es ihn auch, in seinen Vorlesungen den Gesichtsausdruck seiner Zuhörer zu sehen, zeigte der ihm doch, dass er sich noch einmal einem Punkt widmen musste, dessen Beweis ihm als selbstverständlich und unnötig vorgekommen war.«

Die Studenten bleiben seinen Vorlesungen fern. Vom Herbst 1855 wissen wir, dass er in einer Vorlesung über Abels Funktionen drei Zuhörer hatte – von denen einer der Kollege Dedekind war, der ihn sicher nicht bezahlte. Mit gewissem Nationalstolz stelle ich fest, dass es sich bei einem der beiden anderen um einen geachteten norwegischen Kollegen gehandelt hat, Carl Anton Bjerknes, in späteren Jahren Professor und Vater des berühmteren Vilhelm Bjerknes.

Doch ein wenig ökonomische Hilfe bekam der introvertierte Dozent. Im Februar 1855 verstarb Gauß. Seine Professur ging natürlich nicht an Riemann, stattdessen kam sein alter Lehrer Dirichlet aus Berlin, sicher zu seiner großen Freude. Ein paar Freunde versuchten die Regierung von Hannover zu überzeugen, Riemann eine außerordentliche Professur zu verschaffen, aber staatliche Forschungsgelder waren damals auch nicht leichter zu bekommen als heute. Eine Anstellung bekam er nicht, wohl aber eine zusätzliche Entlohnung in Höhe von hundert Talern.

Einer dieser Freunde war Schmalfuß, sein alter Mathematiklehrer aus Lüneburg, der Mann, der seinem jungen Schüler Euklid geliehen hatte. Sein Brief verrät viel über Riemanns Zustand: Er berichtet, dass sich der Mathematiker mit dem Gedanken trägt, Göttingen zu verlassen und aus finanziellen Gründen wieder zurück in das Nest Quickborn zu gehen.

Doch dann ereigneten sich die Unglücksfälle in rascher Folge. Im Oktober des gleichen Jahres starb sein Vater. Damit entfielen nicht nur die kleinen finanziellen Beiträge. Auch der gedankliche Rückhalt eines möglichen Rückzugs nach Quickborn ging verloren. Es gab keine Zuflucht mehr: Sein Zuhause, der einzige Ort, an dem sich Riemann einigermaßen geborgen gefühlt hatte, wurde aufgelöst. Sein Vater und seine Schwestern hatten auf einem Pfarrhof gewohnt. Jetzt kam ein neuer Pastor, sodass auch seine Schwestern fortziehen mussten. Sie gingen nach Bremen zu seinem Bruder, dem Postbeamten.

Riemann kannte nur eine Art und Weise, auf diese Situation zu reagieren: Er arbeitete noch härter als zuvor. Wie viel Zeit und mentale Stärke ihm die unglückseligen Vorlesungen raubten, ist nicht zu sagen. Er widmete sich weiterhin den Abelschen Funktionen; seine einzige Fluchtmöglichkeit führte hinein in die Wildnis der komplexen Umkehr-Integrale.

Dort gab es auch die einzige Möglichkeit, eine Anstellung zu bekommen und Geld zu verdienen. Nach dem Tod des Vaters waren er und sein Bruder die Versorger, die Stütze ihrer Schwestern. Wie schwer lastete diese Verantwortung auf ihm? Wie groß war sein schlechtes Gewissen im Gedanken an seine Schwestern – bald starb auch noch die Jüngste von ihnen – und an seinen Bruder?

Der Druck auf Riemann war auf jeden Fall groß genug, um zu einem weiteren Zusammenbruch zu führen, nachdem die Funktionentheorie beendet und publiziert war.

Heute wieder eine verzweifelte Expedition, diesmal nach Sarpsborg. Ohne jede Entschuldigung. Wir sind beide einfach losgefahren. Siebzehn Tage nach unserem letzten Treffen.

Diese charakterlosen Østfold-Städte haben mich nie interessiert, doch jetzt bin ich bald ein Experte. Sarpsborg wurde ausgewählt, damit Ingvild nicht so weit fahren musste und nicht zu lange weg war, doch für mich wurde die Zugfahrt dadurch noch länger. Ich hatte ein Buch mitgenommen, konnte mich aber in der schläfrigen Atmosphäre nicht auf die Mathematik konzentrieren. Auch war das Wetter schlecht. Nach ein paar schönen Tagen begann es heute Nachmittag wieder zu schneien, später wurde daraus Schneeregen und unten im Süden von Østfold Regen.

Ich stieg aus dem Zug und ging in Richtung Parkplatz. Fast sofort erblickte ich den roten Passat. Als ich nur noch wenige Meter entfernt war, sah ich Ingvild: Sie stand neben dem Auto unter einem Schirm und redete mit einer anderen Person!

Meine Reaktion wird kaum elegant gewesen sein, denn ich habe mich mit offenem Mund gefragt, ob ich stehenbleiben oder weitergehen sollte. Ich entschied mich für Letzteres, ging an ihr vorbei und sah aus dem Augenwinkel, wie sie sich mit einer Frau in ihrem Alter unterhielt.

Ich selbst hatte keinen Schirm, ging weiter und fand schließlich eine geschützte Stelle, von wo aus ich zu den beiden hinübersah. Plötzlich hatte ich den idiotischen Wunsch nach einer Zigarette; mir jetzt eine anzuzünden und »natürlich« auszusehen.

Kurz darauf setzte sich Ingvild in den Wagen, winkte der anderen Frau zu und fuhr weg.

Es dauerte nur wenige Minuten, dann klingelte mein

Handy. »Du verstehst sicher, dass wir den Plan ein bisschen ändern müssen«, sagte ihre Stimme ohne jede Einleitung. »Geh nach links und dann die Straße runter. Ich warte ein paar hundert Meter weiter unten.«

Ich bin auf dieser Strecke ziemlich nass geworden. Sie wartete mit laufendem Motor und fuhr sofort los, als ich eingestiegen war.

»So ein Mist, dass ich hier Freunde haben muss«, stellte sie fest. »Da gibt es eine einzige Frau, die ich hier wirklich kenne, und ausgerechnet die muss ich treffen.«

»Was hast du ihr gesagt?«

»Ich habe gelogen«, antwortete Ingvild kurz. »Jetzt fahren wir aufs Land.«

Die Straße, die sie nahm, sagte mir nichts. Dann bogen wir ab und fuhren durch einen Wald in Richtung Halden.

»Ich würde dir gerne Halden zeigen. Das ist wirklich eine Stadt mit ein paar schönen Winkeln, aber man muss genau hinsehen, um sie zu bemerken.«

»Ganz besonders heute«, sagte ich und blickte nach draußen in das Schmuddelwetter. Ein Lastwagen tauchte am Ende einer Kurve aus dem Regen auf und fuhr in unsere Richtung. Er war etwas zu groß für die Straße.

»Es wäre vielleicht nicht so gut, jetzt in einen Unfall verwickelt zu werden«, sagte ich.

»Mir ging gerade das Gleiche durch den Kopf«, antwortete Ingvild. »Aber vielleicht ist es genau das, was wir brauchen! Einen äußeren Impuls.«

Ich fragte nicht, wie sie das meinte.

Bald darauf bog sie in eine Nebenstraße ein und hielt nach wenigen hundert Metern neben einem kleinen Gebäude, das wie ein Transformatorenhäuschen aussah. Geschickt wendete sie den Passat, sodass wir nach vorne sehen und erkennen konnten, ob jemand kam. Was in Anbetracht des verregneten Februarnachmittags aber nicht wahrscheinlich erschien.

Wieder zauberte sie Kaffee und Brötchen hervor, und das Hantieren mit den Tassen bescherte uns in dem engen Wagen eine Art Übergangszeit.

»Eigentlich sollten es ja Brot und Wein sein«, sagte ich, ohne recht zu wissen, warum.

»Das kann noch kommen«, meinte sie.

Der Regen legte sich wie ein grauer Film auf die Scheibe, und der Dampf, der aus den Kaffeetassen aufstieg, ließ die Innenseiten der Fenster beschlagen. Wir saßen in einem Kokon, wärmten unsere Hände an den Tassen und küssten uns; einen Augenblick lang dachte ich daran, wie ich Ingvilds Küsse erkennen würde, als hätten die Muskeln in Lippen und Zunge ein eigenes Gedächtnis. Zu Beginn war es ungewohnt und fremd gewesen. Jetzt waren Ingvilds Küsse Normalität.

Auf jeden Fall im Innern des Kokons.

Die Wärme ihrer Finger war noch erregender als sonst; sie gruben sich unter die winterlichen Kleider. Wir verschoben die Sitze, doch das Auto stand an einem Hang, sodass es alles andere als bequem war. Als ich ihren Gürtel löste, damit meine Hände gehen konnten, wohin sie wollten, zog sie sich eine Spur zurück.

»Du musst ein bisschen vorsichtig mit mir sein.«

»Weil ich so kalte Hände habe?«

»Ja, genau«, hauchte sie. »Nein, wohl eher, weil ich so heiß bin. Du willst doch wohl, dass es ein paar Minuten dauert?«

11. Februar 2005

Der Abstecher gestern hat viel zu lange gedauert. Als ich nach Hause kam, war Karin schon auf einer Konferenz. So blieb es mir erspart, mich neben sie zu setzen und über Alltägliches zu plaudern, während ich an nichts anderes denken konnte als an das dunkle Auto, die unbeholfenen, verdrehten Bewe-

gungen und Ingvilds weißes Gesicht im Augenblick der Ent-
zückung.

Es ist eine Kraftprobe, so viele intensive Stunden aus dem
Kalender zu reißen und in einer separaten Kammer abzuspei-
chern, ohne Spuren zu hinterlassen.

Als Ingvild mich zum Bahnhof in Sarpsborg fuhr, saß das,
was wir erlebt hatten, wie ein Abdruck in meinem Körper. Ja,
Ingvild zeichnet mich, das ist wohl das richtige Wort. Statt
über das zu reden, was für uns wichtig war, sprach ich über
Einstein. Aber ich glaube, Ingvild hat verstanden, was ich
meinte. Und sie wäre nicht die, die sie ist, wenn sie das Problem nicht erkannt und spontan kommentiert hätte.

Für mich ist Riemann an sich schon interessant genug,
seine Wege durch Göttingen, sein Grauen vor den Vorlesungen, das Grübeln über seine finanziellen Verhältnisse, seine
Familie und sein Streben nach der Erkenntnis von Zusammenhängen, in Anbetracht deren einem schwindlig wird. Ein
Mann seiner Zeit, ein Mann für alle Zeiten.

Doch nach Gauß' Tod gab es keinen mehr, der wirklich
verstand, was Riemann machte. Zunächst gab es wohl auch
nicht so viel zu verstehen. Er hat ja diese »Riemannsche Geometrie« nicht selbst ausgearbeitet. Was wir heute so nennen,
ist die Weiterentwicklung der Gedanken, die er in seiner
Habilitationsvorlesung geäußert hat, die später tatsächlich
gedruckt wurde. Fünfundzwanzig Jahre nach seinem Tod,
1891, hielt ein Kollege in Göttingen eine Gedenkrede. Darin
wurde Riemann als der große Funktionentheoretiker ge-
rühmt. Seine Geometrie wurde nur flüchtig erwähnt, als wäre
sie bloß ein Mittel, um seine funktionentheoretischen Einsichten zu veranschaulichen!

Albert Einstein war kein genialer Mathematiker, (er war
ein Frauenheld, der sich durch die Beschränkungen der Ehe
nicht abhalten ließ; eine Tatsache, die ich sorgsam umschiffen
werde), wohl aber ein unvergleichlicher Physiker, der die

Dinge mit ungeheurer Konsequenz durchdachte. Einstein brauchte kein Labor, seine Arbeitsmethoden waren die gedanklichen Experimente. Und seine Gedanken waren sehr konkret, wenn man das in Anbetracht der abstrakten Materie, die er erforschte (neben seiner langweiligen Arbeit als Privatlehrer und Angestellter eines Schweizer Patentbüros), überhaupt sagen kann.

»Außerdem litt Einstein möglicherweise am Asperger-Syndrom, einer Form des Autismus«, erzählte ich Ingvild unterwegs. »Was erklären könnte, warum er sozusagen ohne Schranken denken konnte und warum er als junger Mann noch keine wissenschaftliche Stellung fand. Er war ganz einfach zu ungeschliffen.«

»Das würde auch ein anderes Licht auf das berühmte Foto mit der rausgestreckten Zunge werfen«, bemerkte Ingvild.

Es ist unwahrscheinlich, dass Einstein schon während des Studiums von Riemann gehört hat. Wir wissen aber, dass er von einem befreundeten Mathematiker auf Riemanns Geometrie aufmerksam gemacht worden ist, als er an seiner generellen Relativitätstheorie arbeitete. Einstein war ziemlich verzweifelt: »In meinem ganzen Leben habe ich niemals auch nur annähernd so hart gearbeitet, und ich habe großen Respekt vor der Mathematik bekommen, die ich früher als reinen Luxus abgetan habe.«

Aber sie war da, und sie tat ihre Wirkung.

Riemanns geometrisches Formenwerk war der Handschuh, Einsteins geniale Einsichten waren die Hand. Gemeinsam wurden sie zu dem intellektuellen Paukenschlag des 20. Jahrhunderts, der generellen Relativitätstheorie.

Da liegt das Mysterium. Einsteins Gedanke war so radikal, dass er fast nicht in Worte zu fassen war: Der Raum ist nicht die leere Hülle, die die real existierenden Erdkörper und Kräfte umgibt. Der Raum ist eine Größe, die einen Einfluss auf alles hat, was sich in ihm befindet. Konnte man einen solchen Gedanken überhaupt verständlich formulieren? Ja, dank Riemanns Vorlesung.

Dank einer unsichtbaren Verbindungslinie, eines höchst unwahrscheinlichen Zufalls erwiesen sich die sechzig Jahre alten theoretischen Spekulationen als genau das richtige Werkzeug für die Beschreibung der physikalischen Welt.

Die Wahrheit ist, dass die Mathematik ungemein, ja unangenehm stichhaltig ist. Sie ist keine Prothese für unseren menschlichen Verstand, sondern ein glänzendes Werkzeug, messerscharf und mit beängstigenden Einsatzmöglichkeiten.

»Eine Gabe der Götter«, sagte ich. »Die Mathematik ist viel zu effektiv, um allein von den Menschen erschaffen worden zu sein.«

»Und deshalb findest du sie so schön?«, fragte die Frau neben mir. Sie starrte angespannt über dem Lenkrad nach vorn ins Halbdunkel.

»Alles, was perfekt ist, ist auch schön«, musste ich sagen. »So wie du!«

»Oh, es ist sicher das größtmögliche Lob, mit einer geometrischen Theorie verglichen zu werden«, antwortete sie.

16. Februar 2005

Einstein selbst ist zwar nicht mein Problem, aber wo soll ich ihn platzieren? Ingvild hat mir versprochen, darüber nachzudenken, und natürlich schickte sie mir etwas dazu: Entweder muss er als ein Exkurs nach 1845 kommen, als eine Art Folge der Vorlesung. Das würde auch klarmachen, von wie entscheidender Bedeutung diese Habilitationsvorlesung war. Oder im letzten Kapitel, das müsste dann allerdings so etwas sein wie ein Sprung in die Zukunft, eine Übersicht über Riemanns Gedanken und ihr weiteres Schicksal. Das würde gut zur Zeta-Funktion passen, die noch immer die schärfsten

Mathematikerhirne beschäftigt. Ingvild bevorzugt diese Lösung; sie meint, es wäre ehrlicher, dem Leben chronologisch zu folgen, außerdem hätte ich dann einen guten Schluss, der den Blick in unsere heutige Zeit lenkt. Aber ich habe mich ja auch schon in anderen Seitensprüngen verzettelt.

Außerdem habe ich ein bisschen Angst vor dem Ordentlichen, dem Stromlinienförmigen. Es manifestiert und betont das Unabwendbare in Riemanns Gedanken, untermauert ihren epochalen Charakter. Ich glaube an die Mathematik, nicht aber an eine schicksalhafte Gerechtigkeit. Wenn ich Caspar Wessel und Gauß mit einbeziehe und irgendwo auch Einstein und den Postbeamten in Bremen, wird es mir dann nicht besser gelingen, das Verschlungene, Zufällige herauszustellen, das sich im Lebenslauf eines jeden Menschen findet?

Am Wochenende will Vilde einen Ausflug machen. Mit Harald und ein paar Freunden wollen sie eine Hütte in den Bergen mieten; es gibt reichlich Aufregung um die Logistik, um Autos, Snowboards und Ski. Vermutlich auch um ein paar Kisten Bier. Ich dachte, dass sie sich notfalls unser Auto leihen könnten; Harald hat einen Führerschein, und Karin und ich würden wohl von Freitag bis Sonntag ohne Auto auskommen.

Aber Karin bekam das sofort in den falschen Hals: »Und wenn ich das Auto vielleicht mal brauchen sollte«, fiel sie mir ins Wort. »Es gibt nämlich in dieser Familie auch noch andere außer Vilde und dir!«

Gegen den Ausflug hatte sie nichts. Ich muss dabei natürlich auch an meine Jugend denken. Mit Freunden, Jungen und Mädchen, allein in eine Hütte zu fahren war Ende der Siebzigerjahre kein weltbewegendes Projekt, trotzdem kam es für mich damals nicht infrage – ich hätte nicht einmal gewagt, das anzusprechen. Die etwas feierliche Prosa über die Ethik und die Verantwortung der Jugend eignete sich bedeutend besser für den Konfirmandenunterricht und die Jugendgottesdienste als für die Gespräche am Küchentisch. Dort regierte das unausgesprochene Wort.

Aber es ist gut, dass Vilde ein bisschen rauskommt – wobei ich davon ausgehe, dass sie bei dieser Tour nicht nur in der Hütte bleiben. Sie ist blass und schläft noch immer zu wenig. Aber die Momente der Vertrautheit kommen wieder, es gilt nur, darauf eingestellt zu sein.

18. Februar 2005

Was soll man tun, wenn man nichts weiß?

Bestimmt gehört das zur elementaren Erkenntnis eines jeden Historikers oder professionellen Biografen, aber ich gehöre nicht dazu. Für die wenigen Jahre nach 1855 habe ich beinahe keine Quellen. Was nicht bedeutet, dass da nichts Wichtiges geschehen ist. Aber diese Geschehnisse haben keine Spuren hinterlassen. (Als ob ich nicht wüsste, wie weit man geht, um Spuren zu verbergen!) Ich muss meinem Schreiben die generelle Annahme zugrunde legen, dass es mühevolle Arbeitsjahre in finanzieller Not waren, tiefgehende Spekulationen ohne Veröffentlichungen.

Natürlich kann es auch anders gewesen sein. Ein alles umfassender Liebeskummer, um etwas Banales, aber nicht vollkommen Unwahrscheinliches zu nennen.

Ein Problem aber kann ich identifizieren. Das Professorenpaar Dirichlet brachte eine neue Art von gesellschaftlichem Leben nach Göttingen. Der alte Gauß war, gelinde gesagt, nicht sozial veranlagt. Nach dem Tod seiner zweiten Frau hatte er allein im Observatorium gelebt und wohl kaum einmal woanders übernachtet. Dirichlet und seine Frau hingegen gaben Gesellschaften im großen Berliner Stil mit sechzig, siebzig Leuten, Musik und Tanz. Dedekind schreibt darüber – ihm war ein solches Leben mehr als recht, zumal er dann am Klavier brillieren konnte.

Riemann brillierte in diesem gesellschaftlichen Leben nicht. Trotzdem musste er das eine oder andere Mal teilnehmen, um seinen Professor und alten Lehrer nicht zu erzürnen. Es gibt nur wenige Orte, an denen man die Einsamkeit derart bedrückend spürt wie inmitten einer lustigen Gesellschaft, zu der man nicht gehört. Die Musik spielte. Die Kleider der Damen rauschten, die Gespräche mischten sich zu einer heiteren Kakophonie. Doch was sollte er dazu beitragen? Die Funktionentheorie eignete sich wenig zur gesellschaftlichen Zerstreuung, außerdem schaffte er es ja kaum, seinen Studenten darüber Vorlesungen zu halten!

Diese Tatsache ist nicht ganz unwichtig. Der nächste, gut dokumentierte Punkt ist nämlich ein Geschehnis im Spätsommer des Jahres 1857, in dem Riemann einen Nervenzusammenbruch erleidet. Zum Glück tanzt Dedekind nicht nur auf der gesellschaftlichen Bühne, sondern ist auch ein wahrer Freund und Kollege, der Riemann bewundert.

Die Bedeutung der Freundschaft muss in der Geschichte der Wissenschaft unterschätzt worden sein. Einsame Genies eignen sich besser zum Helden, wobei sie gern eine bescheidene, im Hintergrund agierende, sie aber jederzeit unterstützende Frau haben dürfen. Wie aber sieht es mit Freunden aus? Mit Menschen, die einem aufmunternd auf die Schultern klopfen, Theorien diskutieren, ohne an den eigenen Vorteil zu denken?

Den Sommer 1857 verbrachte Riemann in Bremen, wahrscheinlich als Gast bei seinem Bruder und den Schwestern. In dieser Zeit versuchte er, seine Arbeit mit den Funktionen bis zur Druckreife voranzutreiben. Aber die Hansestadt war nicht das verschlafene Quickborn; und es gibt Grund zur Annahme, dass sich die Schwestern gegenseitig auf die Nerven gingen. Dedekind sagt: »Sein einsames Dasein und auch seine körperlichen Leiden haben ihn im höchsten Grad misstrauisch gegenüber den Menschen und gegen sich selbst werden lassen.«

Die Krise war ernst: »Man muss alles nur Erdenkliche tun, um einen derart vortrefflichen und wissenschaftlich bedeutsamen Menschen wie Riemann aus seinem unglückseligen Zustand zu reißen. Aber er darf die Absicht nicht zu deutlich erkennen. Er hat hier die wundersamsten Dinge getan, nur weil er glaubte, niemand würde ihn mögen.«

Dedekind bleibt diskret und geht nicht näher darauf ein. Was der Biograf in mir heftig bedauert. Denn hier hätte ich eine Szene finden können, wie sie Anders gefordert hat! Einen Moment, in dem sich meine Hauptperson dem Leser zeigt, lebendig und deutlich!

Was mögen es für seltsame Ideen gewesen sein, die ihm durch den Kopf gegangen sind? Strengen wir die Phantasie an, sagen wir zum Beispiel, dass er sich abwandte und mit seinem Pferd zu sprechen begann, wenn ihm einer seiner Studenten entgegenkam!

Aber ich sähe Riemann nur ungern in einer solchen Situation, in einer Parodie »des verrückten Genies«. Nein, ich bin Dedekind dankbar für seine Verschwiegenheit.

Die Familie Dedekind hatte ein Sommerhäuschen im Harz. Dorthin wurde Riemann geschickt, und vermutlich verbrachte er den gesamten Herbst an diesem Ort. Dedekind kam nach; die beiden unternahmen lange Spaziergänge. Diese Gesprächstherapie – oder die eigentliche Freundschaft – half ein bisschen. Gemeinsam mit anderen Freunden sorgte Dedekind auch dafür, dass sich Riemanns Lebensumstände besserten. Es gelang schließlich, seine Ernennung als außerordentlicher Professor zu erwirken, was ihm einen bescheidenen Jahreslohn in Höhe von dreihundert Talern sicherte.

Das alles half nicht grundlegend. Riemann ging zurück nach Göttingen, ohne gesund zu sein. Dedekind diskutierte den Fall mit Frau Dirichlet: »Er ist zwar hier geblieben, hat sich aber häufig seltsam verhalten.«

Ist es denn erstaunlich, dass er sich merkwürdig aufführte? Schließlich wollte das Unglück um ihn herum kein Ende nehmen. Im Spätherbst 1857 starb sein Bruder in Bremen. Damit saßen seine drei Schwestern erneut auf der Straße, und Riemann blieb keine andere Wahl, als sie zu sich nach Göttingen zu holen.

Vielleicht mit Erleichterung. Er verfügte über ein gewisses Einkommen, und nach dem Einzug seiner Schwestern wäre wenigstens jemand zu Hause, auch wenn es ihn mitunter anstrengen könnte, sie um sich zu haben. Aber noch ehe sie ihren Umzug in die Wege geleitet hatten, starb die jüngste der drei Schwestern.

Die verbleibenden Geschwister etablierten sich – eine kleine Restfamilie, geprägt von Verlust und Sehnsucht, ein Leben, das sich häufig um diejenigen drehte, die es nicht mehr gab.

Aber auch dieses Leben war kostspielig, nur mit Geldmangel kann Riemanns nächster Zug begründet werden: Riemann bewarb sich um eine Professur an der Polytechnischen Hochschule in Zürich. Eine Stelle, die viel Elementarunterricht umfasste, wobei die Studenten praktischer orientiert waren, eine Aufgabe also, für die er höchst ungeeignet war. So ging diese Stelle denn auch nicht an ihn, sondern an Dedekind – nachdem ein Fachkollege aus Zürich gekommen war und sich Vorlesungen der beiden angehört hatte.

Für einen Biografen wäre es natürlich wunderbar, hätte Riemann die Stelle an der Polytechnischen Hochschule bekommen: Dann wäre eine Verbindung zu Einstein hergestellt worden, der in Zürich studiert hat und später dort auch als Lehrer tätig war!

Die Geschichte von Riemanns Leben in den 1850er-Jahren zu schreiben ist wie eine Serie indirekter Nekrologe. Die

Todesfälle rings um ihn herum veränderten seine Lebenssituation. Die beiden nächsten geschahen in Göttingen in seiner unmittelbaren Umgebung: Im Dezember 1858 starb die gesellschaftlich geachtete Frau Dirichlet, geb. Mendelssohn. Zu diesem Zeitpunkt hatte ihr Mann, der Professor, bereits einen Herzinfarkt überstanden; der Tod der Frau raubte ihm den Lebensmut, und er überlebte sie nur um fünf Monate.

Die Professur war erneut vakant.

Am 30. Juli 1859 wurde Riemann mit dreiunddreißig Jahren zum ordentlichen Professor der Universität Göttingen ernannt. Gleichzeitig durfte er Gauß' Wohnung im Observatorium beziehen. Am 11. August wurde er als Mitglied der Wissenschaftlichen Gesellschaft in Berlin aufgenommen. Als Dank schickte er eine weitere vordergründig einfache Schrift, die unglaublich tiefschürfende Gedanken beinhaltete.

Von jetzt an begegnete ihm seine Umwelt mit Achtung, endlich hatte er finanzielle Sicherheit und ein standesgemäßes Dach über dem Kopf. Vielleicht war es für ihn das Wichtigste, jetzt die Verantwortung für die Schwestern übernehmen zu können, ohne dadurch beständig finanzielle Sorgen zu haben.

Mit dieser Beförderung war aber, erstaunlicherweise, die bahnbrechende Schöpfungsphase seines Lebens vorüber.

23. Februar 2005

Der unangenehmste Tag des Jahres, Nordwind, zehn Grad minus. Heute Abend habe ich den Kamin angefeuert. Sonst machen wir das nur an Weihnachten oder Neujahr, denn mit einem Kaminfeuer ist viel Dreck und wenig Effektivität verbunden. Rinde und Krümel im Wohnzimmer, Asche, die aufgefegt und weggebracht werden muss. Außerdem ist ein

Kamin wärmetechnisch eine Katastrophe, es sei denn, man kann das Holz aus dem eigenen Wald holen.

Es gibt aber noch ein weiteres Problem: Ein brennender Kamin ist ein deutliches Symbol für traute Gemütlichkeit und familiäres Glück. Ein Kamin ist ein Magnet, ein Ort, an dem man sich versammelt. Man blickt ins Feuer und plaudert miteinander, erzählt. Es macht wenig Sinn, wenn er allein in der Ecke vor sich hin brennt, ein verlassenes Feuer auf einem Altar, auf dem niemand mehr ein Opfer darbringt.

Heute habe ich ihn trotzdem angefeuert und bin für einen Augenblick in die Rolle des *pater familias* geschlüpft. Ich war als Erster zu Hause und spürte, wie sich die Wärme im leeren Haus ausbreitete. Vilde teilte mir sogar mit, ich sei ein besserer Feuermacher als die Jungs, die mit auf der Hütte waren, denn die hätten Riesenprobleme gehabt und die Bude nicht warm gekriegt.

Ein Kaminfeuer hat etwas Meditatives. Da Karin erneut eine Konferenz hatte und die Kinder sich nicht im Wohnzimmer zeigten, setzte ich mich mit meinen Notizen in die Wärme und breitete Kopien und Ausdrucke vor mir aus, um einen Eindruck davon zu bekommen, wie weit ich mit meiner Biografie war.

Es dauerte eine gute Stunde, vielleicht anderthalb. Das Ergebnis ist nicht sonderlich befriedigend: Ich bin im Großen und Ganzen wohl auf Grund gelaufen.

Dabei ist alles von mir ausgegangen. Ich wollte es. Hatte eine Art Vision, eine Idee. Habe gearbeitet, mich angestrengt, die Unterstützung anderer bekommen, Geld, wertvolle Zeit und Möglichkeiten.

Trotzdem funktioniert es nicht. Es fehlt etwas. Wie soll es mir gelingen, eine breite Öffentlichkeit anzusprechen? Funktionsanalyse? Nein, mir fehlten schon die Worte, den einfachen Begriff Funktion zu erklären. Und Geometrie? Dabei steht mir das Schlimmste noch bevor: Der Artikel über die

Primzahlen, der die Zeta-Funktion beinhaltet und die große Hypothese über die imaginären Nullpunkte!

Ein anderer Aspekt ist der Mensch Riemann. Wo bleibt er? Ich habe eine letzte Hoffnung. Vielleicht kann mir die Reise nach Göttingen helfen. Morgen bestelle ich die Tickets, Abreise am letzten Tag im April. Ich muss einen Billigflieger nach Berlin nehmen, alles andere wäre zu teuer, und dann mit dem Zug weiterfahren. Die Gebäude, die Schauplätze, die Straßen, ich muss alles sehen, vor Ort sein. Aber noch wichtiger sind die Archive in Göttingen mit dem berühmten Nachlass.

O ja, ich verknüpfe auch noch andere Erwartungen mit dieser Reise.

Es war nicht leicht für mich, alles erneut durchzulesen, das muss ich mir eingestehen. Die Verlockung, melodramatisch zu werden und meine Notizen in den Kamin zu werfen, war groß: Fasse einen Entschluss und beobachte, wie sich all die Zettel, all die Gedanken zusammenziehen, schwarz und undurchsichtig werden und zerbröseln.

Ich hätte es tun sollen und mir dann selbst die Zunge rausstrecken. Die charakteristische Symbolhandlung des Blenders mit dem Hang dazu, sich alle Auswege offen zu halten: Denn natürlich waren die Blätter nur Kopien. Ein Großteil des Materials befindet sich ohnehin auf meiner Festplatte.

25. Februar 2005

Noch einmal bin ich alles durchgegangen. Mit dem gleichen Resultat: Ich komme nicht weiter. Es ist der Kern, der fehlt, das Zentrum, nicht die Technik des eigentlichen Schreibens. Genug Sitzungen, Arbeitsgruppen und Betreuungen, damit die Tage trotzdem vergehen. Ingvild fragt, ob sie helfen kann. Wenn sie da wäre, dann vielleicht.

9. März 2005

Vor ein paar Tagen habe ich das Material an Ingvild geschickt. Morgen werde ich sie treffen, diesmal in Moss.

Karin hat davon zu sprechen begonnen, noch einmal umzuziehen, vielleicht aufs Land. Sie meint, das wäre gut für Kristian. Ein ziemlich merkwürdiger Gedanke, da wir besser und zentraler wohnen, als wir es uns eigentlich leisten können. Ich deute das als eine ihrer unbestimmten Reaktionen, natürlich spürt sie, dass etwas nicht in Ordnung ist, will und mag der Sache aber nicht auf den Grund gehen. Sie tastet im Dunkeln nach einer Lösung.

Dabei ist sie auf der richtigen Spur, ohne es zu wissen. Sie will mich von irgendetwas weglotsen, einen Ort finden, an dem wir einen neuen Anfang machen könnten.

10. März 2005

Mit beinahe professionellem Optimismus wies Ingvild auf brauchbare Ansätze hin, auf Personen und Episoden, die ich entwickeln könnte, und auf einige Erklärungen, die sie für gut und verständlich hielt.

Leider bat sie mich auch, die Zeta-Funktion zu erklären und auf die Frage einzugehen, was Riemanns Hypothese zu der großen Herausforderung der modernen Zahlentheorie macht. Ich wollte es tun, musste aber aufgeben und ihr versprechen, einen schriftlichen Versuch zu unternehmen.

Wir haben nicht nur bestimmte Verabredungszeiten, sondern auch ganz eigene Orte. Wieder fuhren wir zu dem Strand, an dem wir bereits im Januar waren. Der Nachmittag war klar, und der Widerschein des Meeres hüllte die Szenerie in ein doppeltes Licht. Die Kiefern beugten sich über uns, und mit einigem Optimismus konnte man das als Schutz deuten.

15. März 2005

Mir ist, als blickte mir jemand über die Schulter. Oder, genauer gesagt, jemand durchstöberte meine Dateien.

Ich bilde mir das nur ein; ausgelöst durch den Vermerk »zuletzt geändert ...« Soweit ich sehe, ist das Dokument aber nur geöffnet und nicht verändert worden. Ich war das wohl selbst, vermutlich habe ich das Dokument geöffnet und nicht weiter beachtet, während ich mit etwas anderem beschäftigt war. Wer sollte sich hier im Hause auch für Riemann interessieren!

Aber trotzdem setze ich ein neues Passwort ein.

16. März 2005

Irgendwann muss ich mich zu Karins Umzugsplänen äußern und auf ihre Argumente eingehen. Noch einmal neu anzufangen ist natürlich eine Möglichkeit, ein Ausweg aus der Notlage.

Es würde heißen, ein Risiko einzugehen, wäre gleichbedeutend mit einer Schocktherapie, deren Ausgang nicht vorhergesagt werden kann. Aber es wäre ein ehrlicher Versuch. Ich könnte Karin alles erzählen, natürlich ohne sie durch unnötige Details mehr als nötig zu verletzen. Ihr erklären: So ist es, es wäre unehrlich zu sagen, dass es mir leid tut, denn was geschehen ist, war ein gewaltiges Erlebnis für mich. Aber was wir aufgebaut haben, du und ich, ist zu wertvoll, um es wegzuwerfen. Wenn du es willst, werde ich versuchen, dieses Neue hinter mir zu lassen.

Eine derart starke Medizin kann einen Patienten natürlich zerbrechen. Aber Karin gehört zu den Menschen, die so etwas verkraften können. Hat ein Patient keinen Puls mehr, bricht man ihm ohne zu zögern die Rippen, um sein Herz wieder zum Schlagen zu bringen – oder man jagt Strom durch ihn. Wer überlebt, hat dann wohl ein neues Leben bekommen.

Natürlich habe ich mit Ingvild darüber gesprochen, dabei ist es vollkommen verrückt, unsere Vertrautheit so weit gehen zu lassen. Sie sagt, dass ich es versuchen solle, wenn es mein Wunsch sei. (Als ob das etwas mit wünschen zu tun hätte!) Doch für sie ist eine solche Lösung ausgeschlossen. Kolbjørn könnte mit einem verletzten Selbstwertgefühl nicht leben, er würde davon nicht mehr loskommen.

Vermutlich hat sie recht, aber kennen wir unseren Nächsten wirklich so gut, dass wir voraussagen können, wie er reagieren wird? Noch vor einem halben Jahr hätte ich diese Frage mit Ja beantwortet. Jetzt glaube ich eher das Gegenteil.

17. März 2005

»Neu anzufangen« ist natürlich ein Ausdruck, der in die Irre führt. So etwas wie »Geh zurück auf LOS« gibt es nur bei den Brettspielen unserer Kindheit. Im Leben geht man von dort aus weiter, wo man steht, möglicherweise von einem Punkt, der sich nur geringfügig vom bisherigen Spiel unterscheidet.

Trotzdem bringt mich der Vergleich dazu, an den Anfang unserer Beziehung zu denken. Sollte mich Vilde in einem grüblerischen Augenblick fragen, wie sich Karin und ich kennengelernt haben, könnte ich eine präzise Antwort geben.

Wir waren auf einem Fest bei einem Norwegischstudenten, der in der Nähe der Uni wohnte und über das Haus seiner Eltern verfügen konnte. Ich kam mit ein paar Kumpels aus dem Wohnheim und kannte den Gastgeber im Grunde gar nicht, war aber tief beeindruckt von diesem kultivierten Patrizierhaus – der Vater war Direktor eines Osloer Gymnasiums und die Mutter war, glaube ich, Zahnärztin. Karin war mit dem Gastgeber in einer Seminargruppe. Es waren mindestens zwanzig Leute da, vielleicht dreißig.

Es war bereits eine Stunde vergangen, bis ich auf sie aufmerksam wurde. Aber dieses Bild sitzt mir noch immer im Gedächtnis. Sie hatte sich ganz bewusst nicht für das Fest zurechtgemacht und trug einen rotbraunen selbstgestrickten Pullover und einen langen Jeansrock; dazu hatte sie sich einen Keramikschmuck an einem Lederband um den Hals gehängt. Sie trank nur wenig Rotwein und redete mit einem älteren hageren Kerl über Politik und Feminismus. Der Mann hatte kurze Haare, trug eine runde Brille und sah aus wie einer der letzten Marxisten – es war ja Anfang der Achtzigerjahre. Sie war engagiert bei der Sache, und ihre »südländische« Art trat deutlich hervor.

Die sogenannte Chaostheorie, die vor einigen Jahren so heftig diskutiert wurde, war im Grunde nichts anderes als gute Mathematik, wurde aber bis zur Unkenntlichkeit strapaziert. Ich kann ein Beispiel dafür geben, dass minimale Variationen der Ausgangsvariablen enorme Konsequenzen für das Resultat haben können. Hätte ich ein Glas Rotwein weniger getrunken oder eines mehr, hätten die nächsten zwanzig Jahre vollkommen anders verlaufen können. Aber so befand ich mich auf einem gut ausbalancierten Promilleniveau. Ich war mutig genug, mich in die Gespräche anderer einzumischen, aber nicht laut und aufdringlich. Als der Marxist einen vernichtenden Hinweis auf *Das Kapital* brachte, legte ich meine Hand sanft auf Karins Arm und sagte mehr zu ihr als zu ihrem Gesprächspartner: »Es ist ein gut gehütetes Geheimnis, dass der Marxismus die vierte große Religion ist. Verkörpert durch dieses Buch.«

Sie lachte und fragte, ob ich Religion studiere. Der Marxist lachte natürlich nicht, musste aber zusehen, wie sich Karin mir zuwandte. Er wurde in seinem Glauben sicher nicht erschüttert, erkannte aber, dass er das eigentliche Duell des Abends verloren hatte.

Karin und ich redeten eine Stunde miteinander, vielleicht länger. Am Montag ging ich zur historisch-philosophischen Fakultät und hielt nach ihr Ausschau. Am Mittwoch waren wir im Gimle Kino und sahen uns *The Killing Fields* an. Anschließend gingen wir ein Bier trinken. Am Freitag tauchte sie in der mathematischen Fakultät auf. An diesem Abend küssten wir uns zum ersten Mal (vielleicht habe ich ihr da von den Primzahlen erzählt). Acht Monate später heirateten wir und zogen in eine der sogenannten Familienwohnungen auf dem Wohnheimgelände.

18. März 2005

Freitag vor Ostern. Ich habe gemischte Gefühle in Bezug auf die kommenden anderthalb Wochen. Zum einen, weil jegliche Verbindung zu Ingvild unterbrochen ist: Kolbjørn, die Kinder und sie fahren für eine Woche nach Frankreich. Sie sind bereits heute Abend mit dem Flugzeug nach Nizza geflogen, wo sie ein Auto mieten wollen. Sie werden eine Woche lang beieinander in einem Wagen sitzen und miteinander plaudern, über die Route, die Aussicht, was sie essen und wo sie schlafen sollen.

Wir wollen in die Berge, aber zum Glück nur von Samstag bis Mittwoch, in das Ferienhaus von Karins Familie. »Wir«, das sind in diesem Fall Karin, ein äußerst widerwilliger Kristian und ich. Kristian findet es haarsträubend ungerecht, dass Vilde nicht mit muss.

Wir sollten uns wohl eingestehen, dass sie inzwischen ihr eigenes Leben lebt, natürlich viel zu früh. Ich mache mir noch immer die gleichen Sorgen. Aber sie ist im Laufe dieses Winters erwachsener geworden. Hat eine Nachsichtigkeit entwickelt, die anrührend und beeindruckend ist. Sie schlüpft nicht mehr in die feste Rolle, die regelmäßig zu Konfrontationen führte, sondern begründet ihre Ansichten, als argumentierte sie aus einer überlegenen Position heraus. Der Position einer Siebzehn-, bald Achtzehnjährigen.

Ich glaube, dass Kristians Widerwillen nicht sonderlich tief sitzt, sondern eher ein Prinzip ist. Er kann Snowboardfahren und ein bisschen Farbe bekommen, und in den Hütten ringsherum gibt es Gleichaltrige. Bestimmt auch Mädchen. Außerdem kann er sich seinen iPod aufsetzen und in seine eigene Welt abtauchen.

Es ist ja auch nur für vier oder fünf Tage. Danach werden wir zu Hause sitzen in unserer privaten ägyptischen Gefangenschaft. Ich befürchte weitere Umzugsideen. Und ich sollte nicht damit rechnen, dass plötzlich ein Engel auftaucht, um uns zu erlösen. Der Trost liegt wohl eher in Lammbraten und reichlich Rotwein.

26. März 2005

Mir wird bewusst, dass ich mir nie wirklich Gedanken darüber gemacht habe, wie tief Riemanns Depression reichte. Natürlich halten sich die Quellen bedeckt. Dedekind hätte es zum Beispiel niemals erwähnt, wenn sein Freund Selbstmordgedanken gehegt hätte.

Aber das hat er getan. Um ihn herum starben Kollegen und Verwandte. Der Gedanke, ihnen zu folgen, muss sich gemeldet haben, als die Schwierigkeiten überhand nahmen und die Trivialitäten des Alltags das Leuchtende der ewigwährenden Zusammenhänge in den Schatten stellten. Ich *habe* deprimierte Menschen aus nächster Nähe erlebt und weiß etwas darüber, wie sich die Verbindungen zur Welt langsam trüben, wie sie sinken und sich entfernen – ich bilde mir ein, dass

Menschen, die tief deprimiert sind, sehen, wie die Farben langsam verschwinden, eine nach der anderen, wie schließlich nur eine Hülle zurückbleibt, ein Kokon, den niemand durchdringen kann, weder von außen noch von innen.

War es der Gedanke an seine Berufung, der trotz allem stark genug war, ihn zurückzubringen? Wieder dieser romantische Geniekult: Jeder Mensch hat eine Berufung, auch wenn es nicht immer darum geht, neue Wege in der Mathematik zu beschreiten. Ist es nicht wahrscheinlicher, dass ihn sein Glaube davor bewahrt hat, in seiner Verzweiflung die größte aller Sünden zu begehen?

1. April 2005

Mail von Ingvild: Sie ist überzeugt davon, dass sich alles regeln wird – mit meiner Biografie.

Ist es das, was ich von ihr hören will? In derart beruhigendem Ton? Heißt das nicht, dass sich alles andere *nicht* regeln wird?

Ich habe sie nicht gefragt, wie es in Frankreich war, und also auch nur ein paar Selbstverständlichkeiten erfahren. Blüht der Lavendel schon? Ich stelle mir vor, wie sie durch die duftende, farbenfrohe Landschaft fahren und sie in sich aufnehmen, gemeinsam. Werde sie am Wochenende fragen, wenn wir uns endlich wiedersehen; nach fast vier Wochen.

4. April 2005

Hätte heute also in Sarpsborg sein sollen, aber Ingvild rief mich an und hielt mich im letzten Moment zurück.

Der Grund war der Passat. Sie wollte rechtzeitig nach Sarpsborg aufbrechen, um dort noch einzukaufen. Aber der

Wagen wollte nicht anspringen; es geschah einfach gar nichts, als sie den Zündschlüssel herumdrehte. So etwas sei noch nie geschehen, versicherte sie mir.

5. April 2005

Nicht anspringen? Das muss die Batterie gewesen sein. Vielleicht hatte sie vergessen, das Licht im Wagen auszumachen. Ich habe nicht gefragt, warum sie nicht den Zug genommen hat; vermutlich reichte die Zeit nicht.

8. April 2005

Muss die Zeta-Funktion angehen.

Also: Riemann wird als Mitglied der Preußischen Akademie der Wissenschaften in Berlin aufgenommen und kann damit in ihrer Schriftenreihe publizieren. Er fährt in die Stadt, um sich persönlich dafür zu bedanken, und hat einen zehnseitigen Artikel bei sich. Es sieht ihm ähnlich, keine Zeit zu verlieren; man versteht allmählich, was sein Deutschlehrer meinte, als er sagte, er schreibe logisch zusammenhängend, es fehle ihm aber an Inhalt und lebendiger Phantasie. Er macht nicht viele Worte, bis er zur Mathematik kommt. Das geschieht schon im ersten Satz. Wohlgemerkt ein langer Satz, typisch deutsch:

»Meinen Dank für die Auszeichnung, welche mir die Akademie durch die Aufnahme unter ihre Correspondenten hat zu Theil werden lassen, glaube ich am besten dadurch zu erkennen zu geben, dass ich von der hierdurch erhaltenen Erlaubniss baldigst Gebrauch mache durch Mittheilung einer Untersuchung über die Häufigkeit der Primzahlen; ein Gegenstand, welcher durch das Interesse, welches Gauß und Dirichlet demselben längere Zeit geschenkt haben, einer solchen Mittheilung vielleicht nicht ganz unwerth erscheint.«

Wir sind also wieder bei den Primzahlen. Der Titel des Artikels lautet: »Über die Anzahl der Primzahlen unter einer gegebenen Größe«. Die Idee war es, Gott in die Karten zu schauen und ein Muster, eine Erklärung für die humoristische Art der Verteilung der Primzahlen zu finden – auf jeden Fall für ihre Anzahl. Natürlich haben sich über dieses Thema schon viele Menschen den Kopf zerbrochen. Es gab sogar eine Formel, die zu Riemanns Zeit allerdings noch nicht bewiesen war. Sie berechnete die Anzahl der Primzahlen unter einer bestimmten Größe mit einer Fehlerrate von etwa zehn Prozent; nicht gerade eines der konkretesten Ergebnisse der Mathematik!

Nein, die Primzahlen waren tatsächlich kein unwürdiges Thema. Es war aber überraschend, mit wie vielen Berechnungen der kurze Artikel gespickt war. Riemann nutzt seine musikalischen Fähigkeiten, seine Intuition, versucht aber, sie formell und logisch zu untermauern. Es wimmelt in diesem Aufsatz von Ausdrücken wie: »Wenn man beide Gleichungen mit $(\cos\,(b\,\log\,y)\,+\,i\,\sin\,(b\,\log\,y))$ db multiplicirt und von $-\infty$ bis $+\infty$ integrirt, so erhält man in beiden auf der rechten Seite ...«

Was macht er eigentlich? Grob gesagt untersucht er eine Funktion – die Zeta-Funktion – die seinerzeit bereits bekannt war. Aber er begnügt sich nicht damit, sie zu umkreisen und von allen Seiten zu beschreiben. Er fährt die schweren Geschütze auf, die er durch seine Arbeiten mit den komplexen Funktionen konstruiert hat, und erobert die Zeta-Funktion – jedenfalls zu weiten Teilen. Die imaginären Zahlen spielen dabei eine wichtige Rolle; das Resultat ist eine vierdimensionale mathematische Landschaft.

Aber eine solche Landschaft kann nur durch Formeln beschrieben werden: In euphorischen, beinahe magischen Augenblicken erscheint sie vor mir. Dann überlagern sich die vier Dimensionen auf eine derart mystische, intuitive Weise, dass mir die Worte fehlen, sie in meiner alltäglichen Sprache zu beschreiben.

Ich rufe Ingvild an.

»Aber«, sagt sie, »existiert diese Landschaft denn auch außerhalb der Mathematik? Ist es überhaupt möglich, sie mit Worten zu beschreiben oder sie zu malen?«

Ich habe das Gefühl, dass sie eigentlich wissen will, ob sie überhaupt existiert, ob diese Art von Funktionen, diese undurchdringlichen Berechnungen nicht eine Art internes Glasperlenspiel für Eingeweihte sind? Manchmal glaube ich beinahe selbst, dass es so ist.

Doch dann trete ich einen Schritt zurück und begebe mich auf ein niedrigeres Niveau. Von dort aus sehe ich die Primzahlen. Sie existieren, sind derart real, dass man sich die Zehen anschlagen kann, wenn man beim Laufen nicht auf sie achtet.

»Vielleicht nicht«, antworte ich, »aber diese Landschaft wirft Schatten, und diesen Schatten kann man beschreiben, wenn auch mit großem Aufwand. Und etwas, was Schatten wirft, muss doch existieren!«

»Was ist mit Euklid?«, fragt sie. »Er war ein Meister der Schlussfolgerungen, was Primzahlen und vieles andere anging. Hat glasklare Beweise geliefert, die heute so aktuell sind wie vor zweitausend Jahren. Ein bisschen habe ich schließlich auch gelernt. Hätte er Riemanns Arbeit verstanden?«

»Nicht die Spur davon«, muss ich gestehen.

Ich höre ein Zögern in ihrer Stimme, und mir wird bewusst, wie gut ich sie kenne, wie fein sich meine Antennen auf ihre Wellenlänge eingestellt haben. Ich weiß, dass jetzt etwas kommt, was sie eigentlich nicht sagen will:

»Wir werden den Passat verkaufen. Haben kein Vertrauen mehr. Und eigentlich kommen wir ja auch mit einem Auto aus.«

Ingvild ist in Oslo, sie soll gemeinsam mit Kollegen das Seminar in Berlin vorbereiten. Ich frage nach dem Auto. Sie sagt einfach, so etwas käme nun einmal vor, es sei alt gewesen, und sie hätten nie eine Inspektion machen lassen, sondern alles nur notdürftig zu Hause repariert. Kolbjørn hat ihn wieder zum Laufen gebracht und gesagt, es habe sich nur um ein loses Kabel gehandelt. Aber der Wagen hätte in ein paar Monaten ohnehin zur Kontrolle gemusst, und die hätte er nicht überstanden.

Natürlich mussten wir ausgerechnet einen Spaziergang durch den Frognerpark machen. Vielleicht gar nicht so dumm, denn dieser Ort ist so öffentlich, dass niemand auf falsche Gedanken kommen kann. Oder sieht man uns die Verliebtheit an? Es kommt mir so vor, auch wenn wir einen halben Meter Abstand halten. Gustav Vigelands kraftstrotzende Figuren haben wenig mit Ingvilds Feingliedrigkeit gemeinsam; trotzdem erinnern sie an Ingvild, sie haben die gleiche Stärke und Vitalität.

Es ist aber ohnehin so, dass mich alles an sie erinnert.

Wir haben noch Zeit für einen Kaffee in unserer Kantine, ehe sie gehen muss. An diesem Ort hat alles begonnen, Kaffee, ein Gespräch. Ich sehe es ihr an: Auch sie denkt an diesen Nachmittag.

16. April 2005

Das Ende der Beschreibung wird notwendigerweise ziemlich plump und unverständlich werden:

Das Wichtigste an der komplexen Zeta-Funktion ist der Schatten, den sie auf eine ebene Fläche wirft. Diese Abbildung definiert ihre Nullpunkte, also die Orte, an denen $\zeta(s) = 0$ ist.

Mit anderen Worten, die Zahlen, mit denen wir die Funktion füttern müssen, damit auf der anderen Seite Null steht. Das sollten die meisten noch verstehen können. Hier sind wir für einen Moment im Bereich der elementaren Algebra, können uns ausruhen, ehe wir wieder Anlauf nehmen. Also: Einige dieser Nullpunkte sind trivial und uninteressant. Der Rest hingegen bildet eine spannende Gruppe, die sich, wie häufig sinnvoll in der komplexen Welt, aus zwei Teilen zusammensetzt, einer gewöhnlichen Zahl und einer imaginären. Der Wurzel aus minus eins. Caspar Wessel hätte jetzt genickt.

Aber da die Funktion kompliziert ist, sind diese Nullpunkte schwer zu berechnen. Riemann selbst ist für die Berechnung der ersten drei verantwortlich. Das geht aus einem Schmierzettel in seinem Nachlass hervor, ohne dass auch nur irgendjemand verstanden hätte, wie er das gemacht hat. Ende des 19. Jahrhunderts entwickelte ein dänischer Amateur eine Berechnungsmethode. Es war sein Hobby, diese Aufgaben zu lösen. Er hat fünfzehn Nullpunkte publiziert, wenn auch mit einigen kleinen Fehlern in den Dezimalstellen. Diese Nullstellen sehen so aus: $\frac{1}{2} + 25,010\,856\,i \ldots$

Die normale, reelle Zahl ist $\frac{1}{2}$, nicht mehr und nicht weniger, während der imaginäre Teil alle möglichen Werte annehmen kann. Wenn aber dieses $\frac{1}{2}$ absolut konstant und verlässlich ist, haben dann *alle* Nullpunkte diesen reellen Wert? Riemann war sich dessen sicher, er verließ sich auf seine Intuition, die Musikalität: »Hiervon wäre allerdings ein strenger Beweis zu wünschen; ich habe indess die Aufsuchung desselben nach einigen flüchtigen vergeblichen Versuchen vorläufig beiseite gelassen, da er für den nächsten Zweck meiner Untersuchung entbehrlich schien.«

Das ist Riemanns Hypothese. Diese beiläufige Bemerkung ist vermutlich der berühmteste Satz der Mathematik des 19. Jahrhunderts. Da Riemann die Sache »vorläufig« beiseite geschoben – und vermutlich nie wieder aufgegriffen hat, zerbricht sich seither das Heer seiner Nachfolger an diesem »strengen Beweis« den Kopf. Zunächst vergingen dreißig bis vierzig Jahre, ehe man mit der Suche begann, denn so lange dauerte es, bis die Gedanken, die in diesem kleinen Artikel standen, überhaupt richtig verstanden wurden.

Wenn alle nicht-trivialen Nullpunkte der Zeta-Funktion tatsächlich einen realen Teil haben, der gleich $^1\!/_2$ ist, kann man die Anzahl der Primzahlen unter x genau bestimmen. Dann hat Gott einen Teil seines Geheimnisses preisgegeben und die Tür einen Spaltbreit geöffnet. Aber da Gott ein Spaßvogel ist, hat er es beinahe unmöglich gemacht, diesen Beweis zu finden.

Kann man das nicht mit einem riesigen Computer berechnen? So fragen die Nicht-Mathematiker. Die Antwort lautet: nein. Wenn ich mich richtig erinnere, sind die ersten zwei Millionen Nullstellen inzwischen präzise berechnet, und zahlreiche andere sind vorläufig kartiert worden, um zu überprüfen, ob diese die Hypothese stützen. Das tun sie – aber das reicht noch nicht. Zwei Millionen richtige Fallbeispiele sind noch kein Beweis. Eine einzige, nicht richtige Nullstelle reicht als Gegenbeweis. Niemand hat die absolute Sicherheit, dass auch die Nummer zweimillionenundeins stimmt.

Andererseits vertrauen wir Mathematiker in unserer bescheidenen Wirklichkeit durchaus auf diese zwei Millionen – oder wie viele es sein mögen. Die zahlentheoretischen Bücher, die sich um Riemanns Hypothese ranken, füllen eine kleinere Bibliothek, und unzählige wissenschaftliche Artikel beginnen mit den Worten: »Ausgehend von der Annahme, dass die Riemannsche Hypothese richtig ist ...« Sollte sie sich doch als falsch herausstellen, sollte es sich zeigen, dass die Nullstelle achtmillionenundzweiundfünfzig an einer anderen Stelle liegt, müsste einiges umgeschrieben werden.

Davon ahnten die Akademiemitglieder im Berlin des Jahres 1859 noch nichts. Auch Riemann selbst verstand wohl kaum die Tragweite seines kurzen Artikels. Der schüchterne, linkische Pastorensohn war dreiunddreißig Jahre alt und beschäftigte sich vermutlich in erster Linie mit seiner neuen festen Anstellung und seiner Wohnung. Dabei hatte er soeben seinen zweiten tiefen Fußabdruck hinterlassen und einen Weg eröffnet, den große Teile der Mathematik des 20. Jahrhunderts nutzen würden.

20. April 2005

Kristians Lehrer hat angerufen. Es ging um Abwesenheiten, um nicht zu sagen regelmäßiges Schwänzen. Ich habe mit Ingvild eine halbe Stunde darüber telefoniert. Sie hat mich getröstet. Karin ist emotional betroffen, versucht aber gleichzeitig, einen professionellen Abstand zu wahren.

21. April 2005

Geburtstag! Seltsam, dass nach dem Chaos des gestrigen Tages überhaupt jemand daran gedacht hat. Wir haben lange mit Kristian zu reden versucht, das heißt, Karin redete, und ich kam hin und wieder mit kurzen Bemerkungen. Unser Junge hat geschwiegen. Zum Schluss konnten wir ihm etwas über Kumpels, die das auch machten, entlocken. Er wusste, dass es dumm war, und versprach, es nicht mehr zu tun, wenn wir nur nicht weiter auf ihn einredeten. Sehr überzeugend klang das nicht. Danach verschwand er sofort wieder auf sein Zimmer und ließ sich nicht mehr blicken.

Karin entschuldigte sich dafür, noch kein Geschenk zu haben, wie rührend. Aber ich habe einen Wein von Vilde bekommen! Natürlich verbunden mit einem liebevoll-ironischen Kommentar über die Flasche, die sie nicht mit auf die Hütte nehmen durfte. Bestimmt hat Harald den Wein gekauft.

22. April 2005

Jetzt hätte ich eine kurze Zusammenfassung über die Arbeiten schreiben sollen, die in den letzten hundertvierzig Jahren in Zusammenhang mit Riemanns Hypothese standen. Wenigstens etwas über Selberg. Das hätte eine Parallelspur ergeben, die norwegische Mathematik von Caspar Wessel bis Selberg! Ich muss aber eingestehen, wie schwer es mir fällt, mich jetzt auf so etwas zu konzentrieren. Am Montag haben wir ein Treffen mit Kristians Klassenlehrer. Da gilt es, eine Sache nach der anderen zu bewältigen.

25. April 2005

Auch Kristian hat an dem Gespräch teilgenommen. Ja, so ist das heute. Ich glaube, es wird sich regeln. In seinem Alter hat doch jeder Blödsinn gemacht – das habe ich auch dem Lehrer gesagt.

29. April 2005

Abend im Hotel Berolina in Adlershof, drei S-Bahn-Haltestellen vom Flughafen Schönefeld entfernt. Das Hotel ist ein gelber, etwas windschiefer Klotz, der die DDR-Vergangenheit noch nicht abgeschüttelt hat. Ganz sicher ein Ort, an dem kein anderer Passagier des Abendfliegers aus Oslo abgestiegen wäre.

Es ist 22.00 Uhr. Ich vertreibe mir die Zeit mit Schreiben, während ich auf Ingvild warte, die mit der S-Bahn aus dem Zentrum kommt; ich werde sie am Bahnhof treffen. Das Doppelzimmer liegt im dritten Stock: Es gibt einen uralten Aufzug mit einer Außentür und einem Schiebegitter, das von innen geschlossen werden muss. Nicht gerade etwas für jemanden mit Höhenangst. Außerdem scheppert er gewaltig.

Wir sollten lieber die Treppe nehmen. Sie auf meinen Armen nach oben zu tragen, das wäre wohl ein etwas zu ehrgeiziges Projekt.

Das Zimmer ist mit seiner stillosen Tapete nicht gerade eine Hochzeitssuite. Möbliert ist es mit zwei abgenutzten Stühlen, einem Tisch mit Brandflecken von Zigarettenglut und einem kleinen Fernseher auf einem Regal. Der Spülkasten im Bad hängt oben unter der Decke und rauscht. Das Bett ist groß und die Matratze kompakt. Aber alles ist tadellos sauber, schließlich sind wir in Deutschland.

Das einzig wirklich Auffällige ist die Temperatur. Es ist sommerlich warm, ich konnte die Fenster öffnen.

Ich habe zu Hause angerufen und gesagt, dass alles in Ordnung ist. Es hat mir fast das Herz zerrissen, dabei stimmt es ja, ich zittere vor süßer Erwartung und denke an die S-Bahn, die jetzt schon vom Ostbahnhof losgefahren ist und sich langsam nähert.

30. April 2005, Morgen

Auf dem Nachtschränkchen Gläser mit Resten von Wein; daneben Krümel von dem guten dunklen Brot, das Ingvild mitgebracht hatte. Als wir gestern hier ankamen, holte sie es aus ihrer Tasche und sagte: »Erinnerst du dich daran, wie wir im Auto Kaffee getrunken haben und du gesagt hast, dass es Brot und Wein sein sollte?«

Ich erinnere mich sehr gut daran.

Jetzt sitze ich nackt im Bett, den Laptop auf den Knien; Ingvild hat das Bad okkupiert. Ich höre sie hantieren: Diese plötzliche Intimität macht mich beinahe schwindlig. Ich habe heute Nacht kaum geschlafen, es war so überwältigend, sie neben mir zu haben, ihren Atem zu hören, jede ihrer noch so kleinen Bewegungen zu spüren.

Ingvild bewegt sich mit einer Selbstverständlichkeit, die ich nur bewundern kann, nicht kopieren. Vor wenigen Augenblicken ist mir das wieder bewusst geworden, als sie aufstand und nackt die wenigen Meter über den schiefen Fußboden ging. Sie stellte ihren vierzigjährigen Körper nicht irgendwie aus, zeigte aber auch keine Spur von Scheu. Sie war einfach anwesend.

Die gleiche Selbstverständlichkeit zeigte sie gestern Abend, als sie Wein eingoss, Brot schnitt und sagte, wie wunderbar es doch sei, endlich die engen Autos an den winterlichen norwegischen Nachmittagen hinter sich zu lassen. Und sie zeigte sie heute Morgen, als sie aufwachte und sich sofort an mich schmiegte, als hätten wir ein Leben lang Seite an Seite gelegen.

Abend

Wir waren einen Tag in Berlin, sind Hand in Hand durch die Stadt gelaufen. Waren auf dem Kurfürstendamm, im KaDeWe, sind an der Spree entlang zum Reichstag spaziert und haben uns die neue Kuppel angesehen. Danach haben wir in der sommerlich warmen Luft auf der Straße »Unter den Linden« etwas gegessen und getrunken. Für mich war es wichtig, mir die alten Universitätsgebäude anzuschauen, in denen bereits Riemann studiert hat. Aber etwas anderes hat meine Aufmerksamkeit noch mehr in Beschlag genommen. In unmittelbarer Nähe befand sich im Zentrum einer Straße ein

Denkmal für Friedrich den Großen. Ich blieb stehen, machte ein Foto und fragte mich, welche Beziehung der Hannoveraner Riemann zu diesem Urpreußen gehabt haben könnte. Welche Gedanken diese Verehrung der königlichen Macht und Würde in ihm wachgerufen haben mochte. Doch Ingvild schlug im Reiseführer nach und stellte fest, dass das Denkmal erst 1851 errichtet worden ist. Vermutlich als Folge der Geschehnisse 1848, damit aber zu einem Zeitpunkt, an dem Riemann bereits wieder in Göttingen war.

Wobei er sich natürlich auch später noch verschiedene Male in Berlin aufgehalten hat. In Anbetracht dieses Monuments der königlichen Macht und des Absolutismus wird er an seinen tapferen Wachdienst für ihr Bestehen gedacht haben. Ausgerechnet er, der die Grundfesten der Mathematik erschütterte!

Friedrich der Große saß auf seinem hohen Ross. Es stand auf einem gewaltigen Sockel, geschmückt mit den Reliefs preußischer Größen. Laut Reiseführer befanden sich auf der Rückseite unter dem Schweif des Pferdes auch Persönlichkeiten des kulturellen Lebens, unter anderem Kant und Lessing.

Auf der anderen Seite der Straße »Unter den Linden« lag die alte Bibliothek. Dort hatte Riemann seinen Flur. Wir haben aber nicht versucht, hineinzukommen, das Gebäude ist restauriert und umgebaut worden – und alle Protokolle aus dem 19. Jahrhundert sind während des letzten Krieges verschwunden.

Trotzdem hat mich Berlin angespornt. Hier gab es nicht nur mathematische Denkübungen, sondern etwas Konkretes, Gebäude und Orte, an denen sich Riemann mit ganzer Seele, mit Körper und Geist aufgehalten hat.

Und hier gab es auch eine Art Reklamesäule, die Manifestierung eines Jubiläums: Es ist genau hundert Jahre her, dass Einstein seine spezielle Relativitätstheorie präsentiert hat. Hier in Berlin! Nach den Jahren in Zürich war eine Zeit an dieser Universität gefolgt, ein Lebensabschnitt, in dem er mit Hilfe von Riemanns Geometrie die letzten Schwierigkeiten seiner generellen Theorie hatte lösen können!

Hier wartete also Einstein darauf, von Ingvild und mir entdeckt zu werden. Es war wie ein Wink des Schicksals. Ich spürte, wie dieses Zusammentreffen neues Leben in mein Projekt pumpte, wie es mir Mut gab. Vielleicht bleibt mir das Fiasko doch erspart.

Wenn diese milde Euphorie nicht damit zu tun hatte, dass Ingvild an meiner Seite ging! Berlin ist, gemeinsam mit ihr, eine ganz andere Stadt. Durch Ingvild habe ich eine Verbindung zu ihr, und das liegt nicht nur daran, dass sie perfekt Deutsch spricht. Das Wichtigste war, dass sie mir zuhörte und dann Stellung bezog.

Wir arbeiteten gemeinsam an dem Projekt. Ich schrieb etwas nieder, sie machte Bilder mit meiner Kamera: die Universität und ich, Friedrich der Große und ich …

Aber der seltsamste Anblick des Tages stand uns noch bevor. Wir schlenderten weiter, über die Museumsinsel, vorbei an der Domkirche und dem alten Palast der Republik, der ehemaligen Volkskammer der DDR. Ich blieb abrupt stehen und musste Ingvild fragen, ob sie das Gleiche sah wie ich. Auf dem Dach des Palastes war etwas aufgebaut worden, das auf den ersten Blick wie Reklame aussah. Versalien, ein paar Meter hoch, die ein Wort bildeten, ohne jeden weiteren Kommentar:

ZWEIFEL

Auch das eine Art Gruß?

Ingvild war begeistert: »Natürlich«, rief sie. »Jetzt erinnere ich mich. Das ist die Installation des jungen norwegischen Künstlers Lars Ramberg, der hier wohnt. Er hat es tatsächlich geschafft, sich bemerkbar zu machen! Wirklich ein Kommentar, den die Deutschen brauchen.«

Ich war zum ersten Mal nicht ihrer Meinung. Natürlich

174

verstand ich, was sie meinte, aber mir selbst wäre es lieber gewesen, mit ein bisschen Glauben gefüttert zu werden. Der Zweifel reichte so schon.

Auf jeden Fall haben wir dem Palast und dem Zweifel den Rücken gekehrt und sind zu einem Biergarten an den Hackeschen Höfen gegangen, umgeben von hübschen Jugendstilfassaden. Wir haben uns an einen Tisch gesetzt, müde vom Laufen, und Spargel, Schinken und Weißwein bestellt. In der Nachmittagssonne teilten wir uns die *Süddeutsche Zeitung* und ließen es uns gutgehen. Gemeinsam.

Wir mussten nicht hetzen, um zwei unterschiedliche Züge zu bekommen. Wir konnten uns anlächeln, aufstehen, konnten die wenigen Schritte zum Bahnhof gehen, der im gleichen Gebäudekomplex liegt. Dort hielt die S-Bahn, die uns beide nach Adlershof zurückbrachte.

Und auch hier müssen wir nicht hetzen. Morgen geht es gemeinsam nach Göttingen.

1. Mai 2005

Ein langer Tag, Ingvild hockt mit einem Glas Wein und dem *Spiegel* auf dem Bett, während ich mich an den Schreibtisch gesetzt habe, um zu versuchen, mir das Wichtigste aufzuschreiben. Was nicht leicht ist, wenn ich ihre Brüste sehen kann.

Es ist ziemlich weit von Berlin bis Göttingen, gut dreihundert Kilometer, aber der ICE Berlin–München brauchte nur rund zwei Stunden. Es gibt wirklich keine angenehmere Art zu reisen, als im Zug zu sitzen, während draußen die Felder vorbeirasen. Ich sollte mich ein bisschen über die deutsche Eisenbahngeschichte informieren; auch Riemann muss ja mit dem Zug gereist sein. Wie hat er diesen Dampf ausstoßenden Optimismus erlebt, der sich in der Mitte des 19. Jahrhunderts über das Land ausbreitete? Der Ausbau muss ihn auf jeden Fall interessiert haben: Eisenbahnschienen sind konkrete Geometrie, sie ziehen Linien über die wellige Fläche, die Gauß so sorgsam vermessen hat. Wobei es damals vermutlich noch keine Unterscheidung zwischen theoretischer und angewandter Mathematik gab; die ist ein Resultat des feineren Gespürs der späteren Jahre, dass die Mathematik reiner Gegenstand des Denkens ist, während die Ingenieurwissenschaften und die Technologie grobe Materie sind, um nicht zu sagen: nur ein Geschäft.

So dachte man nicht, wenn man sich um eine Stellung an der Polytechnischen Hochschule in Zürich bewarb.

Göttingen lockte uns vom ersten Moment an mit Attraktionen. Wir gingen vom Bahnhof zu Fuß, statt ein Taxi zu nehmen. Der Karte hatten wir entnommen, dass das Hotel nur etwa hundert Meter entfernt in der Goetheallee lag. Sogleich kamen wir an einer Art Installation vorbei, auf der eine goldene Kugel in der Größe eines ausgewachsenen Globus thronte.

In der Stadt gibt es ein Modell des Sonnensystems. Nicht eines, das sich knirschend um eine Achse dreht, wie man es in alten Schulsammlungen findet, sondern ein maßstabgetreues Modell.

Die Zeichnungen und Beispiele, die wir kennen, geben uns einen falschen Eindruck von der Sonne und den Planeten. Darin sehen sie aus wie vertraute Nachbarn, die man schnell mal mit einer Rakete besuchen könnte. In Wahrheit sind wir viel einsamer. Unsere nächste kosmische Umgebung besteht zu wesentlichen Teilen aus Leere.

Auf dem Weg zum Hotel passierten wir die winzigen inneren Planeten, doch die Erde erreichten wir nicht mehr. Die liegt weitere hundertfünfzig Meter die Goetheallee hinauf, wie sich später zeigen sollte. Sie hatte die Größe einer Erbse. Nach ein bisschen Kopfrechnen bin ich dann darauf gekommen, dass sich Pluto etwa sechs Kilometer entfernt in einem Vorort befindet.

Diese Sandkörner in der Unendlichkeit sind alles, was wir haben. Und sie sind es – gemeinsam mit der Leere dazwischen –, die dank Riemanns geometrischen Gedanken, die er an diesem Ort vor einhundertundfünfzig Jahren hatte, mit grenzenloser Präzision eingefangen werden können.

Das Hotel ist altmodisch und gemütlich, die Zimmer haben richtige Schlüssel, an denen Holzkugeln befestigt sind. Die Doppeltüren stimmen nachdenklich. So viel Leben konnte es hier nun auch nicht geben. Der Raum verfügt über eine schwere Sitzgruppe und einen Schreibtisch. Keine Minibar, hier geht man nach unten an die Rezeption.

Wir machten uns auf, um uns die Stadt anzusehen. Göttingen ist sehenswert, überall alte Fachwerkhäuser, und das Rathaus aus dem Spätmittelalter liegt mit seinen seltsamen Anbauten, Türmchen und Zinnen wie eine kleine Festung mitten in der Stadt. Es war offen, sodass wir eintraten. Und dort war Gauß. Eine große Ausstellung im oberen Stockwerk anlässlich seines 150. Todestages.

Es war die Begegnung mit alten Bekannten. Gauß existierte, Riemann existierte, sie sind über diese Pflastersteine gegangen, zum Greifen nahe.

An diesem Ort gab es den Beweis für Gauß' bürgerlichen Erfolg. Für seine Fähigkeit, seine Begabung auch in der Praxis sinnvoll anzuwenden. Ausgestellt waren zahlreiche handgeschriebene Dokumente, Teile seiner privaten Bibliothek, aber auch Hinterlassenschaften seiner Ehen, seiner Kinder ... Ingvild interessierte sich am meisten für den Konflikt zwischen Gauß und seinem begabten ältesten Sohn, der später auswanderte. Es war sicher nicht leicht, Gauß jr. zu sein.

Heute ist Sonntag, sodass wir nicht in die alte Aula der Universität im Stadtzentrum kamen, wo Riemann seine Habilitationsvorlesung gehalten hat. Zu unserer Überraschung war die Paulinerkirche geöffnet, die schon lange keine Kirche mehr ist. Sie war Teil eines alten Dominikanerklosters, das später geschlossen und als Bibliothek genutzt wurde. Diese Bibliothek war zu Riemanns Zeit eine der besten von ganz Europa, was durchaus ein Grund dafür gewesen sein kann, dass er aus Berlin zurückgekehrt ist. Aber was empfand der Pastorensohn dabei, in einer ehemaligen Kirche zu arbeiten, einem geheiligten Raum?

Der alte Wall, der sich um das Zentrum zieht, ist zu einer zusammenhängenden Parkanlage umgestaltet worden. Wir gingen Hand in Hand und sahen, dass bereits einige Blumen blühten, es sah wie der Rest des Klostergartens aus. Heil-pflanzen. Ich versuchte mit meinem spärlichen Botanik-wissen ein paar Punkte zu machen, aber Ingvild überraschte mich aufs Neue. Sie kannte nicht nur die Pflanzen, sondern auch ihre deutschen Namen.

Allerdings wusste sie nicht, warum Valurt auf deutsch Beinwell heißt. Ich war froh, ihr etwas über die Eigenschaften dieser Pflanze erzählen zu können, mit der man Wunden, ja sogar Beinbrüche heilen konnte.

»Und damit nicht genug«, fügte ich hinzu. »Die heilsame Wirkung von Beinwell ist so groß, dass man sogar die Jung-fräulichkeit wiederherstellen konnte. Man musste nur ein Bad in einer konzentrierten Lösung nehmen ...«

»Archetypisch«, antwortete Ingvild. »Der uralte Traum vom neuen Anfang.«

In der Abendsonne setzten wir uns auf den Rathausplatz, um etwas zu essen. Es war sommerlich warm, Göttingen blühte ringsherum auf, überall waren Menschen. Studenten und Jugendliche in leichten Kleidern und ehrwürdige Bürger der Stadt, die in der Wärme über den Platz flanierten. Da wir uns mitten in der kurzen Spargelsaison befanden, bestellte ich die Spezialität des Hauses: Hähnchenfilet mit Tagliatelle und einer Riesenportion Spargel, grün und weiß.

Ingvild lachte: »Du Botaniker, hast wohl auch gehört, dass Spargel ein bekanntes Aphrodisiakum ist?«

»Das brauche ich jetzt«, antwortete ich. »Ich bin es nicht gewohnt, Liebe in derart großen Portionen zu bekommen, wie du sie servierst.«

»Vielleicht sollten wir uns dann ein Schlückchen Weißwein für später aufheben«, antwortete sie zufrieden.

2. Mai 2005

Gestern am späten Abend hat mich Karin noch angerufen. Ich fahre heute mit dem ersten Zug nach Berlin und versuche, einen Flug zu buchen. Ingvild bleibt trotzdem hier, wir haben das Hotelzimmer ja noch einen Tag länger, und ihr Flieger geht erst morgen Abend. Sie will an meiner Stelle versuchen, in die Archive zu kommen.

5. Mai 2005

War die meiste Zeit im Krankenhaus bei Kristian, kaum Zeit oder Gelegenheit, mit Ingvild zu reden. Sie rief an, als ich im Büro war, um mich zu trösten, und sie hatte Neuigkeiten aus Göttingen.

Einen ganzen Tag hat sie über Riemanns Papieren gebrütet, bei weitem aber nicht alles geschafft. Es waren dreißig Archivschachteln, darin fast nur dicht beschriebene Zettel oder Berechnungen. Seine Schrift erwies sich überdies als recht unleserlich. Die Berechnungen waren da schon leichter zu lesen, unendliche Aufgaben und Zahlenreihen in winziger Schrift.

»Er hat doch sicher Logarithmen verwendet?«, fragte ich.

Sie lachte: »Ach, was du nicht sagst! Seine Zahlen waren jedenfalls nicht größer, als wenn man sie gedruckt hätte, dabei aber sehr deutlich, er muss einen feinen Stift benutzt haben, manches war sogar mit Bleistift geschrieben.«

»Und sonst?«

»Nichts, woraus man hätte schlau werden können. Ein Zettel mit Ausgaben, ein paar Reisen, Arztbesuche – vermutlich eine Art Beleg für die Verwendung von Geldern, die ihm bewilligt worden sind. Auf der Rückseite waren wieder Gleichungen.«

»Ja?«

»Ich glaube, es waren trigonometrische Funktionen«, sagte sie stolz. »So sahen die meisten Papiere aus, sogar die Rückseite eines Briefes, an den hochwohlgeborenen Professor Riemann adressiert, war mit Gleichungen beschrieben. Ebenso eine Quittung über Geld, das er von einem Studenten erhalten hatte – eine Vorlesung?«

»Bestimmt«, antwortete ich. »So hat er ja sein Geld verdient, ehe er Professor wurde.«

Riemann ist in den letzten Tagen in den Hintergrund getreten; Ingvild versucht wohl, mich auf andere Gedanken zu bringen. Es war großartig von ihr, noch in Göttingen zu bleiben und mir so zu helfen. Ich muss mich zusammenreißen und ihr bei nächster Gelegenheit ein besonderes Geschenk machen.

Dann berichtete sie über einen wirklich interessanten Fund, einen Text, den sie abgeschrieben habe und den sie mir per E-Mail schicken wolle. Sie sagte nicht, um was es sich handelte. Außerdem hat sie noch ein paar generelle Informationen über Riemanns letzte Jahre gesammelt.

»Und dann habe ich noch etwas vollkommen Absurdes gefunden, eine kleine Skizze, die vielleicht mehr über den Menschen Bernhard Riemann verrät als deine seitenlangen Betrachtungen!«

»Was denn?«, fragte ich und war trotz all der Sorgen, die mir durch den Kopf gingen, gespannt.

Was sie mir dann erzählt, zieht mir fast den Boden unter den Füßen weg.

Das hat aber vermutlich mehr mit meinem Zustand als mit dem eigentlichen Fund zu tun: Riemann hat auf einem Blatt Fußabdrücke skizziert, mit allen Details – Tanzschritte. Allem Anschein nach für zwei verschiedene Tänze: Berliner Kontertanz und Pariser Contredanse.

Bernhard Riemann, du hoffnungsloser, linkischer Theoretiker! Wie im Traum schwingen sich die Frauen vor deinen Augen in ihren seidenen Kleidern bei Frau Dirichlets großen Empfängen. Doch du bist paralysiert von einer unbändigen Furcht, die noch dazu einhergeht mit der Notwendigkeit: Tanz mit ihnen! Wie denn, wenn man steif wie ein Stock ist, ein knorriger Zaunpfahl aus Quickborn? Sich elegant bewegen, kontrolliert und doch weich, im Takt mit der Musik aus Dedekinds Piano?

Unmöglich. Aber der Gedanke war da, voller Verzweiflung und Logik: Kann man den Tanz nicht studieren, ihn erlernen, geometrisch beschreiben? Hast du in deinen einsamen Stunden mit deinem viel zu großen Verstand wirklich im Zimmer gehockt und die Schritte aufgezeichnet, die die Gleichung zwischen Mann und Frau lösen und dich in die Sphäre der Menschen, der Liebe führen sollten? Ausgangsstellung parallel. Dann zwei Schritt vor, eine 45-Grad-Drehung nach links …

So leicht ist es wirklich nicht.

INGVILDIGØTT.DOC

Notizen über Riemanns letzte Lebensjahre

Es existiert eine Gedenktafel an einem Haus, in dem er gewohnt hat. Ich verstehe nicht, wie wir die übersehen konnten. Das Haus liegt zwischen dem Marktplatz und der Aula. Wir sind daran vorbeigelaufen, und uns ist der merkwürdige Straßenname aufgefallen, Barfüßerstraße. Das Haus liegt auf der anderen Straßenseite, gegenüber dem schönen Fachwerkhaus mit den Schnitzereien. An Rs Haus ist aber auch wirklich nichts zu sehen, es ist bis zur Anonymität restauriert worden. Nur die hölzernen Eckpfosten verraten etwas von dem ursprünglichen Fachwerk, die Wände sind mit grauen Platten verkleidet.

Der Bibliothekar in der Handschriftensammlung war freundlich und hilfsbereit. Und er hatte unglaubliche Ähnlichkeit mit dem jungen Günther Grass! Es war sehr ruhig, neben mir waren nur ein paar Studenten dort, die still an ihren Arbeiten saßen.

Es hat den Anschein, als wäre R unmittelbar nach seiner Hochzeit mit Elise Koch im Sommer 1862 erkrankt. Er hat es wohl nicht geschafft, selbst eine Frau zu finden, denn diese Elise war eine Freundin seiner Schwestern (ein Vorteil, da sie ja alle gemeinsam im Observatorium leben sollten)!

So weit ich das den Dokumenten entnommen habe, hat R danach kaum noch gearbeitet. Aber das weißt du sicher besser. Auf jeden Fall ist er nur noch sehr selten in Göttingen.

Man kann ihn durch die Briefe orten, seine eigenen und die von seiner Frau Elise. Sie reisen bereits im Herbst 1862 in den Süden, damit R dort von seiner Krankheit genesen kann. Dabei scheinen sie kein konkretes Ziel zu haben: Erst sind sie in Marseille, dann fahren sie mit dem Schiff nach Messina und reisen von dort auf Sizilien herum. Zeitig im nächsten Frühling (geht es R wieder besser?) fahren sie auf dem Landweg bis in die Bucht von Neapel. Vielleicht ist ihnen daran gelegen, dass E die wichtigsten Sehenswürdigkeiten besuchen kann: Herculaneum, Pompeji, das archäologische Museum von Neapel, Pozzuoli, Capri, Sorrento.

R besucht auch Kollegen, aber mit seiner Gesundheit kann es nicht zum Besten gestanden haben: Er beklagt sich, dass die italienischen astronomischen Observatorien »nach einer alten Unsitte« in hohen Türmen liegen, und er kann dort nicht hinaufgelangen, »ohne dass ich mich einen ganzen Tag lang schachmatt fühle«.

Als er nach Rom kommt, trifft er bei den Jesuiten einen Astronomen, der ihm das Spektrum der Fixsterne zeigt – hat man damals wirklich schon an Spektralanalysen gearbeitet? Ich dachte immer, das wären ganz moderne Themen.

Von Rom aus fahren sie in Richtung Pisa. R scheint dort ein paar Kollegen zu kennen. Als der Sommer kommt, überqueren sie die Alpen. Am 17. Juni sind sie wieder in Göttingen. Er muss aber alles andere als gesund gewesen sein, denn gegen Ende August (also im Jahr 1863) brechen sie erneut nach Italien auf.

Diesmal halten sie sich lange in Pisa auf, wo im Dezember ihre Tochter Ida geboren wird. Es ist der kälteste Winter seit langem, sodass der Arno zufriert. Die Schwestern scheinen mit von der Partie zu sein, denn bei diesem Aufenthalt erkrankt die Jüngste von ihnen schwer. Sie liegt lange mit Lähmungen im Bett: »Sie kann weder Arme noch Beine bewegen und auch ihre Augen nicht koordinieren.« Frau Elise wird Säuglingsmutter und Krankenschwester in einem – die Arme!

R wird eine Professur an der Universität Pisa angeboten. Das war undenkbar: »Seit dieser Zeit (die Rede ist vom Sommer des Jahres zuvor) habe ich schon nach einer Viertelstunde Reden die schlimmsten Schmerzen in der Brust.« Außerdem macht er sich die größten Sorgen um seine Anstellung in Göttingen. Wird es zu viel für seine Kollegen? Muss er zurück, um bei den Examen zu helfen?

Ein Brief ist an Wilhelm Weber adressiert. Am Schluss bittet er ihn, seine Nichte zu grüßen. Ich meine, die hättest du mal erwähnt, war Webers Bruder nicht auch Professor – und hatte es mit dieser Nichte nicht irgendeine Bewandtnis?

Im August 1864 stirbt seine Schwester Helene. R versucht zu arbeiten und widmet seine Aufmerksamkeit der Frage, wie das Ohr rein mechanisch funktioniert. Neben seinen anderen Leiden bekommt er jetzt auch noch Gelbsucht, sodass er diesen Winter wieder in Pisa bleibt und an etwas arbeitet, das er Theta-Funktion nennt. Im nächsten Sommer fährt er an den Lago Maggiore, bekommt gastrisches Fieber, was wohl das Gleiche wie Typhoidfieber ist (Typhus?).

Im Herbst 1865 kehrt die Familie trotzdem nach Göttingen zurück. R ist schwach, kann nur wenig arbeiten und schreibt an Dedekind (ist der noch in Zürich?), um ihm mitzuteilen, dass er gern ein paar unvollendete Arbeiten mit ihm diskutieren würde, sich aber zu schwach fühle.

Am 15. Juni 1866 versucht er noch einmal, mit Frau und Kind nach Italien zu reisen. Zu diesem Zeitpunkt ist der Krieg zwischen Preußen und Österreich ausgebrochen. Sie kommen nur bis Kassel, danach ist die Eisenbahn aufgrund von Kriegshandlungen blockiert. Mit Pferd und Wagen fahren sie weiter. Am 28. Juni erreichen sie Selasca am Lago Maggiore. Hier arbeitet er, so gut er kann, aber seine Kräfte schwinden.

Die Beschreibung seines Sterbebettes ist stilvoll, vermutlich aber etwas geschönt! Seine Frau holt ihm Brot und Wein. Er trägt ihr Grüße an Bekannte in Deutschland auf und sagt: »Gib unserem Kind einen Kuss von mir.« Danach verlassen ihn die Kräfte, sie beginnt, das Vaterunser zu beten, und als sie »… vergib uns unsere Schuld …« sagt, richtet er seinen Blick zum Himmel, macht ein paar tiefe Atemzüge und stirbt.

Abschrift und grobe Übersetzung eines merkwürdigen Dokumentes im Nachlass, Schachtel 28 (Varia):

Sich jeden Tag aufs Neue vor Gottes Antlitz selbst zu prüfen: Das ist die eigentliche Essenz der Religion.

Unsere Wohnung war für den großen Gauß eingerichtet worden. Sie ist an das Observatorium mit der leichten, eleganten Kuppel angebaut; eine bescheidene Dienstwohnung, aber mit einer Verbindung zum Sternenhimmel über uns, wie mein Zuhause in Quickborn – das Pfarrhaus – eine feste Verbindung zur kleinen Dorfkirche hatte.

Die Zeichen sind klar: Es wird einen neuen Krieg geben, einen Bruderkrieg. Er ist nicht mehr zu vermeiden, und mein geliebtes Vaterland Hannover hat sich auf die Seite der Verlierer gestellt. Ich selbst verstehe nichts vom Kriegshandwerk, aber meine etwas weltgewandteren Assistenten haben mir versichert, dass die preußischen Zündnadelgewehre den alten österreichischen Vorderladern weit überlegen sind. Kurz gesagt, die Zukunft Deutschlands wird Otto von Bismarck heißen.

Ich selbst stehe kurz davor, einem größeren Feind in die Augen zu blicken. Ich brauche meine Kollegen an der medizinischen Fakultät nicht zu konsultieren, um die Farbe des Blutes zu benennen, das ich jeden Morgen aushuste. Für mich ist es die Schwindsucht, so haben wir das auch zu Hause in Quickborn genannt, hier benutzen sie den Fachausdruck Tuberculosis. Das Resultat ist das Gleiche, egal ob Latein oder Deutsch. Deshalb fahren wir in ein paar Tagen nach Italien, das hat mir früher schon geholfen, vielleicht bleiben mir noch der Sommer und der Herbst am Lago Maggiore, eine Gnadenfrist, um zu vollenden, was mich am meisten plagt.

Aber sicher ist das nicht. Deshalb nutze ich diese letzten Tage in Göttingen, um mich selbst vor Gottes Antlitz zu prüfen und meine eigene Beurteilung niederzuschreiben; auf dass es eine irdische Spur von mir gibt, wenn ich ihm selbst direkt und unverhüllt gegenüberstehe. Denn wie ungleich wichtiger ist doch dies im Vergleich zur Wellenlänge der Töne, der Mechanik des Innenohrs, der Theta-Funktion und all den anderen Nichtigkeiten, die meinen Sinn erfüllen und vielleicht das einzig Wichtige verdrängt haben.

Das größte irdische Glück, das mir vergönnt ist, ist meine eigene kleine Familie, meine Frau Elise und unsere Tochter Ida. Elise ist für mich nicht nur eine liebende Ehefrau, sondern gleichermaßen eine geduldige Krankenschwester, die mir bei all meinen körperlichen Leiden zur Seite steht. Und nicht nur das, durch ihre Freundschaft mit meiner geliebten Schwester Ida ist sie mir auch seit langer Zeit eine gute Freundin, jederzeit bereit, mir mit der einfachen Vertrautheit zu begegnen, die einen verbindet, wenn man sich seit Kindertagen kennt.

Dieser letzte Punkt ist wichtiger, als man glauben sollte. Elise hat unser altes Zuhause gekannt, den Pfarrhof, den einzigen Ort auf dieser Welt, an dem ich mich nicht fremd gefühlt habe, nicht als Außenstehender. Sie kannte meinen seligen Vater und den hellen, freundlichen Umgangston, der in unserem armen Haus geherrscht hat. Kurz gesagt, sie kennt mich auf eine Weise, die niemandem sonst möglich war, mit Ausnahme meiner lieben, mir noch verbliebenen Schwester.

Ja, diese Frau hat mir der Herr in seiner Gnade geschickt, um mir bei den Unannehmlichkeiten des Lebens zur Seite zu stehen. Und nicht nur das, durch sie hat Er mir die reinste aller Freuden geschenkt: eine Tochter, Leben, Freude, Lachen – Fleisch von meinem jämmerlichen Fleische.

Wie habe ich Ihm das gedankt, und ihr, die Er mir zur Seite gestellt hat? Erbärmlich, denke ich. Bin im schwarzen Meer meiner Melancholie versunken, habe ihren liebevollen Handlungen den Rücken gekehrt und ihr ihre freundlichen Worte mit Schweigen oder missmutigen, knappen Antworten belohnt. Aber das ist noch nicht das Schlimmste. Melancholie ist eine Krankheit, ja, eine der Mahnungen, die uns der Herr zuteil werden lässt, um uns an unsere Unvollkommenheit zu erinnern. Eine Prüfung, die wir mit Geduld überstehen müssen. Aber in meinem Inneren leuchtete ein anderes Bild, ein Bild, das man mit Fug und Recht als Götzenbild bezeichnen kann.

»Ich aber sage euch: Wer ein Weib ansiehet, ihrer zu begehren, der hat schon mit ihr die Ehe gebrochen in seinem Herzen.«

So lauten Seine klaren Worte, so habe ich meinen seligen Vater seine Gemeinde so oft ermahnen hören, und so sprach er zu uns, den Konfirmanden in Quickborn, im tiefsten Ernst, wenn wir in jenem Alter auch noch nicht die tiefere Bedeutung dieser Warnung zu verstehen in der Lage waren. Wenn ich mich nun heute selber dieser Prüfung unterziehe, muss ich mir eingestehen, dass ich dennoch mit diesem Bild vor Augen gelebt habe. Ich habe die Erinnerung in meinem Herzen bewahrt, und sie war es, die meiner Melancholie Nahrung gab, mich in den Abgrund stürzte und mich von meinen Lieben und ihrem Vertrauen entzweite.

Der Umgang mit anderen ist mir immer schwer gefallen; was unzweifelhaft mit meiner eigenen Unzulänglichkeit zu tun hat, sicher aber auch mit den ärmlichen Verhältnissen, die das Leben auf dem Pfarrhof geprägt haben. Ich war nicht auf die Söhne der wohlangesehenen Bürger aus Lüneburg und Hannover gefasst, und schon gar nicht auf die Professoren aus Berlin oder Göttingen, ganz zu schweigen von ihren Frauen! Die lebhafte Frau Dirichlet mit ihren Gesellschaften! Mein Freund Dedekind, der dort Klavier spielte und mit den Frauen Konversation trieb. Ich selbst hätte mich lieber den Löwen im Collosseum gestellt, als mich in einer derart strahlenden Versammlung zu zeigen. Aus reiner Höflichkeit blieb mir dies aber hin und wieder trotzdem nicht erspart.

Diese Scheu war auch dafür verantwortlich, dass ich meinen armen Studenten während der ganzen Zeit ein derart jämmerlicher Dozent blieb. Ach, wenn ich daran zurückdenke, dass ich mit Dedekind um das Professorat in Zürich konkurriert habe! Die praktisch orientierten Schweizer genügten sich nicht damit, unsere Vorlesungen zu lesen; und recht hatten sie, denn trotz all meiner christlichen Demut kann ich feststellen, dass meine eigenen, bescheiden wirkenden Entwürfe denjenigen von Richard weit überlegen waren. Auf dieser Basis hätten sie sich für mich, den menschenscheuen Sonderling entscheiden müssen! Nein, stattdessen kamen sie hierher, um unseren Vorlesungen beizuwohnen, und natürlich erkannten sie dabei sogleich, dass mein Stammeln und Stottern die zukünftigen Polytechniker in Zürich nicht einen Zoll in ihrem Wissen und ihren mathematischen Fähigkeiten weiterbringen würde.

Meine Scheu ist natürlich in der Anwesenheit von Frauen besonders stark ausgeprägt. Der Umgang mit meinen geliebten Schwestern hat mir mitnichten zu dem ungezwungenen Ton verholfen, den die Damen vorzuziehen scheinen. Es liegt auf der Hand, dass ich keine humorvollen Nichtigkeiten über die Schönheit der Blumen oder – Gott bewahre – der Kleider und Röcke über die Lippen bringe, wenn ich nicht einmal flüssig über Differentialrechnungen und Funktionentheorie reden kann.

Hinzu kamen meine bescheidenen Aussichten. In einem eng begrenzten Kreis hatte ich einen gewissen Ruf, *inter collegas*, da sprach man über die ungewöhnliche Begabung hinter der linkischen Schale; sogar der große Gauß ist zu guter Letzt auf mich aufmerksam geworden und hat – für ihn ganz untypisch – ein paar sehr lobende Worte fallen lassen, aber ich will seine Erinnerung in Ehren halten. Nur was hilft das im Bezug auf die Frauen? Nicht einmal die Tochter eines Professors hat solche Langmut, sie sieht die Begabung nicht, wie sollte sie auch? Sie sieht nur das langweilige Leben an einer kleinen Universität, den langen Weg vom bitterarmen Privatdozenten über den außerordentlichen Professor bis hin zur bescheidenen Professur, ein halbes Leben bis zu der Position, die sie bereits innehat!

Und dafür soll sie sich ein Leben lang mit dem menschenscheuen, höchst seltsamen Geschöpf abgeben, das stolpernd an ihrer Seite Schritt zu halten versucht? Nein, kein Wunder, dass sie Zweifel bekommen hat.

Trotzdem habe ich die Erinnerung an diese Frau bewahrt, deren Namen ich hier nicht nennen muss; ich will sie nicht unschuldig mit in meine peinliche Selbstaufarbeitung hineinziehen, dieses Bekenntnis grober Sünden. (Mögen auch einige der Meinung sein, dass auch sie nicht ganz unschuldig ist. Diesen Gedanken, der nur der Selbstgerechtigkeit dienen kann, weise ich aber mit allem Nachdruck von mir.) Damals besuchte ich ihren Vater unter einem höchst respektablen wissenschaftlichen Vorwand. Ich lauschte dem Klang ihrer Stimme, lag nachts wach und analysierte jede noch so kleine Nuance in ihren gleichgültigen Worten, als handelte es sich um die Heilige Schrift selbst. Ich deutete ihr Lächeln, als wäre es das alles entscheidende Rätsel des Lebens und nicht bloß eine simple Geste der Freundlichkeit für einen zufälligen Besucher.

Ohne es zu wissen, war sie seither meine Muse, um es mit etwas heidnischen Worten auszudrücken, meine Urania. Jedes Mal, wenn es die vage und doch berauschende Möglichkeit gab, sie zu treffen, wenn ich den Klang ihres Namens wahrnahm, schwirrten meine Gedanken umher, dann sind mir die seltsamsten Ideen gekommen; einige davon habe ich festhalten und niederschreiben können, andere waren so flüchtig, dass ich sie ziehen lassen musste. Ich habe voller Besessenheit gearbeitet, die Gedanken erfüllt von ihr.

Und ganz gleich, ob ich sie angetroffen hatte oder nicht, ob sie mir fern war oder ob ich möglicherweise sogar eine Tasse Kaffee mit ihr und ihrer Frau Mutter getrunken hatte, packte mich jedes Mal, wenn ich mich von ihrem Haus entfernte, die Bitterkeit, die Schwermut, der Gedanke an all meine Toten und daran, dass auch sie aus meinem Leben verschwinden würde.

Wir müssen jetzt bald aufbrechen, zum einen, um die Preußen zu umgehen, und zum anderen, weil jetzt Nacht für Nacht deutliche Spuren von Blut in meinem Auswurf sind. Elise hat die Arbeit, die Sorgen, sie muss packen und verhüllen, Absprachen mit Menschen treffen, die sich um unsere Wohnung kümmern, und die wenigen Gegenstände zusammensuchen, die wir mitnehmen können. Sie mag Italien nicht einmal, im Gegensatz zu mir, der ich schon mit den tüchtigen Kollegen in Pisa zusammengesessen und die Sprache inzwischen recht leidlich gelernt habe. Insbesondere das Papsttum bereitet ihr Sorgen, die Tatsache, dass wir unsere sicheren heimatlichen Gefilde verlassen, um auf unserer kleinen evangelischen Insel im schwarzgekleideten Meer der römischen Kirche zu leben. Sie findet das Essen fremdartig, das Fleisch zu teuer, den Käse zu salzig und den Wein zu sauer; es ist nicht leicht, die richtigen Einkäufe zu tätigen, sie glaubt — sicher mit einer gewissen Berechtigung —, dass die Marktfrauen sie mit ihren fremden Münzen und seltsamen Gewichtseinheiten hintergehen.

Das ist also mein Dank für ihre Loyalität und Ergebenheit. Wenn ich mich aber jetzt im Angesicht Gottes diesen Selbstprüfungen unterziehe, muss es mir auch in aller Demut gestattet sein, darauf hinzuweisen, dass die exaltierten Zustände, in die mich die Gedanken an meine Urania versetzt haben, nicht ganz fruchtlos waren. Natürlich sind die Resultate als klein und bescheiden zu betrachten, aber ist es nicht der Fingerzeig Gottes, der darauf verwiesen hat? Seine Wege sind unergründlich, auf jeden Fall für den menschlichen Verstand, gefangen in den einfachen, überschaubaren Räumen mit den drei ärmlichen Dimensionen.

Es stimmt, unter dem wenigen, was ich vollbracht habe, waren es die Theorien über die Abelschen Funktionen, die mir schließlich die gesegnete Professur und eine gewisse Anerkennung von meinen Kollegen einbrachten. Es ist eine gute, kurze Abhandlung, und ich bekenne, dass ich stolz darauf bin, hoffentlich nicht in einem Grad, dass diese irdischen Gefühle meine Gedanken von den wichtigeren Dingen ablenken. Dem armen Niels Abel war eine weit kürzere Lebenszeit gewährt, als sie mir vergönnt zu sein scheint; wenn mich meine Erinnerung nicht trügt, starb er in seinem siebenundzwanzigsten Lebensjahr. (Auch er war, glaube ich, Sohn eines Dorfpastors.) Es war mir deshalb eine große Freude, seine Arbeit ein Stückchen weiterbringen zu können.

Aber das, was mich wirklich beschäftigt und am meisten inspiriert hat, wenn ich das so sagen darf, war der kurze Aufsatz, den ich meinen Kollegen in Berlin zugedacht habe, als diese so überaus freundlich waren, mich in ihre Akademie aufzunehmen. Er basiert auf einer Entdeckung des großen Euler, einem Versuch, die weitläufigen, widerspenstigen Primzahlen zu bändigen. Niemand kann mit Sicherheit sagen, wo die Primzahlen auf dem Weg in Richtung Unendlichkeit auftauchen. Unterwegs gibt es lange, lange Passagen ohne eine einzige Primzahl.

Diese Zahlen liegen jenseits jeder Vorhersagbarkeit. Man kann sie nur mit den vagen Mitteln des Verstandes *einkreisen*, nicht aber *einfangen*. Der Herr zeigt sich überall in Seinem Werk, aber die Primzahlen sind auf ganz spezielle Weise ein Fußabdruck Gottes, die Spuren einer höheren Wirklichkeit. Könnten wir die Mathematik von Seiner erhöhten Warte aus betrachten, aus dem n-dimensionalen Raum, würden sich ohne Zweifel auch die Primzahlen einer göttlichen Ordnung beugen. Sollte man sich da nicht für diese Zahlen interessieren?

Deshalb dieser unbedeutende Aufsatz von acht oder neun Seiten: »Die Anzahl der Primzahlen und einer gegebenen Größe«. Er hat nicht die geringste Aufmerksamkeit erregt; ich weiß aber auch nicht, ob meine geschätzten Kollegen an der Akademie in Berlin viel davon verstanden haben. Ich bin mir überdies vollkommen im Klaren, dass es sich nur um eine Skizze gehandelt hat, die viel beinhaltet, was noch genauer untersucht und bewiesen werden muss. Aber ich weiß, dass die Auslegungen standhalten werden, dass meine Vermutungen und Hypothesen stimmen. Ich glaube des Weiteren, dass derjenige, der meine Gedanken wirklich aufgreift, wunderbare Dinge wird zeigen können, nicht nur über die Menge der Primzahlen, sondern auch über deren Vorkommen und Verteilung.

Man kann natürlich sagen, dass dieser feste Glaube an meine bescheidene Arbeit eine Illusion ist, ein Selbstbetrug, ja, dass es böse Mächte waren, die ihn dort eingepflanzt haben und die nur meine Selbstsucht und Ichbezogenheit stärken wollen, um mich noch weiter ins Verderben zu führen. Ich glaube das nicht. Für mich kommt dieser Glaube von Gott. Ein kleines Zeichen, dass er mich trotz all meiner Sünden und all der Schuld, die ich auf mich geladen habe, nicht verlassen hat.

VORGANG NR. 22 013M/05

Vermisstenmeldung

Dienstag, den 10.5. gegen 15.30 Uhr, meldete die Lehrerin Karin Caspersen, Lilleveien 22, ihren Mann Terje Reinert Huuse, geb. am 21.4.61, bei der Polizei in Oslo vermisst. Huuse ist seit Montag, dem 9.5., abgängig, nachdem er gegen 12.00 Uhr seinen Arbeitsplatz verlassen hat.

Der Dienststellenleiter gab sofort eine interne Suchmeldung heraus, weitere Informationen werden fortlaufend eingeholt.

Bericht 21.00 Uhr

Die vermisste Person ist wie üblich gegen 08.00 Uhr von zu Hause aufgebrochen. Der Mann ist Mathematikdozent an der Universität Oslo in Blindern. Nach Aussage seiner Kollegen kam er an diesem Montagmorgen zur normalen Zeit an seinen Arbeitsplatz und machte etwa um 11.45 Uhr eine Mittagspause in der Teeküche der Angestellten. Seither hat keiner seiner Kollegen etwas von ihm gehört, und sie vermuten, dass er sein Büro kurz darauf verlassen hat. Die Bank des Vermissten meldet, dass es seit Montag, 12.30 Uhr, als an einem Bankautomaten in der Kirkegata 5000 Kronen abgehoben wurden, keine Kontobewegung mehr gegeben hat. Die Telefongesellschaft Telenor Mobil ist kontaktiert worden und hat

Auskunft gegeben, dass der Vermisste sein Handy zuletzt um 12.44 Uhr benutzt hat. Die Signale wurden von einer Basisstation in der Karl Johan gate aufgefangen. Es handelte sich um eine SMS.

Die Frau des Vermissten berichtet, dass Huuse in den letzten Tagen sehr angespannt war. Der Sohn des Ehepaars, Kristian Caspersen Huuse, wurde am Abend des 1. Mai von der Polizei bei dem Versuch aufgegriffen, das Niels Henrik Abel Denkmal im Schlosspark mit einer selbstgebauten Bombe zu sprengen (Aktenr. 21787B/05). Die Bombe zündete zu früh, wobei der Junge mehrere Finger der rechten Hand verlor. (Der Sohn liegt noch immer im Rikshospital. Die Ermittlungen ruhen.)

Aktualisierung 13. 05.

Keine Spur des Vermissten. Um 15.00 Uhr kam die Tochter des Vermissten, die Schülerin Vilde Caspersen Huuse, mit einer CD-Rom auf die Polizeiwache. Darauf waren drei Dokumente, die sie vom Computer des Vermissten kopiert hatte. Sie meinte, die Dokumente könnten eine gewisse Bedeutung für den Fall haben. Der Diensthabende hat das Material rasch gesichtet und dann die Unterstützung von Polizeiassessorin Irene Johannesen eingeholt.

Aktualisierung 16. 05.

Das eine File umfasst etwa dreißig Seiten. Es scheint sich um ein Buchmanuskript zu handeln, vermutlich der Entwurf einer Biografie. Das andere hat tagebuchähnlichen Charakter und wurde gründlich gelesen. Das dritte bestand aus Notizen und einer Abschrift; auch diese wurden studiert. Es scheint ohne Bedeutung zu sein, dass alle Dokumente den gleichen Autorennamen haben: »Administrator«.

Nach der Lektüre der Dokumente wurde der Entschluss gefasst, Kontakt mit der Frau des Vermissten aufzunehmen und nach kurzen Ermittlungen mit der Dozentin Ingvild Slaattum von der Fachhochschule in Halden. Letztere schien identisch zu sein mit einer Frau, die verhältnismäßig häufig erwähnt wurde und angeblich ein Verhältnis mit dem Vermissten hatte. Des Weiteren wurde heute Morgen von Telenor bestätigt, dass es sich bei ihr um die Empfängerin der letzten SMS des Vermissten handelt.

Karin Caspersen erschien auf der Dienststelle. Sie berichtete, dass die Ehe in den letzten Monaten wenig zufriedenstellend gewesen sei. Sie hatte das für sich mit ihrer beider beruflichen Belastung begründet und den teils doch sehr großen Sorgen um die Kinder, sie wollte aber nicht ausschließen, dass ihr Mann ein Verhältnis mit einer anderen Frau gehabt haben könnte – einiges habe darauf hingedeutet. Das Thema sei allerdings nie konkret angesprochen worden.

Sie bat darum, die Dokumente lesen zu dürfen, was ihr als notwendiger Teil der Ermittlungen zugestanden wurde.

Auf die konkrete Frage, ob ihr Mann selbstmordgefährdet sei, reagierte die Frau spontan ablehnend, räumte aber nach einigem Nachdenken ein, dass die Geschehnisse um ihren Sohn einen starken Eindruck auf ihn gemacht hätten. Sie hatte aber keine Zeichen einer derart dramatischen Richtung wahrgenommen.

Ingvild Slaattum bestritt telefonisch die meisten der Informationen, die aus den Notizen hervorgingen. Sie kannte den Vermissten zwar von einem Kurs im letzten Herbst und bestätigte auch, seither über E-Mails und Telefon sowie ein paar Treffen in Oslo einen gewissen Kontakt gehalten zu haben, verneinte aber jede Art einer erotischen Beziehung. Ganz entschieden bestritt sie, Ende April – Anfang Mai gemeinsam mit dem Vermissten in Deutschland gewesen zu sein, wie es aus dem Tagebuch hervorging. Sie sei zwar in diesen Tagen in Deutschland gewesen, aber nur, weil sie vom 27.–29. April in Berlin an einem Seminar teilgenommen und danach ein paar Tage eine deutsche Kollegin und Freundin, Dr. Martine Mielke, besucht habe. Sie versicherte, dass ihre Freundin dies sicher bestätigen könne.

Folglich war sie es nicht, die die Notizen und Informationen über Göttingen verfasst hat.

Auf die Frage nach der SMS am Montag Vormittag sagte sie, dass sie diese mit Sicherheit gelöscht habe, dass es sich aber ihrer Erinnerung nach nur um einen ganz neutralen Gruß und die einfache Frage nach ihrem Befinden gehandelt habe.

Aktualisierung 19. 05.

Noch immer keine Entwicklung im Fall Huuse. Die Frau des Vermissten sprach erneut vor und teilte uns ihre Reaktion auf die Notizen ihres Mannes mit. Sie war verständlicherweise aufgewühlt, beteuerte aber gleichzeitig, nicht alles zu glauben, was er geschrieben habe. Soweit sie es beurteilen könne, habe die Darstellung literarischen Charakter. Sie war der Meinung, ihr Mann habe versucht, eine etwas flüssigere Schreibweise zu entwickeln. Einige der in den Notizen beschriebenen Details konnte sie bestätigen. Anderes hingegen schien frei erfunden. So die Beschreibung des Vaters des Vermissten, der, wie sie meinte, sehr stark idealisiert und verändert worden sei. Er sei zwar bis zum achtzehnten oder neunzehnten Lebensjahr des Vermissten Pastor gewesen, dann aber in eine persönliche religiöse Krise geraten und habe nach eigenen Aussagen seinen Glauben verloren. Die Krise habe starken Einfluss auf Huuses Vater gehabt, der in der

Folge sogar phasenweise in psychiatrischer Behandlung war. Es sei ihm später nicht möglich gewesen, wieder in den Dienst der Kirche zu treten. Die Familie zog von dem Ort weg, an dem er als Pastor tätig gewesen war. Danach habe er als Lehrer und als Personalchef eines mittelgroßen Betriebes gearbeitet. Zehn Jahre später wurde er infolge erneut auftretender Depressionen und nervlicher Probleme berufsunfähig geschrieben. Er starb 1994, knapp sechzig Jahre alt, an einem Herzinfarkt.

Auf die Frage nach dem Verhältnis des Vermissten zu seinem Vater antwortete Frau Caspersen, dies sei kühl und distanziert gewesen. Der Schwiegervater habe niemanden an sich herangelassen. Der Umgang mit ihm sei schwierig gewesen, und auch ihre Schwiegermutter habe sich mehrfach bei ihr darüber beklagt.

Frau C. fragte, ob wir die Frau gefunden hätten, die in den Notizen beschrieben worden sei. Sie wollte wissen, was diese dazu sagte. Den Umständen entsprechend erschien es uns ratsam und nicht der Schweigepflicht widersprechend, ihr gegenüber anzudeuten, dass diese Frau die meisten der angesprochenen Punkte bestritt.

Der Ordnung halber wurden die Informationen über den Vater überprüft. Sie erwiesen sich weitgehend als richtig. Auch die Schwester des Vermissten in Tromsø wurde kontaktiert, ohne dass dies zu weiteren Ergebnissen geführt hätte. Sie bezeichnete die Beziehung zu ihrem Bruder als problemlos, wenn auch nicht sonderlich eng. Sie hielt es für unwahrscheinlich, dass sich der Vermisste in einer Krisensituation an sie gewendet hätte.

Bei der Stabssitzung des heutigen Tages wurde die Frage gestellt, ob Terje Huuse zur Fahndung ausgeschrieben werden solle, da man eine kriminelle Handlung nicht ausschließen könne. Es sei unter Umständen angeraten, das Alibi einiger

Personen am Nachmittag des 9. Mai zu überprüfen. Da es bis jetzt aber keinerlei Hinweise auf eine solche kriminelle Handlung gibt, wurde es als sehr unwahrscheinlich angesehen, dass diese sehr aufwendigen weitergehenden Ermittlungen zu Resultaten führen. Es wurde folglich der Entschluss gefasst, mit der Polizei in Deutschland Kontakt aufzunehmen, um ein paar Überprüfungen vorzunehmen und um diese auf den Fall aufmerksam zu machen.

Aktualisierung 25. 05.

Noch immer keine Spur des Vermissten. Die Angehörigen fordern einen größeren Einsatz der Polizei, akzeptieren aber, dass es wenig konkrete Hinweise gibt. Die Medien haben sich nicht sonderlich für den Fall interessiert.

Die deutsche Polizei teilte mit, dass Dr. Martine Mielke den Besuch von Ingvild Slaattum zur entsprechenden Zeit bei ihr in Berlin bestätigt habe. Man habe nicht versucht, diese Aussage zu verifizieren, was aber auch schwierig sein dürfte, da die betreffende Frau allein in einem größeren Mietshaus lebt.

Die Bank des Vermissten teilte mit, dass er während seines Aufenthaltes in Berlin mehrmals größere Bargeldsummen von seinem Konto abgehoben habe, dass es aber keine Hinweise für eine Nutzung der Karte in Göttingen gebe.

Ein Hotel in Göttingen, auf das die Beschreibung zutrifft, hat Einblick in sein Gästebuch für die Tage rund um den 1. Mai gewährt. Einige Paare könnten passen, die Namen stimmen jedoch nicht. Das Hotel gibt überdies zu, nicht immer auf einer Legitimation zu bestehen, wenn die Gäste im Voraus in bar bezahlen, auch nicht bei Ausländern.

28.05.

Status unverändert. Aber jetzt liegt eine Information des Sohnes des Vermissten vor, der (mit bleibenden Schäden an der rechten Hand) vom Krankenhaus in die Kinder- und Jugendpsychiatrie überführt worden ist. Auf die Frage, warum er begonnen habe, die Schule zu schwänzen, antwortete Kristian Caspersen Huuse, er habe seinen Vater ausspionieren wollen. Er weigerte sich entschieden, preiszugeben, was er bei dieser »Observation« gesehen habe, betonte aber, dass er sich ganz sicher sei, dass sein Vater nie etwas bemerkt habe. Sein behandelnder Arzt warnt mit allem Nachdruck davor, den Jungen in diesem Punkt unter Druck zu setzen.

Inzwischen liegt auch eine Aussage der Mutter des Vermissten vor. Diese bestätigt im Großen und Ganzen, was bereits gesagt worden ist. Die Jahre nach der Amtsniederlegung ihres Mannes als Pastor waren sehr schwierig, sowohl finanziell als auch bedingt durch die Verschlossenheit ihres Gatten. Unaufgefordert erwähnt sie die Kuriosität, dass ihr Mann sehr gut im Kopfrechnen war, ja, dass seine Fähigkeiten schon ans Wundersame grenzten und dass er sich darin gerne mit seinem Sohn gemessen habe.

10.06.

Heute ist es einen Monat her, dass Terje Reinert Huuse vermisst gemeldet wurde. Es sind keine weiteren Anhaltspunkte aufgetaucht, und der Fall wird nicht weiter untersucht werden, sollte es keine neuen Erkenntnisse geben.

Es ist noch eine weitere Information aus Deutschland eingegangen, deren Bedeutung allerdings schwer einzuschätzen ist. Die Handschriftensammlung der Universität Göttingen ist an dem betreffenden Datum nicht von einem norwegischen Wissenschaftler besucht worden. Wohl aber von Frau Dr. Mielke aus Berlin, die am 2. Mai dort war. Sie hat unter anderem um Riemanns sogenannten *Nachlass* gebeten.

Die deutsche Polizei wurde gebeten, Dr. Mielke noch einmal zu dieser Tatsache zu befragen.

Die deutsche Polizei erwähnte gegenüber der Verwaltung der Handschriftensammlung auch etwas von einem seltsamen Dokument, das von Riemann selbst stammen und sich in Schachtel 28 befinden solle. Die Handschriftensammlung ging der Sache auf den Grund und fand das betreffende Schriftstück. Wie ein Teil der anderen Unterlagen, war auch dieses Dokument eine Abschrift (Schreibmaschine), eine handschriftliche Vorlage konnte jedoch nicht gefunden werden. (Wobei man einräumt, dass der Nachlass groß und recht unübersichtlich ist.) Die Maschinenschrift scheint aber neueren Datums zu sein, weshalb die Sammlung einen Experten zurate gezogen hat, um den Text auf Grundlage der verwendeten Sprache zu überprüfen. Dieser kam zu dem Schluss, dass es sich um eine Fälschung handeln müsse. Wenn auch eine gut gemachte – sie muss von jemandem mit profunden Kenntnissen der deutschen Sprache des 19. Jahrhunderts stammen. Es ist aber auch nicht auszuschließen, dass die festgestellten sprachlichen Abweichungen auf Fehlern während der Abschrift beruhen.

15. 06.

Dr. Mielke in Berlin bestätigt, an dem betreffenden Datum in Göttingen gewesen zu sein (ein Tagesbesuch mit dem Zug aus Berlin) und der Handschriftensammlung einen Besuch abgestattet zu haben. Ihr Arbeitsgebiet ist die deutsche Literatur des 19. Jahrhunderts, und so war es vorwiegend aus Neugier, dass sie sich den *Nachlass* hat zeigen lassen, von dem sie durch ihre norwegische Kollegin Ingvild Slaattum erfahren hatte. Letztere hat sie bei dieser Reise nicht begleitet – soweit Dr. Mielke weiß, hat Frau Slaattum diesen Tag für einen Einkaufsbummel in Berlin genutzt.

Bei einer kurzen Besprechung am heutigen Tag wurde beschlossen, diese Erkenntnis nicht als Spur im Fall Terje Huuse zu werten.

»Kann man wirklich einfach so verschwinden ... so vollkommen?«

»Das kommt häufiger vor, als man glaubt. Leider.«

»Aber was ist mit dem Geld, das er abgehoben hat? Was für eine Erklärung haben Sie dafür?«

»Keine. Aber es wäre denkbar, dass er irgendwohin gereist ist, vielleicht mit dem Bus nach Schweden oder mit dem Zug. Von dort nach Dänemark ...«

»... und nach Deutschland?«

»Wohl kaum. Die Grenzkontrollen sind dort streng, auch in den Zeiten des Schengener Abkommens. Er hätte sich ausweisen müssen.«

Die Frau seufzte. »Aber dieses Dokument, das sich da in Göttingen befinden soll. Das ist doch eine Fälschung. Sollte man das nicht näher untersuchen?«

Der Polizist trug Zivil. Jetzt hob er seine kräftigen Schultern und sagte: »Es liegt keine Anzeige vor. Ich glaube, die deutsche Polizei hat Wichtigeres zu tun.«

»Und was ist mit uns? Wie sollen wir weiterleben? Die Kinder und ich sollen also mit dieser Ungewissheit leben?«

»Ich fürchte, ja. Nach unserer Erfahrung kommt es nur äußerst selten vor, dass jemand nach so langer Zeit wieder auftaucht. Es tut mir leid. Später könnten Sie ... mit einer richterlichen Verfügung ... Ihren Mann für tot erklären lassen.«

»Das reicht nicht. Wir brauchen einen Ort, an den wir gehen können. Besonders meine Tochter.«

Der Polizist senkte den Kopf: »Es wirkt brutal, in diesem Zusammenhang über unsere beschränkten Möglichkeiten zu sprechen. Aber nach unserer Erfahrung hat das Verschwinden von Männern, die nichts mit dem kriminellen Milieu zu tun haben, meistens mit Selbstmord zu tun. Und wir kriegen hier ständig neue Anfragen, jeden Tag. Organisierte Kriminalität, Auftragsmorde ...«

»Ich verstehe, ja«, sagte die Frau. »Dann nehme ich seine Texte wieder mit. Die brauchen Sie ja nicht mehr. Oder – aber Sie haben ja bestimmt eine Kopie gemacht.«

»Nein«, antwortete der Polizist. »Wir versuchen, unsere Archive nicht zu überladen, entschuldigen Sie.«

»Ja, ja.«

»Wie geht es Ihrer Tochter? Ich erinnere mich gut daran, wie sie mit dieser CD-Rom gekommen ist. Ein hübsches Mädchen. Ich war gerührt, wie sie Sie vor dem schützen wollte ... was da drin steht.«

»Es geht ihr nicht so gut. Mit ihrem Freund ist es aus, und ... Ich bin mir nicht sicher, ob sie mich wirklich schützen wollte. Manchmal glaube ich, dass es eher eine Art Loyalität mit ihrem Vater war.«

Der Polizist reichte ihr die CD-Rom, zögerte aber. Dann sagte er: »Erlauben Sie mir eine rein private Frage: Was haben Sie mit seinen Notizen vor? Wollen Sie sie löschen?«

Sie dachte einen Moment lang nach: »Ich glaube nicht. Die ersten Seiten dieser Biografie kann ich einem seiner Kollegen geben. Obwohl es sich ja, ehrlich gesagt, um recht langweiliges Zeug handelt.«

»Ich dachte eher an dieses ... Tagebuch.«

»Ja, ich verstehe. Ich bin mir sicher, dass vieles darin reine Phantasie ist. Zum Beispiel die Geschichte, wie wir uns kennengelernt haben. Und dann diese ... Liebesszenen. Ich bin versucht, darin nicht mehr zu sehen als ganz banales männliches Wunschdenken ... Ja, jetzt sollte ich mich wohl entschuldigen.«

Der Polizist lächelte zum ersten Mal seit Beginn des Gesprächs, antwortete aber nicht.

»Trotzdem«, fuhr die Frau fort. »Irgendetwas ist ihm da ge-

lungen. Wenn man das so sagen kann. Ich werde es wohl aufheben. Außerdem glaube ich, dass Vilde diese Aufzeichnungen
auch gern hätte. Vielleicht wird das für uns sein Grabstein sein.«
    Der Polizist sah sie überrascht an.
    »Ich habe ihm eigentlich nicht zugetraut, so gut zu schreiben«,
fuhr sie fort. »Vielleicht stimmt es ja, vielleicht kannte ich ihn
wirklich nicht.«

PIPER NORDISKA

Hjalmar Söderberg
Das ernsthafte Spiel

Roman. Aus dem Schwedischen von Verena Reichel.
304 Seiten. Gebunden

Während eines flirrenden Sommers in den Stockholmer Schä-
ren kommt es zu einer Romanze zwischen Lydia Stille und
dem angehenden Lehrer Arvid Stjärnblom. Arvid befürchtet,
nicht reif für eine Ehe zu sein, ganz abgesehen davon, dass
er von seinem Gehalt noch keine Familie versorgen könnte,
doch Lydia glaubt an ihn und ist bereit zu warten. Erst als
es schon zu spät ist, fragt er Lydia, ob sie seine Geliebte werden will. Ihr fehlt der Mut zum Bruch mit den bürgerlichen
Konventionen, und sie verlobt sich stattdessen mit einem
Mann, der ihr finanzielle Sicherheit bieten kann. Zehn
Jahre später, auch Arvid hat längst eine Familie gegründet, begegnet ihm Lydia wieder.

08/1009/01/R

Kari Hotakainen
Die Leichtsinnigen

Roman. Aus dem Finnischen von Stefan Moster. 272 Seiten.
Gebunden

Zu seiner eigenen Überraschung hatte sich Antero Mokka verliebt. Normalerweise bestand sein ganzer Lebensinhalt aus
seiner Arbeit als Polizist in Helsinki. Genauer gesagt aus den
Verhören seiner Kunden, wie Mokka sie nannte. Als
Nächste stand Leila Korhonen auf dem Programm, eine ent-
schlossene und doch zerbrechlich wirkende Verdächtige.
Mokka beschloss, gleich zu Beginn hervorzuheben, dass es bei
ihm keine Privatangelegenheiten im eigentlichen Sinn gab.
Schamhaftigkeit, Intimität, Privatleben waren Luxusgüter, die
man an der Garderobe abgab, bevor man den Verneh-
mungsraum betrat. Doch Leilas Geschichte berührte ihn, und
Mokka passierte etwas, mit dem er nicht mehr gerechnet
hatte – er verliebte sich. »Die Leichtsinnigen« ist ein skurriler,
von großer Komik durchzogener Roman über Sex, Einsamkeit, Pornografie und das unersetzliche Glück der Liebe.

08/1010/01/L